民国人文丛书

民国文事

介子平　著

山西出版传媒集团

北岳文艺出版社·太原

图书在版编目（CIP）数据

民国文事 / 介子平著. —太原：北岳文艺出版社，
2023.8
ISBN 978-7-5378-6727-6

Ⅰ.①民… Ⅱ.①介… Ⅲ.①散文集—中国—当代
Ⅳ.①I267

中国版本图书馆 CIP 数据核字（2023）第 102902 号

民国文事

介子平　著

//

出 品 人
郭文礼

选题策划
关志英

责任编辑
关志英

装帧设计
张永文

印装监制
郭　勇

出版发行：山西出版传媒集团·北岳文艺出版社
地址：山西省太原市并州南路 57 号
邮编：030012
电话：0351-5628696（发行部）　0351-5628688（总编室）
传真：0351-5628680
经销商：新华书店
印刷装订：山西人民印刷有限责任公司

开本：890 mm × 1240mm　1/32
字数：198 千字　印张：8.625
版次：2023 年 8 月第 1 版
印次：2023 年 8 月山西第 1 次印刷
书号：ISBN 978-7-5378-6727-6
定价：68.00 元

　　语言铭烙时代印记，先秦文、六朝文、唐宋文、明清文，各有高妙境界。其中原因多多，乃一专门学问，总之反映着那个时代的文化特质。

　　有不同之处，便有相似之点。傅斯年尝言："中国文最大的毛病，是面积惟求铺张，深度却非常浅薄。六朝人做文，只知铺排，不肯一层一层地剥进。唐宋散文家的制作，比较地好得一点，但是依然不能有很多的层次，依然是横里伸张。以至于清朝的八股文、八家文……都是'其直如矢，其平如底'，只多单句，很少复句；层次极深，一本多枝的句调，尤其没有了。"锦绣黼黻，铺张文风，内有居心，暗存自得，子虚上林之奢，歌功颂德之嫌矣。

　　时代前提下，元轻白俗，郊寒岛瘦，尚有个体之差异，董桥分析民初白话文："胡适的文章，白话文够好了吧，干干净净流水一样，但是就缺了文采，他不太注意调句子。鲁迅懂，鲁迅故意把一些句子调来调去。周作人写的那种半文言半白话，是另外一种意境。"雨送添砚水，竹供扫榻风，俱因清新自在；停之如栖鹄，挥之如惊鸿，皆似仙界中来。

政治化语言，是这个时代的表象。我小学所读，皆口号语录，稍长习作文，大批判体。虽为俗人，不染俗乐，凡世所欲，有避无就，在之后的几十年里，刻意摆脱之，存心蝉蜕之，无奈此般印记，犹文色在肤，革面不去。汪曾祺《与友人谈沈从文》云："现代文学史（包括古代文学史也一样）不是文学史，是政治史，是文学运动史，文艺论争史，文学派别史。"情动于中而形于言，语言暴力，皆隐于衷之戾气泄露。钱锺书《围城》里说，"对于丑人，细看是一种残忍——除非他是坏人，你要惩罚他"，对于文字亦然。冯小刚电影常以"文革"语句为噱头，取悦观众，我却笑不起来，但所有玩笑的背后，皆有认真的成分。顾彬说"二战"后，德国作家意识到必须重新学习德文，因为先前的德语已被政治错误使用了。同样情形，汉语也有被政治重度污染的历史。

语言从政治，为一种不自觉习惯，可测得所处时代政治化程度之高低。一切围绕政治，语言自不脱干系，文人不独立，语言自依附。语言之外，其他文化形态亦如此。国之哲学，昔人皆知，何以今人懵懂？哲学因离政治太近，而成御用工具，时而注解政治，时而训诂政策，媚俗随波，甜熟趋时，唯恐精明不至，竟诠释起了领导人言论，政治风向且转，竟也不假思索跟变。学问可以托身，不可牟利，忠于己之信念与价值，即为诚实。声色娱情，弄臣之擅长，名节至大，名是而实非，为后人所不齿。何时国人的文化生活，高于政治生活，生活兴致，高于政治兴致，真就进步了。

时下社会，向利而生者众，消费欲望、金钱欲望，超越精神欲望，必也带来文艺上的变故。一位画家年老后，不愿再动笔，其曰：一提笔作画，便想这幅能卖多少钱，而求画者想的也是价值几何。眼蒙灰尘，逸不高华，胸沉渣滓，趣不淡泊，画得实在没意思。

　　有伟大的诗歌，必有伟大的读者，时下乏有好文字，是否也与缺少好读者有关，我看主要是没有好作家，李白当年谪夜郎，中原不复汉文章。所谓好作家，能够点化俗情、摆脱世故者也。民国之于今日，不是浪漫，而是深刻。其时思想之复杂，超乎想象，而源于思想的观念，正是一个社会的行动准则与基本逻辑。前贤已远，后来者固不能及，知之总比不知为好，好文字无非通过故事，写出精神。

作　者

目录

感人莫过哀诗

平静时吟诗易，非常时吟诗难。大喜大悲之时、大悲大痛之间仍能吟得出诗的诗人，方为具有诗性思维的真诗人。唐诗人李涉夜遇匪徒，情急之下口占一绝："暮雨潇潇江上村，绿林豪客夜知闻。他时不用逃名姓，世上如今半是君。"匪徒首领听罢笑道："果然是诗人李涉。"竟奉还财物，呼哨而去。还有刀压在脖子上，依然出口成章者，真乃奇人也。

王肃是王导的后裔，属南方首屈一指的侨姓世族。父亲王奂被齐武帝萧赜所杀后，王肃遂归降北魏，北魏孝文帝命其率兵南征，击败齐军。孝文帝迁都及汉化政策，皆征询王肃意见。出任尚书令后，曾率十万大军接应南齐大将裴叔业的投降，官拜都督淮南诸军事、扬州刺史，身系南方国防重任。王肃在江南娶妻陈郡谢氏，投奔北魏后，孝文帝将寡居的妹妹陈留长公主嫁之，这位南朝世族又成北朝驸马。此时其在南方的谢氏夫人拖儿带女兴冲冲赶到，面对丈夫再娶，绝望作五言诗:"本为箔上蚕,今作机上丝。得络逐胜去,颇忆缠绵时。"其哀之至,溢于言表。此诗送至驸马府,不料被陈留长公主看到,提笔回复:"针是贯线物,目中恒任丝。得帛缝新去,何能纳故时。"诗和原韵,无情之有情,算是以礼相拒。

南宋末年,文天祥在粤兵败被俘,并被带往北方囚禁,途中经过零丁洋,写了《过零丁洋》:"惶恐滩头说惶恐,零丁洋里叹零丁。人生自古谁无死,留取丹心照汗青。"临行又有诗云:"孔曰成仁,孟曰取义,惟其义尽,是以仁至。读圣贤书,所学何事,而今而后,庶几无愧。"

杨继盛因弹劾奸相严嵩十大罪状,遭毒刑,被杀害。临刑有诗云:"浩气还太虚,丹心照千古。生平未报国,留作忠魂补。"

李贽以"敢倡乱道,惑世诬民"之罪被捕,狱中写诗曰:"志士不忘在沟壑,勇士不忘丧其元。我今不死更何待?愿早一命归黄泉。"

崇祯三年(1630)8月,崇祯帝以"袁崇焕咐托不效,专恃欺隐,以市米则资盗,以谋款则斩帅,纵敌长驱,顿兵不战。及至城下,援兵四集,尽行遣散。又潜携喇嘛,坚请入城"罪名磔刑处死于西市,弃尸于市。刑前,袁崇焕遗绝命诗一首:"一生事业总成空,半世功名在梦中。死后不愁无勇将,忠魂依旧守辽东。"

夏完淳被捕后,在狱中写下了《南冠草集》,其中的《即事》曰:"复楚情何极,亡秦气未平。雄风清角劲,落日大旗明。"

"戊戌政变"失败后,谭嗣同被捕入狱,写下了那首著名的《狱中题壁》诗:"望门投止思张俭,忍死须臾待杜根。我自横刀向天笑,去留肝胆两昆仑。"临刑时又高呼:"有心杀贼,无力回天;死得其所,快哉快哉!"

毓贤任山西巡抚期间，排外仇洋，唆使拳民焚烧教堂，屠杀教民，制造了震惊中外的"山西教案"。清廷与八国联军议和时，联军指毓贤为罪魁祸首。光绪二十七年（1901）2月13日，清廷下令加重对"首祸诸臣"之惩处。22日，毓贤被斩于兰州。毓贤被诛前一夕，虽未写诗，却书一联于门："臣殉国，妻子殉臣；我杀人，朝廷杀我。"翌晨居民哄传，颇有蠢动之势，毓贤被急往受戮。

光绪二十九年（1903）因发表《驳康有为论革命书》并为邹容《革命军》作序，触怒清廷，章太炎与邹容同时被捕入狱。章太炎在狱中作《狱中赠邹容》诗勉励邹容："邹容吾小弟，被发下瀛洲。快剪刀除辫，干牛肉作粮。英雄一入狱，天地亦悲秋。临命须掺手，乾坤只两头。"邹容则答曰："一朝沦地狱，何日扫妖氛。昨夜梦和尔，同兴革命军。"二人还合作绝命诗两首，其一曰："平生御寇御风志（邹），近死之心不复阳（章）。愿力能生千猛士（邹），补牢未必恨亡羊（章）。"

光绪三十三年（1907）5月，黄冈起义失败，革命党人朱子龙就义前留下《绝命诗》："死我一人天下生，且看革命起雄兵。满清窃国归乌有，到此天心合我心。"

同年7月，秋瑾举事失败被俘，狱中题诗狱壁："莽莽神州叹陆沉，救时无计愧偷生。抟沙有愿兴亡楚，博浪无椎击暴秦。国破方知人种贱，义高不碍客囊贫。经营恨未酬同志，把剑悲歌涕泪横。"

宣统二年（1910），年仅二十七岁的汪精卫刺杀摄政王载沣。暗杀失利，身陷大狱，写下了同样著名的《被逮口占》："慷慨歌燕市，从容作楚囚。引刀成一快，不负少年头。"此诗悲壮动人，脍炙人口，传诵一时，激励无数有为青年投身革命中来。

宣统三年（1911）1月16日，黄之萌与数位志士身携炸弹埋伏于北京东华门与丁字街一带，密谋炸毙袁世凯，惜功亏一篑，临刑前留绝命诗一首："在昔头皮拼着撞，而今血影散成斑。红点溅飞花满地，层层留与后人看。"

瞿秋白有狱中绝笔集诗："一九三五年六月十七日晚，梦行小径中，夕阳明灭，寒流幽咽，如置仙境。翌日读唐人诗，忽见'夕阳明灭乱山中'句，因集句偶成一首：'夕阳明灭乱山中（韦应物），落叶寒泉听不穷（郎士元）。已忍伶俜十年事（杜甫），心持半偈万缘空（郎士元）。'方提笔录出，而毕命之令已下，甚可念也。秋白曾有句：'眼底烟云过尽时，正我逍遥处。'此非词谶，乃狱中言志耳。"

狱中备受折磨、尊严丧尽情形下，有屈服者，欲改弦易辙，重新做人，美其名曰醍醐灌顶，大彻大悟；也有不屈者，虽处阴冷，却有英气，志弥盛，虽布阴云，却蕴彤日，气弥坚，慷慨陈词，大义凛然，其诗也激昂悲壮，热血沸腾，其中需有多么恪守不渝、贞固无比的信念支撑，需有多么岿然不动、匪石匪席的意志依托。米沃什《废墟与诗歌》云："在恐怖中写的温柔的诗歌，本身就是对生命的礼赞；它们是肉体对其毁灭的反抗。"愤怒出诗人，狱中诗虽有不工，却回肠荡气，真挚感人，多能传诵，故为诗中精品。

临终之时，多数人惊怵难定，魂不守舍，进而屁滚尿流，语无伦次，而也有心安理得、坐卧如常者，其表现，好汉则喝一碗烈酒，吼一嗓戏文，文人则口占一绝，感怀一番，其中不乏精彩者也。

李自成破北京，崇祯帝自缢于煤山，明亡。大学士范景文于壁间大书"谁言信国非男子，延息移时何所为"后，投井自尽。户部给事中吴甘来题诗堂上："到底谁遗四海忧，朱旗烈烈凤城头。君臣义命乾坤晓，狐鼠干戈风雨秋。极目山河空泪血，伤心萍浪一身愁。洵知世局难争讨，愿判忠肝万古留！"引佩带自缢于室。

和珅案发入狱，即预感到自己来日不长，元宵节时，作题《上元夜狱中对月两首》诗，其一曰："夜色明如许，嗟令困不伸。百年原是梦，廿载枉劳神。室暗难挨晓，墙高不见春。星辰环冷月，缧绁泣孤臣。对景伤前事，怀才误此身。余生料无几，空负九重仁。"其二曰："今夕是何夕，元宵又一春。可怜此月夜，分外照愁人。思与更俱永，恩随节共新。圣明幽隐烛，缧绁有孤臣。"嘉庆四年（1799）正月十八日，嘉庆帝派大臣前往和珅囚禁处所，赐白练一条，示其自尽。其又提笔写下了一首绝命诗："五十年来梦幻真，今朝撒手谢红尘。他日水泛含龙日，认取香烟是后身。"

文人如此，鲁夫亦然。不喜读书、不善诗文的项羽被困垓下，兵少粮尽，夜饮帐中，自知败局已定，乃慷慨悲歌《垓下歌》："力拔山兮气盖世，时不利兮骓不逝。骓不逝兮可奈何，虞兮虞兮奈若何！"慷慨激烈，有千载不平之余愤。咸丰三年（1853）2月11日，太平军破金陵，时武进汤雨生将军贻汾寓居金陵，于城陷次日投城北李氏园池死，年七十有六。死前赋《绝命诗》一首："死生轻一瞬，名义重千秋。骨肉非甘弃，儿孙好自谋。故乡魂可到，绝笔泪难收。薰葬毋予恸，平生积罪尤。"咸丰十一年（1861），不善作诗的肃顺在临刑前借用杜牧《赤壁》中的"东风不与周郎便，铜雀春深锁二乔"为绝笔。

1934年11月9日，吉鸿昌被捕，24日赴刑场。殉前，吉鸿昌以树枝于雪地写绝命诗："恨不抗日死，留作今日羞。国破尚如此，我何惜此头。"

续范亭在抗战期间，以剖腹自杀的方式抗议不抵抗主义。1935年，他赴南京呼吁抗日，在中山陵放声痛哭："谒陵我心悲，哭陵我无泪。瞻拜总理陵，寸寸肝肠碎。战死无将军，可耻此为最。腼颜事仇敌，瓦全安足贵？"又赋绝命诗一首："赤膊条条任去留，丈夫于世何所求？窃恐民气摧残尽，愿把身躯易自由。"

愤怒出诗人，临终也出诗人。喜怒哀乐皆诗者，真诗人也。

翁同龢罢官归里后，郁郁寡欢，临终前口占一绝："七十年来事，苍茫到盖棺。不将两行泪，轻为汝曹弹。"又自拟一联："朝闻道，夕死可矣；今而后，予知免夫。"

陈寅恪身卧病床，目疾加剧，感怀伤时："四海兵戈迷病眼，九年忧患蚀精魂。扶床稚女闻欢笑，依约承平旧梦痕。"抗战胜利，赋诗抒发无限感慨："国仇已雪南迁耻，家祭难忘北定时。念往忧来无限感，喜心题句又成悲。"

1949年1月26日，国民政府溃离南京之际，以汉奸罪论处的周作人遇特赦释放。走出老虎桥监狱的周作人感慨系之，吟诗曰："一千一百五十日，且作浮屠学闭关。今日出门桥上望，菰蒲零落满溪间。"

此诗颇具丈夫气

　　宋亡蜀，只用了一万军队，而后蜀的十四万军人以数倍于敌的兵力，背城借一，即便面临强敌，当无亡国之虞，结果却是不战而降。花蕊夫人随孟昶流亡北行，夜宿葭萌驿站，感怀国破家亡的哀愁，在馆壁上题了这首《采桑子》，又因军骑催促，只得半阕："初离蜀道心将碎，离恨绵绵。春日如年，马上时时闻杜鹃。"被掳入宋后，太祖久闻其诗名，召其陈诗。苏曼殊的"日暮有佳人，独立潇湘浦。疏柳尽含烟，似怜亡国苦"大致描述的便是此情形。花蕊夫人遂诵出了那首著名的《述国亡诗》："君王城上竖降旗，妾在深宫那得知。十四万人齐解甲，更无一个是男儿。"此诗颇具丈夫气，深得太祖赏识，后世诗评家对此也每每乐道。"茫茫四海人无数，哪个男儿是丈夫"的句子，其源盖也在此。

　　其势与李清照的《夏日绝句》"生当作人杰，死亦为鬼雄。至今思项羽，不肯过江东"可有一比。金兵入侵中原，掳徽、钦二帝，王室仓皇南逃，李清照的丈夫赵明诚被任命为京城建康的知府。一天深夜，城里发生叛乱，身为知府的赵明诚未恪尽职守指挥戡乱，而是悄然缒城而逃。叛乱勘定之后，赵明诚被朝廷革职。李清照深为丈夫的临阵脱逃而感到羞愧，虽无争吵，一路上两人相对无语。行至乌江，站在楚霸王项羽兵败自刎之处，李清照面对浩浩江水，随口吟就此诗。赵明诚闻后愧悔难当，深深自责，从此郁郁寡欢，一蹶不振，不久便发病而亡。沈曾植评李清照之作："易安倜傥有丈夫气，乃闺阁中苏辛，非秦柳也。"

周密《齐东野语》记有蜀中妓所填《市桥柳》："欲寄意、浑无所有。折尽市桥官柳。看君著上征衫，又相将，放船楚江口。后会不知何日又。是男儿、休要镇长相守。苟富贵、无相忘，若相忘，有如此酒。"好一句"若相忘，有如此酒"，大泽龙蛇之阔美的背后，也道出了富贵面前，誓言之脆弱。逆笔道来，讽喻谴责，令多少丈夫汗颜不已。

王士祯《池北偶谈》载某闺中诗："淄川袁孝廉松篱（藩），名士也，以康熙癸卯冠礼经，壬戌尚困公车。闺中赋诗云：'二十年前古战场，卧听谯鼓夜茫茫。三条画烛连心熟，一径寒风透骨凉。苦向缁尘埋鬓发，凭谁青眼托文章？明宵别后长安月，偏照河桥柳万行。'武康陈孝廉兴公（之群）吟之，至泣下。"开句便是古战场，哪里有丝毫的闺房气息。

清廷通过日本当局于光绪三十一年（1905）11月颁布了《清国留学生取缔规则》，对学生活动横加限制。为此，秋瑾带领一队留学生进行罢课，并组织敢死队与公使馆交涉，继而率领部分学生回国，以示抗议。临行在浙江同乡会举行的集会上发表演讲，讲到有人散布妥协言论时，秋瑾猛然自靴筒里抽出倭刀，咔嚓一声插于讲台，厉声道："如有人回国投降满虏，卖友求荣，欺压汉人，吃我一刀。"其《东渡长歌》云："登天骑白龙，走山跨猛虎。叱咤风云生，精神四飞舞。"《黄海舟中日人索句并见日俄战争地图》云："万里乘风去复来，只身东海挟春雷。忍看图画移颜色，肯使江山付劫灰。浊酒不销忧国泪，救时应仗出群才。拼将十万头颅血，须把乾坤力挽回。"《满江红》云："身不得，男儿列，心却比，男儿烈。算平生肝胆，因人常热。俗子胸襟谁识我？英雄末路当磨折。莽红尘、何处觅知音？青衫湿！"徐锡麟案败露后，她拒绝离开绍兴："我怕死不会出来革命，革命要流血才会成功。"于是遣散众人，毅然留守大通学堂。被捕后，拒不口供，仅书"秋风秋雨愁煞人"以对。

秋瑾就义后，其族人恐受到株连，不敢收葬遗体，后其兄赶回绍兴草殓暂厝。义姐吴芝瑛与徐忏慧两人冒雪渡过钱塘江，赶到绍兴，雇一小船，收其遗骨，密运杭州，卜葬于西湖岳王坟前的西泠桥畔，并立墓碣"呜呼鉴湖女侠秋瑾之墓"，一时吴芝瑛义动天下。吴在赴绍兴途中吟《哀山阴》二首："爱书滴滴冤民血，能达君门死亦恩。今日盖棺论难定，轩亭谁与赋招魂？""天地苍茫百感身，为君收骨泪沾巾。秋风秋雨山阴道，太息难为后死人。"后又有《秋女士传》和《记秋女士遗事》二文，《西泠吊秋》更是为时传诵，诗云："今日西泠拼一恸，不堪重唱宝刀歌。"其也具丈夫诗气概。

光绪三十四年（1908），慈禧亡故，满朝文武惶惶不安，似乎慈禧一死，国家便失去了主心骨。有人出主意，将慈禧画像挂于万寿山排云殿内，意在"您死了也得保佑着我们"。这一举动惹怒了吕碧城，遂填《百字令·排云殿清慈禧后画像》一阕："排云深处，写婵娟一幅，翠衣耀羽。禁得兴亡千古恨，剑样英英眉妩。屏蔽边疆，京垓金币，纤手轻输去。游魂地下，羞逢汉雉唐鹉。"并登于报端，痛斥之。此词一出，朝廷恼火，成为轰动一时的新闻，其气概为国人叹服。

1912年1月23日，张作霖奉赵尔巽之命大肆捕杀革命党人。郭松龄因剪了头发，一身时装，且带有四川新军证件，因而被捕，草草审问后押往刑场。紧要关头，韩淑秀挺身而出，对监斩的东三省总督赵尔巽喊道："总督大人，刀下留人！"赵大惊，谁人如此大胆，竟敢骚扰法场？只见一俊秀女子从容自人群中走出，施礼道："总督大人，我是郭松龄的未婚妻，郭松龄是咱们奉天城东渔谯寨人，总督可派人调查以明真伪。他本是四川新军的一名营长。我们已经订婚三年。这次，他从四川回来，就是要与我完婚的。被人诬为革命党，实在冤枉，请总督大人明察。"问明这层关系，郭松龄被当场释放。1925年12月20日，郭松龄兵变失败，不忍弃友独自逃生，被奉军追上后，就地枪决。临刑前，郭松龄遗言："吾倡大义，除贼不济，死固分也；后有同志，请视此血道而来！"韩淑秀凛然道："夫为国死，吾为夫死，吾夫妇可以无憾矣。"时年，郭四十二，韩三十六。死后，皆曝尸三日。

九一八事变后的1931年9月28日，针对请愿的学生，国民政府发表《告全国学生书》，声称："人民应受统一之指挥，政府有军事处分之权衡。宣战问题决不能以学生罢课与否为衡。不可战而战，以亡其国，亦政府之罪也。备战未毕而轻于一战，以亡其国，政府之罪也。备战完妥而不敢战，以亡其国，政府之罪也。"一看便知，此等精彩又是出自陈布雷手笔。1935年，何香凝对此国策颇为不满，亲往南京为抗日军民要求物资援助。蒋介石设宴招待何，席间不停地为其夹菜，却闭口不谈正题，何愤然离席。随后，学孔明遗仲达以巾帼妇人之服，将自己的一条裙子寄给蒋，并附上一诗《为中日战争赠蒋介石及中国军人的女服有感而咏》："枉自称男儿，甘受倭奴气。不战送山河，万世同羞耻。吾侪妇女们，愿往沙场死。将我巾帼裳，换你征衣去。"此诗也颇具丈夫气。她还在《赠前敌将士》一文中道："倭奴侵略，野心未死。既据我东北三省，复占我申江土地。叹我大好河山，今非昔比，焚毁我多少城市，惨杀我多少同胞，强奸我多少妇女？耻！你等是血性军人，怎样下得这点气？"抗战时期，蜀中有宣传画，画中妻子对丈夫说："锄头给我，你拿枪去。"当与何诗同一情形。在《赠敬爱的伤兵》中，何香凝又激昂道："君流血，我流泪，锦绣江山被人取。增你勇气，快到沙场去，恢复我们土地。好男儿，救国不怕死。死！留名于万世。"

当年孙中山欲与宋庆龄结婚，先写信予原配卢慕贞请求与之离婚。信由孙科亲自带回。孙科既不敢违背父命，又不敢得罪母亲，遂请同乡郑卓一道回乡。孙科本预备承受不堪设想之后果，不承想卢夫人见信后，并未冒火："阿卓你来得正好，我正要问问你，据说宋庆龄小姐，你一定见过多次吧？长得很美吗？"郑卓道："这位宋小姐，是在国外读洋书的人，相貌长得并不好看。"夫人听后道："人家又识英文，我们又不识英文。人家又识跳舞，我们又不识跳舞！我们还是让让人家吧。"遂在回信上只写了一字，"可"，表示同意离婚。话虽柔婉，却有铿锵之响，温和中渗着韧性，恺悌里不乏贞确，颇具大丈夫之毅然果敢、刚烈坚定特质。二人本来要在乡陪夫人住几天，以示安慰，但夫人却要他们马上回沪复命。1915年9月，卢慕贞赴日本同孙中山办理离婚手续，10月25日，孙中山与宋庆龄顺利结合。

宋美龄在抗战中数次亲临前线。抗战初期前往上海劳军时，汽车在行进途中被日机投弹击中，车被炸翻，她则肋骨折断，脊椎受伤，却顽强地坚持使命。在兰封、富金山、万家岭等战役中，她都出现在了炮火纷飞之中，不仅带来前线急需的武器弹药，且带来蒋介石的亲笔信。将士担心其安危，她则慷慨道："这是中华民族的生死存亡之战，我正该上火线。"此言虽非诗，却有诗意，同样具有丈夫气。

张允和1923年在苏州乐益女中读书时，作《游镇江北固山》："高山枕大川，俯视意茫然。沧海还如客，凌波谁是仙。江山欣一览，帷读笑三年。击楫情怀壮，临风好着鞭。"后四句经先生改过，却不及前四句率直，假模假样，假在充气势。

这样的话让人想到了明朝的两篇至文。徐妙锦乃徐达的三女，永乐帝垂涎其才貌，遂欲纳之，却遭拒绝。妙锦并以一封《答永乐帝书》婉拒之："臣女生长华门，性甘淡泊。不羡禁苑深宫，钟鸣鼎食，愿去荒庵小院，青磬红鱼；不学园里夭桃，邀人欣赏，愿作山中小草，独自枯荣。听墙外秋虫，人嫌凄切；睹窗前冷月，自觉清辉。盖人生境遇各殊，因之观赏异趣。矧臣女素耽寂静，处此幽旷清寂之境，隔绝荣华富贵之场，心胸颇觉朗然。"杨继盛以《请诛贼臣疏》弹劾严嵩获罪而死，杨继盛妻张氏公然上《请代夫死书》。此皆丈夫文。

沈葆桢夫人林普晴，为林则徐之女，英明有才干，当世咸称之。沈葆桢守广信时，被太平军围攻。沈葆桢往河口筹饷，夫人困守危城，情急之下，刺血陈书，作书乞率部驻守玉山的贵州安义镇总兵饶廷选。翌日，沈葆桢闻讯驰归广信府，但也无良策退敌。当夜，城中四处火起，漫天皆红。天明时分，忽降大雨，大火方被浇灭。夫人来到一口井边，拔剑道："城中人已散尽，可昨夜却大火四起，分明是敌探子放火报告空城可袭，恐敌大军就要来临。遂手托佩剑，交给丈夫：我与你结为夫妻以来，唯恐后你而死，如今正好做殉难夫妻，报效朝廷国家。若贼兵来，请你先持此剑阻击一刻，容我投井！"周颐《眉庐丛话》撰述道："沈文肃夫人，林文忠之女也。咸丰丙辰，文肃守广信，时发逆杨辅清连陷贵溪等县，郡城危在旦夕。文肃适赴河口劝捐，归恐无及，夫人刺臂血作书，乞援于饶总兵廷选。饶得书，星夜驰赴，甫抵郡而文肃亦归，城赖以全。向来闺媛工诗词者众矣，能文者不数觏，夫人此书，尤为义正词严，不能有二之作。"此书传诵一时，正是书中"今得死此，为厉杀贼，在天之灵，实式凭之"句，感动了饶总兵，甘违擅离职守大忌，飞兵驰援广信解围。此亦丈夫文。沈夫人谢世，曾文正挽以联："为名臣女，为名臣妻，江右佐元戎，锦伞夫人分伟绩；于中秋生，于中秋逝，天边圆皓魄，霓裳仙子证前身。"

光绪二十七年（1901），康同璧从日文报纸上得知父亲自日本转而流亡印度，遂决心赴印探父。其不顾家人劝阻，不畏路途艰险，于翌年春，女扮男装，躲过严控，逃出京城，走居庸，出潼关，沿丝绸之路，入新疆，翻葱岭，再转而南下。一路过关隘，涉沙漠，越险峰，躲官家，终于抵达印度，当康有为看到寻父启事，竟是女儿到来，喜出望外，老泪纵横。其时中国女子很少出门，休说到外国去。时年她只有十八岁。康同璧曾写诗道："若论女子西来者，我是支那第一人。"此诗也具丈夫气，中华人民共和国成立初，毛泽东接见康同璧，口吟此诗，以示致意。

悲壮之人写悲情之诗

世事无常也无情，生死难以接受，凄惨不带伤，残酷成悲壮。

清初，晋王府莫名失火，堂皇广厦，毁于一旦。二十年后，屈大均路经太原，谒晋府花园而思朱明王朝，山河易姓，故国不堪。作为遗民的屈大均曾跋涉山川，联络志士，致力反清复明，然此时大势已去，只得扼腕长啸，徒唤奈何，遂作《望晋恭花园》："襟带河汾玉殿长，一朝弓剑委秋霜。将军死战哀宁武，帝子生降恨晋阳。马首关山空落日，城中歌吹罢清商。悲风处处吹松柏，谁到并州不断肠。"落花闲，雨斑斑，遗民几度垂垂老，游女长歌缓缓归，转眼皆成过去。此诗与辛弃疾的"郁孤台下清江水，中间多少行人泪？西北望长安，可怜无数山"，皆万里悲风、换得悲情之作矣。

傅山也反清复明之士，其书介乎侠客、郎中、方士之间，诗亦然。其《五言古韵》云："生死即旦暮，男儿无故乡。血丹中土碧，骨白高秋霜。德缴信揭揭，园观岂茫茫。吟讽本无用，痛快空文章。魏阙何处热，江湖心自凉。美人迟迟来，徒诵水中央。父子俄然别，君臣恐难忘。舂陵漫葱郁，斟灌当谁望。浮沈三十年，何日不胆尝。神孙遘武健，如意祝文昌。靖帘翼轸旗，天兵壮缪将。一杖生不扶，墓醇中兴觞。数当撇捺尽，奈何乖义方。恭忝皇天玉，其诸有不芒……"病觉离家远，贫知处事难，好一句"男儿无故乡"，苍硬顽涩，且怀伤感，席慕蓉说："你年幼时爱过你、对你有所期待的人，他们在哪里，哪里就是你的故乡。"确系如此，彼在非此在，对你期待之人一旦消失，故乡也将消失。

黄花岗起义失败，七十二壮士枉洒青春热血，黄兴为此痛不欲生，泪落花间花也醉，填词《蝶恋花·辛亥秋哭黄花岗诸烈士》，祭奠英烈，聊慰英灵："转眼黄花看发处，为嘱西风，暂把香笼住。待酿满枝清艳露，和风吹上无情墓。回首羊城三月暮，血肉纷飞，气直吞狂虏。事败垂成原鼠子，英雄地下长无语。"夏花绚烂，秋叶静美，大业未竟，英雄已去，幸存者揩干血迹，屡败屡战。好在一年后，辛亥革命成功，英雄成为终结的存在。黄兴自汉赴沪，于镇江与溯江而上的宫崎寅藏相遇，遂同往上海，途中作《赠宫崎寅藏》："独立苍茫自咏诗，江湖侠气有谁知。千金结客浑闲事，一笑相逢在此时。浪把文章震流俗，果然意气是男儿。关山满目斜阳暮，匹马秋风何所之。"此等侠气与豪情，文人无以相随，虽说首句"独立苍茫自咏诗"，出自杜甫的《乐游园歌》。

众人之中，孤独自我，离骚者，犹离忧也。悲壮者，悲情于胸不得抒发之人也，故悲壮之人写悲情之诗。

诗之雅译

外文文学译作，该以何种面貌呈现，尽执于传统士人之手。其受传统文学浸润既久，传统思想禁锢自然也深，在接受外来作品时，会不自觉地将其转换为自己熟知的形态。诗歌翻译，仍以五言七言常态，格律依旧，此即源于译者对诗歌这一古老文体的固有认知。

据考证，近代外国诗歌之翻译，始于美国诗人朗费罗的《人生颂》一诗。此诗于同治三年（1864）曾被英使威妥玛译为"有意无韵，似通非通"之作，这年又经时任总理衙门大臣的董恂加工润色，成为七绝"长友诗"九首，于同治十一年（1872）刊行《蕉轩随录》上。而董恂也被钱锺书称为"具体介绍近代西洋文学的第一人"。

莫将烦恼著诗篇，百岁原如一觉眠。

梦短梦长同是梦，独留真气满乾坤。

天地生材总不虚，由来豹死尚留皮。

纵然出土仍归土，灵性常存无绝期……

辜鸿铭曾将"英诗分三类：国风、小雅、大雅。国风又可分为威尔士风、苏格兰风等七国风"。光绪三十二年（1906），当苏曼殊在日本与母亲享受难得的天伦之乐时，有感于拜伦与自己人生体验之相似，其"泛舟中禅寺湖，歌拜伦《哀希腊》之篇，歌已哭，哭复歌，梵声与流水相应，盖哀中国之不竞，而以伦身世身况。舟子惶骇，疑其痴也"。译诗曰：

巍巍希腊都，生长奢浮好。

情文何斐斐，荼辐思灵保。

征伐和亲策，陵夷不自葆。

长夏尚滔滔，颓阳照空岛……

苏译采用了五言古体，其"按文切理，语无增饰，陈义悱恻，事辞相称"的译风颇受好评，此诗曾传诵一时。是年，他又翻译了拜伦的《赞大海》《去国行》等诗。

与《哀希腊》的任诞激越、笔酣墨饱不同，苏曼殊所译雪莱的《冬日》诗，则颇具王维松风水月、幽静寂寥意味：

孤鸟栖寒枝，悲鸣为其曹。

池水初结冰，冷风何萧萧。

荒林无宿叶，瘠土无卉苗。

万籁尽寥寂，惟闻喧桔槔。

胡适二十三岁时，不满苏曼殊译本，自译《哀希腊》，其第十五节曰：

注美酒兮盈杯！美人舞兮低佪！
眼波兮盈盈，一顾兮倾城。
对彼美兮，泪下不能已兮。
子兮子兮，胡为生儿为奴婢兮！

胡适日记谓"此章译者以为全篇最得意之作"。

光绪三十三年（1907），苏曼殊从英文翻译了歌德的《沙恭达罗颂》，采用的则是诗经体：

春华瑰丽，亦扬其芬。秋实盈衍，亦蕴其珍。
悠悠天隅，恢恢地轮。彼美一人，沙恭达罗。

光绪三十三年（1907）2月，周作人在日本译成英国哈葛德与安特路朗（安德鲁·兰）合著之长篇小说《红星佚史》（原名《世界的欲望》），同年10月由商务印书馆出版，列为"说部丛书"之一，署"会稽周逴译"。其中的十六节诗乃是周作人口译，由鲁迅以骚体笔述而成。其中的《厉祠》，为女神所唱的情歌：

婉婉问欢兮，问欢情之向谁。
相思相失兮，惟夫君其有之。

载辞旧欢兮，梦痕溘其都尽。

载离长眠兮，为夫君而终醒。

恶梦袭斯匡床兮，深宵见兹大魅，

矗汝欢以新生兮，兼幽情与古爱。

胡恶梦大魅为兮，惟圣且神，

相思相失兮，忍余死以待君。

《枕草子》第一段《四时情趣》起首四句，周作人译："春天是破晓的时候最好。夏天是夜里最好。秋天是傍晚最好。冬天是早晨最好。"于雷译："春天黎明最美。夏季夜色迷人。秋光最是薄暮。冬景尽在清晨。"林文月译："春，曙为最。夏则夜。秋则黄昏。冬则晨朝。"三者相比，周译旨在白话诗格调，但少了韵律节奏，于译有形象美，却少了隽永之味，还是林译好，有古风，且精悍精练。

1916年，陈独秀以骚体式翻译美国国歌《亚美利加》：

爱吾土兮自由乡，祖宗之所埋骨。

先民之所夸张，颂声作兮邦家光。

群山之隈相低昂，自由之歌声抑扬。

1917年，刘半农在《新青年》杂志第2卷第6号发表其翻译的《马赛曲》：

我祖国之骄子，趣赴戎行；今日何日，日月重光。暴政与我敌，血旆已高扬。君不闻四野贼兵呼噪急，欲戮我众，欲歼我妻我子以勤王。

我国民，秣而马，厉而兵；整而行伍。冒死进行。沥彼秽血以为粪，用助吾耕。

1924年，印度诗人泰戈尔来华，姚华以诗与之交流，嗣后，姚将泰戈尔的《飞鸟集》以古体五言诗形式译作《五言飞鸟集》出版。学者叶恭绰作序道："取印度诗人泰戈尔《飞鸟集》之集，而悉节为五绝者，此在吾国翻译界不能不谓异军特起。"集中录诗凡二百五十六首。

其一：

飞鸟鸣窗前，飞来复飞去。

红叶了无言，飞落知何处。

其六：

白日既西匿，众星相代明。

如何偏泪眼，独自拥愁城。

其十二：

无住海潮音，日夜作疑语。

问天何言答，默默与终古。

其十八：

> 我身不自见，我见非真相。
>
> 如将影悟身，谓身亦已妄。

留日期间，鲁迅即开始关注匈牙利诗人裴多菲（旧译裴彖飞、彼得斐），曾在《河南》月刊1908年第2—3号发文《摩罗诗力说》，介绍其人其作："裴彖飞幼时，尝治裴伦（拜伦）修黎（雪莱）之诗，所作率纵言自由，诞放激烈，性情亦仿佛如二人。曾自言曰，吾心如反响之森林，受一呼声，应以百响者也。又善体物色，著之诗歌，妙绝人世，自称为无边自然之野花。所著长诗有《英雄约诺斯》（JánosVitéz）一篇，取材于古传，述其人悲欢畸迹。又小说一卷曰《缢吏之缳》（AHóhér Kötele），记以眷爱起憎，肇生孽障……至于诗人一生，亦至殊异，浪游变易，殆无宁时。虽少逸豫者一时，而其静亦非真静，殆犹大海漩洑中心之静点而已。"鲁迅曾打算翻译裴多菲的诗，但因语言方面困难太大，只得废然而止，却在周作人帮助下，自英文转译了奥地利学者籁息·艾米尔的一篇《裴彖飞诗论》，上篇发表于1908年第7期《河南》月刊，下篇因杂志停刊，未能刊出，译稿亦不知所终。翻译裴多菲诗一事，长期伏于其心，多年后也陆续译过几首，终觉不得其韵，便将早年购藏的两本《裴多菲集》，送给了殷夫。其中最为著名的《自由与爱情》一首，即是殷夫于1929年翻译过来的：

> 生命诚可贵，爱情价更高。
>
> 若为自由故，两者皆可抛。

1940年，著名语言学家王力以王了一的笔名，翻译波德莱尔的《恶之花》。考虑到原作的格律相当严谨，而白话文又不足以传达其精妙处，遂以五言、七言古诗和乐府诗形式翻译《恶之花》，共计五十八首。其译《信天翁》如是：

> 海上有大鸟，名曰安巴铎。
>
> 海客好事者，捕养以为乐。
>
> 长随万里程，共逐风波恶。
>
> 可怜天外王，局促系绳索。

安巴铎即信天翁直音译。此译充满象征寓意与对比手法，颇具庄子笔力。

法学家吴经熊是位虔诚的基督徒，其20世纪40年代中期出版了翻译圣经《诗篇》的《圣咏译义初稿》，笔调直追《诗经》。他将大卫所言"人算什么，你竟顾念他？世人算什么，你竟眷顾他？你叫他比天使微小一点，并赐他荣耀尊贵为冠冕"，译作：

> 静观宇宙内，气象何辉煌。
>
> 瑞景灿中天，星月耀灵光。
>
> 何物渺渺身？乃系尔慈肠。
>
> 何物人世子？圣眷迥异常。

此等朗朗上口、老妪能吟的诗作，俨然白乐天等先哲所为，翻译到了这等程度，已为化境矣！没有学贯中西的才智，没有满腹珠玑的素养，恐难有这样的出手。当年的严复、林纾有这样的风采，后来的朱生豪、傅雷有这样的风采。林琴南与人合译小说，口述者未毕其词，而纾已书在纸，能一时许译就千言，不窜一字。林译《巴黎茶花女遗事》于光绪二十五年（1899）在福州畏庐刊行后，一时风行全国，洛阳纸贵。此乃中国介绍西洋小说的第一部，为国人见所未见。严复作《甲辰出都呈同里诸公》叹曰："可怜一卷茶花女，断尽支那荡子肠。"足见其"不胫走万本"之盛况。

齐邦媛在《巨流河》中讲述过老师朱光潜一段令人动容的往事：1940年代，朱在武汉大学任教期间，曾为学生讲授英诗。某日讲到华兹华斯的《玛格丽特的悲苦》，读至"the fowls of heaven have wings… hains tie us down by land and sea"（天上的鸟儿有翅膀……链紧我们的是大地和海洋）时，说中国古诗中也有相似的诗句，"风云有鸟路，江汉限无梁"，禁不住语带哽咽，读到最后两行："If any chance to heave a sigh, they pity me, and not my grief"（若有人为我叹息，他们怜悯的是我，不是我的悲苦），"朱先生取下了眼镜，眼泪流下双颊，突然把书合上，快步走出教室，留下满室愕然，却无人开口说话"。

1969年，林语堂与廖翠凤举行结婚五十周年庆典。林语堂为妻准备了一副金质手镯，上铸"金玉缘"三字，并刻了詹姆斯·惠特坎·李莱的不朽名诗《老情人》。林语堂将其译成中文五言诗：

> 同心相牵挂，一缕情依依。
>
> 岁月如梭逝，银丝鬓已稀。
>
> 幽冥倘异路，仙府应凄凄。
>
> 若欲开口笑，除非相见时。

到底是文章大家，林先生的如此译诗，后人再不会有了，类似者，殷夫的译诗也再不会有了。严复有信、达、雅"译事三难"之说，林语堂也有翻译艺术的"三说"："第一是对原文文字上及内容上透彻的了解；第二是译者有相当的国文程度，能写清顺畅达的中文；第三是译事上的训练，译者对于翻译标准及手术的问题有正确的见解。"任鸿隽对科学翻译中的"雅"，曾提出过尖锐的反对意见，但对于文学作品，似乎未见异议。

"翻译是又一次创作"，即意译之所指。意译最见译者学养，而直译所见，重在技术。叶公超当年曾对学生讲："庞德翻译中国的《诗经》，林琴南翻译西洋小说为中文，其中美妙传神处，可以拍案叫绝。虽然庞德本人并不十分了解中文，林氏不懂英、法原文，翻译时通过别人叙述情节，但一段情节还没有完结，林氏早就把那一段译文写得妥妥当当了，有时比原文还要通达简洁，真是了不起的事！"意译直译之是非高下，喋喋不休有年，似乎已成扞格不入争执，以我之拙眼陋见，科技类文献宜直译，文艺类作品意译为妙，诗歌尤如此。诗歌难译，当然与形式有关，而诗歌的讲述方式，比词汇更难翻，此域为文化影响最为深远之处。阿拉伯诗人阿多尼斯曾言："叛逆是忠实的一部分。小说的译者不一定是小说家，但诗的译者最好是诗人，或具有诗性的翻译家。"1964年，中苏边界谈判，中方指责苏联方面贪得无厌，用了成语"得陇望蜀"。经翻译后，苏方代表顿时抗议，说中国人污蔑苏联对其甘肃、四川有领土野心。由此足见翻译之难，雅译尤不易。

外国诗歌的翻译，反过来推动了中国新诗的发展。意料之外，也意料之中。

文言衰因国衰

　　近世以来，中国文化的发展始终绕不开中与西、新与旧的矛盾。五四前后，中西文化及新旧之争，更是达到了白热化程度。文言与白话的纷争，已历百年，其间的是非曲直，也已是既往之事，背时话题，无人再为之侧目。纷争的结局是拔山扛鼎、摧枯拉朽一边倒，待白话大势已立、天下同声之时，人们似乎又发现了文言的些许价值。当年反对文言，群起而攻之，置之死地而后快，其立足点为政治的反对封建、民生的普及教育，如今心仪文言，则在其文化的本体追述、历史的文献功效。鉴于此，有关文言与白话的议题时被提及，但文言已逝，背影依稀，尽管背影也绰约，洪钟绝响，仅留余音，却余音绕梁，不绝于耳。

　　往圣绝学、孔孟之道皆在文言，其大义内质、妙谛形式，今人已是隔岸观景，雾里看花，难得其真颜。现在也有行文言之文者，模仿而已，效法而已，有其形而无其骨血，见其色而没其气韵。有好事者将美国总统奥巴马在芝加哥的演讲，以文言翻译："芝城父老，别来无恙！（Hello, Chicago!）余尝闻世人有疑，不知当今美利坚凡事皆可成就耶？开国先贤之志方岿然于世耶？民主之伟力不减于昔年耶？凡存诸疑者，今夕当可释然。（If there is anyone out there who still doubts that America is a place where all things are possible， who still wonders if the dream of our founders is alive in our time， who still questions the power of our democracy， tonight is your answer.）今夕之释然，皆蒙美利坚民众之协力——学塾祠庙之外，市井乡野之间，万千父老心焦似焚，苦待竟日，愿献一票之力。其中，平生未尝涉国事者，数亦不少，而今有此义举，皆因一念不衰——今夫天下，非同既往，愿发吁天之声，必成动地之势……（It's the answer told by lines that stretched around schools and churches in numbers this nation has never seen， by people who waited three hours and four hours， many for the first time in their lives， because they believed that this time must be different， that their voices could be that difference.）"这让人想起了林琴南，他以桐城笔调译外国文学，玩索译本，默印心中，且能持原作情调，质西书疑义，被公认为中国近代文坛的译界泰斗。

叔本华《论读书》云："文艺界的情况与人世间相同：无论你向社会的哪个角落望去，都会看到无数愚民像苍蝇似的攒动，追污逐垢，在文艺界中，也有无数坏书，像蓬勃滋生的野草伤害五谷。这些书原是为贪图金钱、企求官职而写作的，却使读者浪费时间、金钱和精力。因此，它们不但无益，且为害甚大。"此为现代版的翻译，而周作人的文言翻译便典雅多了："文字之域，芜杂不异人间。人若涉足尘世，当见顽愚群众，到处麇集，挠害万物，如夏日青蝇。惟恶书亦然，其在著作林中，若田有蔓草，夺良苗之膏泽而阻其长。是复垄断天下人之财货光阴精神知力，悉聚于己，使无暇以及他书。故庸劣之书，非特无用，且为大害。"

狄更斯《双城记》经典开篇云："那是最美好的时代，那是最糟糕的时代；那是智慧的年头，那是愚昧的年头；那是信仰的时期，那是怀疑的时期；那是光明的季节，那是黑暗的季节；那是希望的春天，那是失望的冬天；我们拥有一切，我们一无所有；我们全都在直奔天堂，我们全都在直奔相反的方向。简而言之，那时跟现在非常相像，某些最喧嚣的权威坚持要用形容词的最高级来形容它。说它好，是最高级的；说它不好，也是最高级的。"20世纪初的佚名翻译家的译作是："时之圣者也，时之凶者也。此亦蒙昧世，此亦智慧世。此亦光明时节，此亦黯淡时节。此亦笃信之年，此亦大惑之年。此亦多丽之阳春，此亦绝念之穷冬。人或万物俱备，人或一事无成。我辈其青云直上，我辈其黄泉永坠。当时有识之士咸谓人间善恶或臻至极，亦必事有所本，势无可绾。但居之习之可也。"也具林风。

1919年3月18日，《公言报》刊登了一通林琴南致蔡元培的函件，其中指责北京大学"覆孔孟，铲伦常"，批评当时"尽废古书，行用土语为文字"的主张。4月1日，蔡发表《致〈公言报〉并答林琴南君函》对此一一驳复，申明北大办学的两种主张：第一，对于学说，遵循"思想自由"的原则，并赞成"兼容并包主义"；第二，对于教员，"以学诣为主"，"其在校外之言动，悉听自由，本校从不过问，亦不能代负责任"，"本校教员中，有拖长辫而持复辟论者，以其所授为英国文学，与政治无涉，则听之。"反对白话文的那批文化人，却是品得过其精髓的。当年陈独秀被聘为北大文科学长，黄侃、马裕藻对此颇为不满，抱怨道："陈独秀不过能写点笔记文，怎么能做文科学长。"校长蔡元培解释道："仲甫精通训诂音韵之学，如何做不得学长？"所谓笔记文，即白话文，而蔡搬出小学范畴的"训诂音韵"，方使对方哑然。邓之诚的叔曾祖是曾任云贵和两广总督的邓廷桢。邓极不喜欢白话文，学生试卷中凡用"的"之处，他一律改成"之"。一日，他用沉重的西南官话道："同学们，千万要听明白，城里面有个姓胡的，他叫胡适，他是专门地胡说。"黄侃在北大任教时，抨击白话文甚勤，每课必伐之，且占去一半的时间。一次，其当面责难胡适："你口口声声要推广白话文，未必出于真心？"胡适不解其意，究其故。黄曰："如果你身体力行的话，名字就不该叫胡适，应称'往哪里去'才对。"胡适十分尴尬。一次，胡适以《胡适之》为题在北平某大学演讲："鄙人于五四运动时提倡白话文，章太炎则大骂之：'适之小子，你之名字，何不改为往哪里去？'"听者哄然。又一次，黄讲课兴起之际，又谈起胡适与白话文："白话文与文言文孰优孰劣，毋费过多笔墨。比如胡适的妻子死了，家人发电报通知胡某本人，若用文言文，'妻丧速归'即可；若用白话文，就要写'你的太太死了，赶快回来呀'十一个字，其电报费要比用文言文贵两倍。"全场捧腹。胡适则针锋相对。1934年秋，他在北大讲课时大讲白话文的优点，那些醉心文言文的同学，不免萌生了抵触情绪。一位同学站起来声色俱厉地抗议："胡先生，难道说白话文就没有缺点吗？"胡适冲着他微笑着说："没有的。"那位同学更加激愤地反驳："白话文语言不精练，打电报用字多，花钱多。"胡适扶扶眼镜柔声道："不一定吧，前几天行政院有位朋友给我打来电报，邀我去做行政院秘书，我不愿从政，决定不去，为这件事我复电拒绝。复电是用白话写的，看来也很省字省钱。请同学们根据我这一意愿，用文言文编写一则复电，看看究竟是白话文省，还是文言文省?"胡适于课堂上令学生拟一拒聘电报，其中有一最简者为："才疏学浅，恐难胜任，不堪从命。"而胡的白话稿为："干不了，谢谢。"1946年，国民政府教育部部长朱家骅拍电报，欲请身在美国的赵元任出任中央大学校长，赵元任回电即是："干不了。谢谢!"胡适带了一方鸡血石，前往京华印店刻章。老板王元中过举人，一直反对白话文。见胡适不请自来，想借机嘲讽一番。"胡博士想刻何字?""刻'胡适之印'即可。""胡博士提倡白话文，怎么也用起之乎者也来?"胡笑而不答。三天后印章刻好，胡一看，刻的竟是"胡适的印"，令人哭笑不得。

文体变，语言随之;语言变，思想随之，思想统治通过话语统治实现。商贩农夫、舆台走卒、梓人匠石、白叟黄妇皆懂的通俗之文，即土俗市侩之语，平易畅达，可助觉民之用，裘廷梁《论白话为维新之本》便以为，中国不兴，全由民智不开，民智不开，全由民气不通，"愚天下之具，莫文言若，智天下之具，莫白话若"的结论，原因在于"一人之身而手口异国"，即口语与书面语的分离，而死文字断不及生语言。从这个意义而论，白话提倡，可谓大矣。叙述文言白话之争，往往自林纾1917年2月1日在《大公报》发表《论古文之不宜废》开始，而胡适的《文学改良刍议》发表于1月1日。

面对强大的反对势力，白话文推广者不甘示弱，胡适在1917年5月发表《寄陈独秀》的信，信中有一段谈及林纾不懂文法："林先生曰:'呜呼! 有清往矣! 论文者独数方、姚，而攻掊之者麻起，而方、姚卒不之踣。'此中'而方、姚卒不之踣'一句，不合文法，可谓不通。"《新青年》编委钱玄同、刘半农化名写文章在《新青年》发表，驳林琴南的复古谬论，胡适对此大加反感，认为"化名写这种游戏文章，不是正人君子做的"，且不许刘半农再编《新青年》。

胡适论曰："文之优劣，原不在文白，在于修辞得当也。"但多数情况下不如此，"美目盼兮，巧笑倩兮"，白话翻译当是：美丽的双眸顾盼生辉，多情的笑容优雅灿烂；"记得绿罗裙，处处怜芳草"，白话翻译当是：永远记得你穿着绿裙子的倩影，自那以后每当看到同样颜色的绿草，就会勾起我爱的回忆。其中的微妙，大含细入，玄之又玄，只可意会，不可言传，白话无论如何是无法尽达的。臧克家在余心清家遇到李烈钧，臧对李说："久仰了。"余介绍说："这是新诗人臧克家先生。"李双眼紧闭，点头道："唔，唔，大狗叫，小狗跳。"臧心中起火却又不好发作，后来臧对余说："以后对不懂新诗的人，千万不要再作介绍了。"可见新诗在旧派人物心目中的地位。毛泽东当年就曾说过："用白话写诗，几十年来迄无成功。现在的新诗，没有人读——除非给一百块大洋！"（见1978年1月号《诗刊》之《毛泽东给陈毅同志谈诗的一封信》）20世纪40年代，白话文已相当普及，马一浮备感惆怅，叹息道："日日学大众语亦是苦事，故在祖国而有居夷之感。"吴宓则在日记中捶胸顿足道："文言废，汉字灭，今之中国真亡矣。……以白话破灭中国文字之人，宓皆深恨之而欲尽杀之。"他们那一代人运用文言写作，乃习惯成自然。1918年1月，由陈家麟、陈大镫翻译的安徒生童话集《十之九》于中华书局出版时，仍采用文言；熊十力的《新唯识论》1932年以文言写就，1944年改作语体本再版；竭力反对文言的胡适，其《文学改良刍议》也以文言写就；邓拓的《中国救荒史》1932年亦文言写就，1957年改作语体本再版。

语言是历史的结果，它就是历史本身。我族有语有文，幸也，而多数民族有语无文。白话先于文言存在，后白话规范为文言，语与言的脱离，使一种表述能因亘古不移而隧穿时空，跨越地域，真乃伟大创举，语与言的分离由来已久，在地域阻隔、人民异俗的国度里，语殊别而言一致，若无此同，则会交流不畅，科举不行，国家不统，域内不一。语与言起初合拍合节，步调一致，可以"吾手写吾口"，然随着疆土拓展，四夷归顺，语随境设，莫测多端，表达歧而指称异，语与言的分离当属自然。其间，言之变迁缓，语之变化急，差别遂深，轩轾趋阔。其延续千年而地位至尊，国力强盛也。晚清以降，国势日衰而自信动摇，外强凌辱而束手无策，有病乱求医，在"打倒孔家店"的倾巢之下，"打倒文言"被裹胁而不得完卵，《新青年》便旗帜鲜明地喊出过"提倡白话文，反对文言文"的口号，白话遂又从文言分化而出。胡适认为：文言乃是一种半死的文字，白话是一种活的语言。凡文言之所长，白话皆有之。而白话之所长，文言未必能及。白话非文言之退化，乃文言之进化。半死的文字绝不会产生一流的文学。然"中国传统中该变化的早就变了，不该变的永远都不会改变"（梁漱溟语），但愿语与言的变化也属"该变化"的，而"不该变化"的理性与持中，能在新的语境下，银镝急飞，熠熠生辉，但愿载道者，无论文言与白话。但事实是，远离了一种语境，此等语境下精确表达"人生向上、伦理情谊"的经典会被腰斩。情可无言喻，文期后世知，远离了此类经典之文，后世如何感知所言喻的情愫。震古烁今之著，补天浴日之作，无不以文言叙述，毕竟白话成主流，不过百年。

何以有那么多人赞成或反对文言，梁启超在《论中国群治不进之原因》一文中辨清了其关系："言文合，则言增而文与之俱增，一新名物新意境出，而即有一新文字以应之，新新相引而日进焉。言文分，则言日增而文不增，或受其新者而不能解，或解矣而不能达，故虽有方新之机，亦不得不窒。其为害一也。言文合，则但能通今文者，已可得普通之智识，其古文之学，如泰西之希腊罗马文字。待诸专门名家者之讨求而已，故能操语者即能读书，而人生必需之常识，可以普及。言文分，则非多读古书通古义，不足以语于学问，故近数百年来学者，往往瘁毕生精力于《说文》《尔雅》之学，无余裕以从事于实用，夫亦有不得不然者也。其为害二也。且言文合而主衍声者，识其二三十之字母，通其连缀之法，则望文而可得其音，闻音而可解其义。言文分而主衍形者，则《仓颉篇》三千字，斯为字母者三千，《说文》九千字，斯为字母者九千，《康熙字典》四万字，斯为字母者四万，夫学二三十之字母与学三千、九千、四万之字母，其难易相去何如？故泰西、日本妇孺可以操笔札，车夫可以读新闻。而吾中国或有就学十年，而冬烘之头脑如故也。其为害三也。"

言之成理，持之有故，文言以前是所有读书人的普遍掌握，目前则成了专门学问，如同毛笔是过去唯一的书写工具，而现在则成了书家的专项技艺。蔡元培1919年在北京女子高等师范学校发表的《国文之将来》演讲中说："我敢断定白话派一定占优胜，但文言是否绝对的被排斥，尚是一个问题。照我的观察，将来应用文，一定用白话，但美术文，或者有一部分仍用文言。"其早在1904年办《警钟日报》时，每天晚上即赶写两篇评论，一篇文言，一篇白话。叶圣陶曾比喻文言与白话间的关系：如果把中国语言比作一把折扇，文言文相当于扇轴上面的主体部分，而白话文仅是扇轴下部的扇尾，两者在数量、质量上皆不可同日而语。大道通天，各走半边，在崇白话、废文言的大态势下，这样的表述已算公允。白话文运动中，多数文言文的受益者对其种种好处只字不提，反贬之为"桐城妖孽，文选谬种"，文言文就像瘟疫一般，让人唯恐避之不及，连鲁迅这样的睿者也说出了"青年人不要读古书"之类的话。白话文可以开启民智，引进科学，文言文何不能，这样的反诘只有待到国力复兴、自信充足时，方敢启齿。有了白话文，就能有德先生赛先生？未必！

有文言功底者，可作精妙白话文，反之则不然。辜鸿铭反对白话文，曾作白话诗一首："监生拜孔子，孔子吓一跳。孔教拜孔子，孔子要上吊。"然后笑问胡适："胡先生，我的白话诗好不好？"胡微然一笑，不置可否。1906年，在澄衷学堂念书的十四岁少年胡适写了篇《物竞天择，适者生存，试申其义》的命题作文，其中道："今日之世界，一强权之世界也。人亦有言，天下岂有公理哉！黑铁耳，赤血耳。又曰，公法者，对于平等之国而生者也。呜呼！吾国民闻之，其有投袂奋兴者乎？国魂丧尽兵魂空，兵不能竞也；政治学术，西来是效，学不能竞也；国债累累，人为债主，而我为借债者，财不能竞也；矿产金藏，所在皆有，而不能自辟利源，必假手外人，艺不能竞也。以劣败之地位资格，处天演潮流之中，既不足以赤血黑铁与他族相角逐，又不能折冲樽俎战胜庙堂，如是而欲他族不以不平等之国相待不渐渍以底灭亡亦难矣！呜呼！吾国民其有闻而投袂兴奋者乎？"针砭时弊，慷慨陈词，言辞雄辩，推理缜密，其古文功底之扎实，可见一斑。

章太炎也反对白话文，一次谈到白话诗时说："诗至清末，穷极矣。穷则变，变则通；我们在此若不向上努力，便要向下堕落。所谓向上努力，就是直追汉晋，所谓向下堕落，就是近代的白话诗，诸君将何去何从？"他却有白话文作品《章太炎的白话文》面世，这是他1909年至1910年间在日本东京对中国留学生所作的一系列白话演讲录之汇编。他的白话文全不似他的文言那么难读，嬉笑怒骂，皆成文章。试看以下一段他讥讽日本学者的话："有一位什么博士，做一部《支那哲学史》，把九流的话，随意敷衍几句，只像《西游记》说的猪八戒吃人参果，没有嚼着味，就囫囵吞下去；那边的人，自己有一句掩饰的话，说我们看汉土的书籍，只求它的义，不求它的文。这句话只好骗骗小孩儿。仔细说来，读别国的书，不懂它的文，断不能懂它的义。假如有人不懂德国文字，说我深懂康德的哲学，这句话还入耳么？"（《留学的目的和方法》）章士钊以古文雄词立于世，常贬胡适的白话为浅薄。1923年，刘文典新作出版，倩胡适为序："拙著《淮南鸿烈集解》业已完成，学子亟盼一观者甚夥，吾亦欲早日出版，唯待先生序言一。若文体者，似以文言为宜，盖本书古色古香，若以白话为序，未免不称耳。若先生执意不允，白话亦可，盖平易文言亦于白话相近耳。"胡则承刘之愿，径以文言序之。1925年2月，胡适在撷英饭馆遇章士钊，因晤谈颇洽，乃合摄一影，各题诗词留念，章士钊竟用白话，胡适则用文言。章诗云："你姓胡来我姓章，你讲什么新文学，我开口还是我的老腔。你不攻来我不驳，双双并坐各有各的心肠。将来三五十年后，这个相片好做文学纪念看。哈哈，我写白话歪词送把你，总算是俺老章投了降。"胡诗云："但开风气不为师，龚生此言吾最喜。同是曾开风气人，愿常相亲不相鄙。"胡适的新诗尝试，多数有形无神，味同嚼蜡，但有些确实不错，如《如梦令》："天上风吹云破，月照我们两个。问你去年时，为甚闭门深躲？谁躲？谁躲？那是去年的我！"未尝倚傍门户，浑是一派天真，文言的底子亦厚。

《中国小说史略》日译者增田涉在《鲁迅的印象》中透露，当年他曾就《史略》为何以古文成书请教鲁迅，得到的答复是："因为有人讲坏话说，现在的作家因为不会写古文，所以才写白话。为了要使他们知道他也能写古文，便那样写了；加以古文还能写得简洁些。"《史略·序言》所谓"又虑钞者之劳也，乃复缩为文言"的说法，恐不属实情。

无锡名画家吴观岱因患霍乱去世，提倡文言文的吴稚晖竟写了一副白话文的挽联："何物鹄列拉的微生虫，竟挈阿兄老命而跑，空想一枝秃笔，信今传后，就写成顾虎头、倪云林，亦徒为无锡艺术志中，增加篇幅，于大家谈谈笑笑，终归完了；可恨驹过隙般短身世，难留胜会群贤之盛，伤心七尺桐棺，闭目埋忧，只剩有孙来鹤、廉潭拓，尽还将北平石板房里，共历兴亡，向四方惨惨切切，诉说从前。"又农历中元节，江南俗例有盂兰盛会，吴稚晖尝有联云："替鬼化缘，或拜张，或拜李，拾芝麻凑斗；随人作福，不争多，不嫌少，尽蜡烛念经。"喻血轮《绮情楼杂记》为此评价道："有人谓稚老所作白话文，骤视之，若几岁小儿亦能道出，细读之，则非苦读三十年不能道其只字，诚确论也。"

胡适于1929年"人权运动"中发表长文《新文化运动与国民党》，语气激昂，义愤填膺，从文化复古、压制思想自由等方面论证了国民党之"反动"："我们至少要期望一个革命政府成立之日就宣布一切法令公文都改用国语（指白话文）。但是国民党当国已近两年了，到了今日，我们还不得不读骈文的函电，古文的宣言，文言的日报，文言的法令！"并指出"至少从新文化运动的立场看来，国民党是反动的"。文章最后要求"废止一切'鬼话文'的公文法令，改用国语"，"通令全国日报，新闻论说一律改用白话"。1930年2月，教育部即奉国民党中执会指令，通令全国厉行国语教育，且通令本身也改用了白话文。此举动，无疑是国民政府对胡适雄文作出的反应，白话文战胜文言文，胜利者胡适还是借助非文化的行为，干预了文化，多少有些不合文化的规律，也不光彩，道义上输了。

　　期间，钱玄同提出过废除汉字、改用拼音文字的激进主张，其在1918年给陈独秀的信中道："欲废孔学，不得不先废汉文。欲驱除一般之幼稚的野蛮的顽固思想，尤不可不先废汉文。"又说："中国文衍形不衍声，以致辨认书写极不容易，音读极难正确，这一层近二十年来很有人觉悟，所以，造新字，用罗马字拼音，等等主张，层出不穷……殆无不感到现行汉字之拙劣，欲图改革，以期便用。"此主张对于文学革命的发展，客观上起到了推进作用，鲁迅后来谈及五四文学革命时说："但是，在中国，刚刚提起文学革新，就有反动了。不过白话文却渐渐风行起来，不大受阻碍。这是怎么一回事呢？就因为当时又有钱玄同先生提倡废止汉字，用罗马字母来替代。这本也不过是一种文字革新，很平常的，但被不喜欢改革的中国人听见，就大不得了了，于是便放过了比较的平和的文学革命，而竭力来骂钱玄同。白话乘了这一个机会，居然减去了许多敌人，反而没有阻碍，能够流行了。"又说："中国人的性情是总喜欢调和，折中的。譬如你说，这屋子太暗，须在这里开一个窗，大家一定不允许的。但如果你主张拆掉屋顶，他们就会来调和，愿意开窗了。没有更激烈的主张，他们总连平和的改革也不肯行。那时白话文之得以通行，就因为有废掉中国字而用罗马字母的议论的缘故。"虽说白话文的流行，是因了文言文的不合时宜，乃时代发展必然，但鲁迅并不赞同或至少在一段时期内不赞同废除汉字，却能从钱玄同提倡拼音之外，发现其历史意义。1926年5月25日，鲁迅发表于《莽原》半月刊上《二十四孝图》一文，对于反白话文者表明了自己的立场："我总要上下四方寻求，得到一种最黑，最黑，最黑的咒文，先来诅咒一切反对白话，妨害白话者。即使人死了真有灵魂，因这最恶的心，应该堕入地狱，也将决不改悔，总要先来诅咒一切反对白话，妨害白话者。……只要对于白话来加以谋害者，都应该灭亡！……只要对于白话来加以谋害者，都应该灭亡！"

黄侃曾对弟子陆宗达说："我要坚守自己的主张，我是不能写白话文的。但你要写好白话文啊，将来是人人都得用白话文写作的。"一生固执于文言、顽梗于文言的黄侃也看出了这一点。至40年代，时人已不再学四书五经。提倡白话文，但不排斥文言文，似乎是两厢都不得罪的折中主张，但百年经历证明，事实并非如此，提倡白话，主张文言，往往成了学界的政治立场，含糊不得。林纾于弥留之际，颤抖着在儿子手心写下最后的叮嘱："古文万无灭亡之理，其勿怠而修。"然此后众人皆弃之如敝屣，睨之如秕糠，再无善待文言者也。中华人民共和国成立后陈垣曾给胡适写公开信，劝其回大陆。胡看后笑笑，不敢相信那是陈写的，理由是"陈垣不会写白话文"。但时代真的变了，曩日坚决抵制白话文的老先生们，中华人民共和国成立后都自觉地转移到了白话文阵营，但此时白话文阵营的旗手胡适却已成了敌人。

1920年1月24日《爱国白话报》主笔丁子瑜在《说演说》中，将清末民初白话报的文风归为六类，"一述古派，二直论派，三趋新派，四海说派，五寓言派，六滑稽派"。其中，述古派论调平和，立言大旨不外将今比古；直论派崇尚激烈，对政府失政行为及不良风俗痛切陈词；趋新派旨在革新政治、改良社会；海说派多漫无限制，时而大声疾呼，时而痛哭流涕，却并无一定宗旨和目的；寓言派每遇一事，以喻言比其得失；滑稽派每论一事，即能令人解颐。正如文言文有其不足，白话文也有其短板。胡适《五十年中国之文学》一文即认为白话文会将底层民众与知识分子割裂，"把社会分作两部分：一边是'他们'，一边是'我们'"。为使白话文向上流通，成为知识分子惯常使用的书面用语，需通过加入西方语法结构、欧化白话文的方式，将口语到书面语的转译过程"雅化"或"文话化"。白话文"雅化"的后果，无疑是对口语性的弱化。时过境迁，朱光潜《从我怎样学国文说起》一文尝分析文言与白话文在说理方面的特点，认为各有所长，"如果要写得简练，有含蓄，富于伸缩性，宜于用文言；如果要写得生动、直率，切合于现实生活，宜于用白话"，但从传播效果考虑还是白话文更胜一筹，"为读者着想，白话却远比文言方便"。尚且公允。

何以要废除文言文推行白话文，傅斯年提出的理论根据简明扼要：一、怎么说就怎么写；二、白话文必须欧化才能传达复杂的思想。有人不敢想象一篇科技论文用文言文写作，会是一种什么样子。但若以英文书写，何以普遍接受，因为众人皆以此为约定语言。若今日世界文化主流不在西方，而在我方，科技论文无疑就是文言，体例无外《齐民要术》《梦溪笔谈》，形制大概《洗冤集录》《本草纲目》。昔时，日本、朝鲜、越南、琉球学者与中土人士音虽不通，却仍以作汉诗为高学养之能事。文言文之衰，归根结底因国力之衰所致。

五四以来，文言文与白话文、杂文学与纯文学、旧著作与新观念两极对立的结果，往往是后者压制前者。梁鼎芬、唐文治、马贞榆、曹元弼、张锡恭、孙德谦、张尔田等等的"保守士人"，由于曾站在"进步"的对立面，长期以来是被忽视乃至无视。时过境迁，"国学"复兴，其价值被重新认识，乃至接纳。晚清至民国间，他们保守儒家文明、传承古圣先贤的良苦用心及坚贞不渝，今日读来，让人唏嘘不已。

校歌荡漾的余音

五岳苍苍，河水汤汤，中华屹然立东方。

夏商周秦，汉魏隋唐，中华历史悠且长。

森林莽莽，兰芷芬芳，中华大地好风光。

堂堂皇皇，容止汪洋，中华自古礼仪邦。

四时更张，东升朝阳，中华风雨国运昌。

乾坤朗朗，灿烂未央，中华巍巍寿无疆。

这是我先前模仿民国时期大学校歌撰写的《中华未央歌》。

清末，废科举，兴学堂，仿照西式教育模式的新式教育开始在全国统一推行，各类学校纷起。随着新式学堂的建立，学堂乐歌兴起，并由学堂乐歌而校歌。校歌之于学校，如同国歌之于的国家，乃学校精神的集中体现，并代表各校的特点。类似岳麓书院"忠孝廉节"的校训既有，但校歌却是全新的。因为新，没有可资借鉴的模式，故创作起来各具特色。这些校歌中，又以大学校歌最为优异。

北洋大学创办于光绪二十一年（1895），其校歌歌词：

> 花堤蔼蔼，北运滔滔，巍巍学府北洋高。悠长称历史，建设为同胞，不从纸上逞空谈，要实地把中华改造。穷学理，振科工，重实验，薄雕虫。望前驱之英华卓荦，应后起之努力追踪，念过去之艰难缔造，愿一心一德共扬校誉于无穷。

这样的句式，显然是受到范仲淹《严先生祠堂记》"云山苍苍，江水泱泱，先生之风，山高水长"的影响。

光绪二十三年（1897），南洋公学总教习张焕纶为南洋公学师范院作院歌一首，师范生张惕铭、姚立人、沈庆鸿共同为之谱曲。这是交大历史上第一首校歌，也是中国最早的几首大学校歌之一。歌词旨在痛诉国难家仇，鼓舞青年发奋进取，救国图存：

> 警！警！警！黑种奴，红种烬，黄种酣眠鼾未竟。毋依冰作山，勿饮鸩如酲；焚屋漏舟乐未央，八百兆人，瞥眼同一阱。醒！醒！醒！
>
> 警！警！警！胚羲轩，乳孔孟，神明摇落今何剩？碧眼红髯，仿佛流风韵；不耻为之奴，转耻相师证，漫漫万古如长暝。醒！醒！醒！
>
> 警！警！警！野吞声，朝饮恨，百年养士期何称。毋谓藐藐躬，只手擎天臂一振；毋谓藐藐童，桃李成荫眼一瞬，

自觉觉人、不任将谁任？醒！醒！醒！

警！警！警！水东流，日西轫，朱颜弹指成霜鬓。策驾马，追八骏，九逵之衢苦不迅。翙乃绝藤凿迁径，玩物愒时，买椟珠谁问？醒！醒！醒！

宣统元年（1909），唐文治校长重拟校歌：

珠光灿青龙飞，美哉吾国徽；醒狮起搏大地，壮哉吾校旗。

愿吾师生全体，明白旗中意，既醒勿睡，既明勿昧，精神常提起。

实心实力求实学，实心实力务实业，光辉吾国徽，便是光辉吾校旗。

京师优级师范学堂校歌，创作于1908年：

礼陶乐淑教之基，依京国，重声施，英才天下期。

党庠州序仰师资，师资肇端在于斯，学日进，德务滋，诚勇勤与爱，力行无愧为人师。

1921年学校划归交通部主管，改名"交通部专门工业学校"即"交通大学"。1943年，《四十七周年校庆纪念刊》刊登了音乐教育家萧友梅谱曲的《国立交通大学校歌》，词作者为校国文系主任陈柱：

美哉吾校，真理之花，青年之楷模，邦国之荣华。

校旗飘扬，与日俱长，为世界之光，为世界之美。

美哉吾校，鼓舞群伦，启发我睿智，激励我热忱。

英俊济跄，经营四方，为世界之光，为世界之光。

美哉吾校，性灵泉源，科学之奥府，艺术之林园。

实业扩张，进步无疆，为世界之光，为世界之光。

美哉吾校，灿烂文化，实学培国本，民族得中兴。

宇土茫茫，山高水长，为世界之光，为世界之光。

创作于1916年前后的南京高等师范学校（南京大学前身）校歌，由该校首任校长江谦作词，李叔同制谱：

大哉一诚天下动，如鼎三足分，曰知、曰仁、曰勇。

千圣会归分，集成于孔。下开万代旁万方分，一趋分同。

踔海西上分，江东；巍峨北极分，金城之中。

天开教泽分，吾道无穷；吾愿无穷分，如日方瞳。

1917年12月17日，北京大学二十周年校庆时，演唱了文科教授吴梅所作的北大二十周年纪念歌：

朴樕乐英材，诚语同侪，追想逊清时创立此堂斋。景山丽日开，旧家主第门楻改，春明起讲台，春风尽异才。

沧海动风雷，弦诵无妨碍。到如今费多少桃李栽培，喜此时幸遇先生蔡，从头细揣算，匆匆岁月，已是廿年来。

期间，吴梅同时还写了一首北大校歌：

> 景山门启，鳣帷成均，又新弦诵一堂春。破朝昏，鸡鸣
> 风雨相亲。
> 致分科有东西，秘文，论，同堂尽，南北儒珍珍重读书
> 身，莫白了青春双鬓。
> 男儿自有真，谁不是良时豪俊，待培养出文章气节少年
> 人。

校庆纪念歌虽脍炙人口，为人所喜，但词中的"喜此时幸遇先生
蔡"之句，不为校长蔡元培所允。刊载时，未标明宫调和曲牌，有意
回避其昆曲特征。此歌词收录于吴梅《霜厓曲录》中，标题为《正
宫·锦缠道》（示北雍诸生），歌词尤以"珍重读书身"一句最为动人。
1921年11月9日，北大召开第一次评议会，对此事进行评议，11月11
日出版的《北京大学日刊》刊登了《校长布告》："本校二十周年纪念
会歌，不能作为本校校歌。本校暂不制校歌。"此后，北大再未议制作
校歌之事。北京大学百年校庆时，有人归纳了三大遗憾，其中之一便
是没有一首能够代表其精神的校歌。

武汉大学前身是国立武昌高等师范学校，其校歌于1919年在张渲
校长主持下完成，作者不详。

> 乾坤清旷，师儒道光，国学建武昌。

镜湖枕麓，屏城襟江，灵秀萃诸方。

东西南朔，多士跄跄，教学益相彰。

朴诚有勇，陶铸一堂，学盛国斯强。

国立北平师范大学校歌，1923 年由范源廉作词，冯孝谱曲：

往者文化世所崇，将来事业更无穷，开来继往师道贯其中，师道，师道，谁与立？

责无旁贷在藐躬。皇皇兮故都，巍巍兮学府，一堂相聚志相同，朝研夕讨乐融融。弘我教化，昌我民智，共矢此愿务成功！

1928 年定名国立武汉大学后的新校歌为：

黄鹤一举兮，知山川之纡曲，朝斯夕斯，日就月将。再举兮，知天地之圆方，念茫茫宇合，悠悠文物。

选珞珈胜处，学子与翱翔，任重道远，来日亦何长。学子与翱翔，努力崇明德，藏焉、修焉、息焉、游焉，及时爱景光。

南开大学诞生于 1919 年初。此时，张伯苓校长从美国哥伦比亚大学留学回校后，即请音乐教员孙润生审定一歌，为"于聚会之时，千人合唱，以期神会而铸就南开真精神"，曲子借用西方的圣诞之歌：

渤海之滨，白河之津，巍巍我南开精神。

汲汲骎骎，月异日新，发煌我前途无垠。

美哉大仁，智勇真纯，以铸以陶，文质彬彬。

渤海之滨，白河之津，巍巍我南开精神。

中山大学于1924年成立时，其校歌由中山大学首任校长邹鲁作词，陈洪作曲：

白云山高，珠江水长。吾校矗立，蔚为国光。

中山手创，遗泽余芳。博学审问，慎思不罔。

明辨笃行，为国栋梁。莘莘学子，济济一堂。

学以致用，不息自强。发扬光大，贯彻主张。

振兴中华，永志勿忘。

陈嘉庚在筹办厦大之时，即发表了"筹办厦门大学演词"，1921年4月6日在举行建校仪式当日，陈嘉庚公布了郑贞文作词、赵元任谱曲的校歌：

自强！自强！学海何洋洋！谁欤操钥发其藏？鹭江深且长，致吾知于无央。吁嗟乎！南方之强！吁嗟乎！南方之强！

自强！自强！人生何茫茫！谁欤普渡驾慈航？鹭江深且长，充吾爱于无疆。吁嗟乎！南方之强！吁嗟乎！南方之强！

沪江大学（上海理工大学前身）校歌创作于1923年：

> 我来我校，时日沪江，共高歌乐赞扬，赞扬之声，遍于四方，我爱我校，爱升其堂，唯我母校，信义勤爱，赞扬母校荣光，使我学行，周或不臧，增荣名仰沪江。

1925年，由刘大白作词、丰子恺作曲创作了复旦大学校歌：

> 复旦复旦旦复旦，巍巍学府文章焕，学术独立思想自由，政罗教网无羁绊，无羁绊前程远，向前，向前，向前进展。复旦复旦旦复旦，日月光华同灿烂。
>
> 复旦复旦旦复旦，师生一德精神贯，巩固学校维护国家，先忧后乐交相勉，交相勉前程远，向前，向前，向前进展。复旦复旦旦复旦，日月光华同灿烂。
>
> 复旦复旦旦复旦，沪滨屹立东南冠，作育国士恢廓学风，震欧铄美声名满，声名满前程远，向前，向前，向前进展，复旦复旦旦复旦，日月光华同灿烂。

清华大学创建之初，曾由外籍教师创作了一首英文歌词的校歌。1925年贺麟在《清华周刊》撰文指出："我根本认为清华的英文校歌不能代表清华的精神，更不能代表中国文化的精神。我仔细一想，原来此歌是一位美国女士做的，才恍然觉悟此歌原来是代表很幼稚的美国化。……而此种美国化，又不是我们所需要的。"正是在这种背景下，学校公开征集校歌，汪鸾翔应征的歌词，经校内外名人评审入选。

　　西山苍苍，东海茫茫，吾校庄严，岿然中央，东西文化，荟萃一堂，大同爰跻，祖国以光。莘莘学子来远方，莘莘学子来远方，春风化雨乐未央，行健不息须自强。自强，自强，行健不息须自强！自强，自强，行健不息须自强！

　　左图右史，邺架巍巍，致知穷理，学古探微，新旧合冶，殊途同归，肴核仁义，闻道日肥。服膺守善心无违，服膺守善心无违，海能卑下众水归，学问笃实生光辉。光辉，光辉，学问笃实生光辉！光辉，光辉，学问笃实生光辉！

　　器识为先，文艺其从，立德立言，无问西东，孰绍介是，吾校之功，同仁一视，泱泱大风。水木清华众秀钟，水木清华众秀钟，万悃如一矢以忠，赫赫吾校名无穷。无穷，无穷，赫赫吾校名无穷！无穷，无穷，赫赫吾校名无穷！

　　同济大学校歌创作于1927年，当时只有前两段，1937年由易韦斋增加了第三段。

　　好一片中华大地，不振兴工艺，真可惜，真可惜。同有耳目，同有手足，同有心思才力，不做工负了好教育。勤劳，诚毅，提携我中华国民，同舟共济，同舟共济，振兴工艺。

　　好一片中华大地，不健康身体，真可惜，真可惜。同有心腹，同有肌肉，同有起居饮食，不学医负了好教育。慈爱，仁义，扶持我中华国民，同舟共济，同舟共济，健康身体。

好一片中华大地，不格物穷理，真可惜，真可惜。同有头脑，同有智慧，同有星辰空气，不学理负了好教育。明彻，清晰，训练我中华国民，同舟共济，同舟共济，格物穷理。

1928年，东北易帜不久，东北大学六周年校庆前夕，校长张学良盛邀诗人教授刘半农、音乐家赵元任创作了东北大学校歌：

白山兮高高，黑水兮滔滔。有此山川之伟大，故生民质朴而雄豪；地所产者丰且美，俗所习者勤与劳；愿以此为基础，应世界进化之洪潮。沐三民主义之圣化，仰青天白日之昭昭。

痛国难之未已，恒怒火之中烧。东夷兮狡诈，北虏兮矫骁，灼灼兮其目，霍霍兮其刀，苟捍卫之不力，宁宰割之能逃？惟卧薪而尝胆，庶雪耻于一朝。

唯知行合一方为责，无取乎空论之滔滔，唯积学养气可致用，无取乎狂热之呼号。其自迩以行远，其自卑以登高。

爱校、爱乡、爱国、爱人类，期终达于世界大同之目标。使命如此其重大，能不奋勉乎吾曹，能不奋勉乎吾曹。

金陵大学校歌创作于1930年，由胡小石作词：

大江滔滔东入海，我居江东，石城虎踞山蟠龙，我当其中。三院嵯峨，艺术之宫，文理与林农，思如潮，气如虹，永为南国雄。

东吴大学校歌创作于 1935 年：

葑溪之西，胥江之东，广厦万间崇。凭栏四望，虎嘤金鸡，一例眼球笼。皇皇母校，共被光荣，美我羽毛丰。同门兄弟，暮云春树，记取古东吴。

天涯昆弟，一旦相逢，话旧故乡同。相期努力，敬教劝学，分校遍西东。东吴东吴，人中鸾凤，世界同推重。山负海涵，春华秋实，声教暨寰中。

20 世纪 30 年代，湖南大学校歌由第三任校长胡庶华作词，著名音乐教育家萧友梅作曲：

麓山巍巍，湘水泱泱，宏开学府，济济沧沧，承朱张之绪，取欧美之长，华与实兮并茂，兰与芷兮齐芳，楚材蔚起，奋志安壤。振我民族，扬我国光。

北大、清华、南开三校南迁，于昆明合立西南联合大学。1938 年 10 月 6 日，联大成立了编制校歌校训委员会，聘冯友兰、朱自清、罗常培、罗庸、闻一多为委员，并请冯友兰为该会主席。经过反复讨论，到 1939 年 6 月 30 日，校歌委员会通过了以罗庸作词、张清常作曲的《满江红》为校歌方案的西南联大校歌。但编制校歌校训委员会决定采用这篇歌词作为校歌时，为含蓄起见，将歌词中的"倭虏"改为"仇寇"。此歌一出，赞声一片，被认为是岳飞《满江红》八百年后的新版。

万里长征，辞却了五朝宫阙。暂驻足衡山湘水，又成别离。绝徼移栽桢干质，九州遍洒黎元血。尽箛吹弦诵在山城，情弥切！

千秋耻，终当雪，中兴业，须人杰。便一成三户，壮怀难折。多难殷忧新国运，动心忍性希前哲。待驱除仇寇复神京，还燕碣。

浙江大学校歌原名《大不自多》，作于1938年，由国学大师马一浮作词，应尚能谱曲：

大不自多，海纳江河。惟学无际，际于天地。形上谓道兮，形下谓器。礼主别异兮，乐主和同。知其不二兮，尔听斯聪！

国有成均，在浙之滨。昔言求是，实启尔求真。习坎示教，始见经纶。无曰已是，无曰遂真。靡革匪因，靡故匪新。何以新之？开物前民。嗟尔髦士，尚其有闻。

念哉典学，思睿观通。有文有质，有农有工。兼总条贯，知至知终。成章乃达，若金之在熔。尚亨于野，无吝于宗。树我邦国，天下来同。

1938年11月24日，云南大学举行改为国立后的第一次开学典礼。校长熊庆来心中的激情难以遏止，遂亲自作词校歌：

太华巍巍，拔海千寻；滇池淼淼，万山为襟。卓哉吾校，其与同高深。北极低悬赤道近，节候宜物复宜人。四时读书好，探研境界更无垠。努力求新，以作我民；努力求真，文明允臻。以作我民，文明允臻。

抗战爆发后，河南大学几经辗转搬迁，最后停留在伏牛山深处的嵩县潭头镇，办学达五年之久。在抗战最为艰苦时刻，河大决定创作校歌，利用歌曲形式，凝聚师生，鼓舞斗志，弘扬学术，坚持办学。1940年，由时任文学院院长的嵇文甫作词、陈梓北谱曲的河南大学校歌诞生了。其曰：

嵩岳苍苍，河水泱泱，中原文化悠且长。

济济多士，风雨一堂，继往开来扬辉光。

四郊多垒，国仇难忘，民主是式，科学允张，猗欤吾校永无疆，猗欤吾校永无疆。

民国之后，白话得以普遍推广，但在正式场合，仍以文言为重。也因文言表述，微言大义，精深切要，意蕴无穷，耐人寻味。无论配乐如何，但这些歌词皆为一流学者的精心之作。虽曰引据大义，正之经典，但其音律协和，意蕴深远，远非浅显白话所能及，其与大学浓郁的文化气氛也十分的协调。

西南联大在征集校歌时，冯友兰写了白话体的歌词："西山苍苍，滇水茫茫，这已不是渤海太行，这已不是衡岳潇湘。同学们，莫忘记失掉的家乡，莫辜负伟大的时代，莫耽误宝贵的辰光。赶紧学习，赶紧准备，抗战建国都要我们担当。同学们，要利用宝贵的辰光，要创造伟大的时代，要恢复失掉的家乡。"但在校歌校训委员会讨论校歌歌词时，一致同意选用罗庸的文言歌词。冯在此事上有所悟，后来在撰写国立西南联合大学纪念碑时，毫不犹豫地采用了文言体，被认为是民国时期最精彩的一段碑文。

此风延绵，1950年3月改组并易名的新亚学院，校歌由创校校长钱穆亲自作词，其曰：

> 山岩岩，海深深，地博厚，天高明，人之尊，心之灵。
>
> 广大出胸襟，悠久见生成。珍重，珍重，这是我新亚精神。
>
> 十万里上下四方，俯仰锦绣，五千载今来古往，一片光明。
>
> 五万万神明子孙，东海西海南海北海，有圣人。珍重，珍重，这是我新亚精神。
>
> 手空空，无一物，路遥遥，无止境，乱离中，流浪里，饿我体肤劳我精。艰险我奋进，困乏我多情。千斤担子两肩挑，趁青春，结队向前行。珍重，珍重，这是我新亚精神。

1961年，辅仁大学在台湾复校，《辅仁大学校歌》上承余续，下启风气，算是此类校歌最后的余音。校歌由于斌作词、黄友棣作曲：

> 辅仁以友，会友以文。吾校之魂，圣美善真。三知是求，明德日新。蔚起多士，文质彬彬。福音勤播，天下归仁。世界大同，神旨永遵。祝我辅仁，其寿千春！祝我辅仁，其寿千春！

刘半农是白话运动的极端倡导者，在他与赵元任合作的现代歌曲中，其歌词无一例外都以白话写就，但在被邀创作东北大学校歌时，却违背己之一贯主张，写出了文言的歌词，似乎只有这样，才能载负起厚重的历史感。刘半农撰写文言，说明其古文底子也不薄，撰写文言校歌，是校歌的固定格式惯然，还是白话的局限使然？只有刘半农心里最清楚，只是没有说出。类似的例子还有复旦大学校歌，歌词由著名白话诗人刘大白创作，亦文言。

大学之外，中学校歌也以文言为通行。

国立东北中山中学，是国内第一所国立中学，齐邦媛的父亲齐世英为该校创办者，其《巨流河》中，详细介绍了建校始末："一九三四年南京政府团拜时，父亲结识当时的行政院次长彭学沛先生，知道他也来自北方，说动他拨下五万银洋，立刻与北平的李锡恩、黄恒浩、周天放等友人进行办校，于一九三四年三月二十六日在借到的报国寺、顺天府、原警高旧址等地成立'国立中山中学'，招收了约二千名初一到高三的流亡学生。"并录有由郝冷若词、马白水曲校歌：

> 白山高黑水长，江山兮信美，仇痛兮难忘，有子弟兮琐尾流离，以三民主义为归向，以任其难兮以为其邦，校以作家，桃李荫长，爽荫与太液秦淮相望。学以知耻兮乃知方，唯楚有士，虽三户兮秦以亡，我来自北兮，回北方。

词者郝冷若，即郝御风，为朱自清高足，清华念书时，已文名藉藉，被称为"清华三诗人"之一。1935年前后，郝御风任该校国文教师。1936年11月，北平危急，遂迁至南京附近的江宁县板桥镇。1937年11月11日，上海失陷，危及南京，学校抵武汉。1938年1月5日，到达湖南湘乡县。1938年底，湖南告急，师生步行二十六天，来到广西宜山怀远镇。1939年4月，定址于四川威远县静宁寺。抗战胜利后，迁辽宁沈阳。作为一首流亡学校的校歌，不免令人心酸，其随学校的迁徙，传唱沿途各地，影响力甚至超过了《松花江上》。一首校歌，已然成为步步惊魂的万里流亡中，全校师生精神支撑之所在。

文言歌词，蔚然时尚。1911年，上海革命军外交总代表伍廷芳、上海军政府民政长官李平书在上海张氏味莼园发起禁戒纸烟大会，许多社会名流响应。当时还创作了戒烟歌："纸烟纸烟，害人不浅。精神钱财，损伤胜鸦片。劝同胞快快戒吸纸卷烟；纸烟不吸，空气清新人不厌，纸烟不吸，名誉保全谁敢轻贱?"思路与校歌同出一辙，此即校歌产生的大环境。

民国三碑

丰碑或以巨硕或以威武醒目，名碑或以撰文或以书法赫然。以撰文流传者，民国以来著名者有三，一为陈寅恪先生的《王观堂先生纪念碑》，一为冯友兰先生的《国立西南联合大学纪念碑》，一为胡适先生的《中华民国华北军第七军团第五十九军抗日战死将士公墓碑》。

1927 年 6 月，王国维在留下"经此世变，义无再辱"的遗书后，投颐和园昆明湖自尽。两年后，清华大学请同为"四大导师"之一的陈寅恪为其撰文。陈痛心之余，先有挽联，再有挽诗，三有挽词，后为其撰写碑文。"我当时是清华国学院导师，认为王国维是近世学术界最重要的人物，故撰文来昭示天下后世研究学问的人，特别是研究史学的人。"碑文不长：

> 海宁王先生自沉后二年，清华研究院同人咸怀思不能自
> 已。其弟子受先生之陶冶煦育者有年，尤思有以永其念。金

曰：宜铭之贞珉，以昭示于无竟。因以刻石之词命寅恪，数辞不获已，谨举先生之志事，以普告天下后世。其词曰：士之读书治学，盖将以脱心志于俗谛之桎梏，真理因得以发扬。思想而不自由，毋宁死耳。斯古今仁圣所同殉之精义，夫岂庸鄙之敢望。先生以一死见其独立自由之意志，非所论于一人之恩怨，一姓之兴亡。呜呼！树兹石于讲舍，系哀思而不忘。表哲人之奇节，诉真宰之茫茫。来世不可知者也，先生之著述，或有时而不章。先生之学说，或有时而可商。惟此独立之精神，自由之思想，历千万祀，与天壤而同久，共三光而永光。

这些话，既是为王国维立铭，也是为自己立铭，其后的《论再生缘》《柳如是别传》的中心题旨，也是冀图"表彰我民族独立之精神，自由之思想"。两年后，梁启超又逝，四大导师去其半，清华国学研究院后继乏人，不得不停办。1953年，中央决定任命陈寅恪为中国科学院历史研究所第二所（中古史研究所）所长，派陈的学生汪篯送信给当时任教广州中山大学的陈寅恪，12月1日，陈口述了声明式的《对科学院的答复》。答复特别对纪念碑中"士之读书治学，盖将以脱心志于俗谛之桎梏"句做了解释：

我的思想，我的主张完全见于我所写的王国维纪念碑中。王国维死后，学生刘节等请我撰文纪念。当时正值国民党统一时，立碑时间有年月可查。在当时，清华校长是罗家伦，是二陈（C.C.）派去的，众所周知。我当时是清华研究院导师，认为王国维是近世学术界最主要的人物，故撰文来昭示天下后世研究学问的人，特别是研究史学的人。我认为研究学术，最主要的是要具有自由的意志和独立的精神。所以我说"士之读书治学，盖将以脱心志于俗谛之桎梏"。"俗谛"在当时即指三民主义而言。必须脱掉"俗谛之桎梏"，真理才能发扬。受"俗谛之桎梏"，没有自由思想，没有独立精神，即不能发扬真理，即不能研究学术。学说有无错误，这是可以商量的，我对于王国维即是如此。王国维的学说中，也有错的，如关于蒙古史上的一些问题，我认为就可以商量。我的学说也有错误，也可以商量。个人之间的争吵，不必芥蒂，我、你都应该如此。我写给王国维诗，中间骂了梁任公，给梁任公看，梁任公只笑了笑，不以为芥蒂，我对胡适也骂过。但对于独立精神，自由思想，我认为是最重要的，所以我说："唯此独立之精神，自由之思想，历千万祀，与天壤而同久，共三光而永光。"我认为王国维之死，不关与罗振玉之恩怨，不关满清之灭亡，其一死乃以见其独立自由之意志。独立精神和自由思想是必须争的，且须以生死力争。正如碑文所示"思想不自由，毋宁死耳，斯古今仁圣所同殉之精义，夫岂庸鄙之敢望"。一切都是小事，唯此是大事。碑文中所持之宗旨，至今并未改易。

国立西南联合大学纪念碑由冯友兰撰文，闻一多篆额，罗庸书丹，其树立于西南联大正式解散的1946年5月4日。碑文洋洋一千一百七十八字，概述了联大从建立至解散的全过程。但精彩在碑文的后半部：

我国家以世界之古国，居东亚之天府，本应绍汉唐之遗烈，作并世之先进，将来建国完成，必于世界历史，居独特之地位。盖并世列强，虽新而不古；希腊罗马，有古而无今。惟我国家，亘古亘今，亦新亦旧，斯所谓"周虽旧邦，其命维新"者也！旷代之伟业，八年之抗战已开其规模、立其基础。今日之胜利，于我国家有旋乾转坤之功，而联合大学之使命，与抗战相终始，此其可纪念者一也。文人相轻，自古而然，昔人所言，今有同慨。三校有不同之历史，各异之学风，八年之久，合作无间，同无妨异，异不害同，五色交辉，相得益彰，八音合奏，终和且平，此其可纪念者二也。万物并育而不相害，天道并行而不相悖，小德川流，大德敦化，此天地之所以为大。斯虽先民之恒言，实为民主之真谛。联合大学以其兼容并包之精神，转移社会一时之风气，内树学术自由之规模，外来民主堡垒之称号，违千夫之诺诺，作一士之谔谔，此其可纪念者三也。

稽之往史，我民族若不能立足于中原、偏安江表，称曰南渡。南渡之人，未有能北返者。晋人南渡，其例一也；宋人南渡，其例二也；明人南渡，其例三也。风景不殊，晋人之深悲；还我河山，宋人之虚愿。吾人为第四次之南渡，乃能于不十年间，收恢复之全功，庾信不哀江南，杜甫喜收蓟北，此其可纪念者四也。

精彩，确实精彩！古今一贯，血色苍茫，首尾呼应，萧然中立，真乃大师手笔加大师血泪之绝唱也，重要的是西南联大所代表的学术自由精神在此被一语道破。"联合大学之始终，岂非一代之盛事，旷百世而难遇者哉！"

落成当日，《梅贻琦日记1941—1946》记录下了当时的情形："午前有雨。上午九点在图书馆举行结业典礼，余报告后请三校代表汤（用彤）、叶（企孙）、蔡（维藩）相继致词，来宾请马伯安、严燮成、熊迪之，最后由冯芝生读纪念碑文。会后至后山为纪念碑揭幕，然后在图书馆前拍照，时已有小雨。拍照方毕雨势忽大，在办公室坐约半小时，待雨稍小始出。此或为到此室之最后一次矣。"冯友兰《三松堂自序》亦云："联大决定于1946年五四纪念日结束，纪念碑也于是日揭幕。那一天上午，先开联大的会，全体师生集合，由我朗诵纪念碑碑文，然后到新校舍后面小土山上为纪念碑揭幕。经历抗战八年的联大就此结束。"

《中华民国华北军第七军团第五十九军抗日战死将士公墓碑》由胡适撰文，钱玄同书写。1933年3月，日军占领热河，全国惊动。其间，中国军队在长城一线奋起抵抗，傅作义率部在怀柔一带面对两倍于己，且有飞机、重炮等现代化武器装备的敌人，前仆后继，拼死拦击，场面之惨烈令人惊骇，牺牲之巨大令人痛心。此次战役我方战死官兵三百六十七人，伤二百八十四人。至5月，《塘沽停战协定》签署后，傅派人搜得烈士尸首二百零三具，悉数运回绥远，入棺木，衣殓服，公葬于大青山下，并树碑纪念。受傅嘱托，胡适为之撰写碑文。碑文详述了战事的前因后果，平实难掩悲愤，心潮几欲澎湃，且以其倡导并擅长的白话文写就。白话入碑，千古开篇，其赞词也为白话：

这里长眠的是二百零三个中国好男子！

他们把他们的生命献给了他们的祖国。

我们和我们的子孙来这里凭吊敬礼的，

要想想我们应该用什么报答他们的血！

　　1935年，《何梅协定》签署，胡适得知此消息后，悲愤交集，提笔写下了《大青山公墓碑》一诗："雾散云开自有时，暂时埋没不须悲。青山待我重来日，大写青山第二碑。"

　　1962年2月24日，胡适逝世后，台北的中央研究院为其树碑，他身后赢得的也是一块白话碑，碑文由原北大同事、时任中央研究院评议员的毛子水所撰："这是胡适先生的墓。这个为学术和文化的进步，为思想和言论的自由，为民族的尊荣，为人类的幸福而苦心焦思，敝精劳神以致身死的人，现在在这里安息了！我们相信，形骸终要化灭，陵谷也会变易，但现在墓中这位哲人所给予世界的光明，将永远存在。"以白话文为这位终身提倡白话者撰文，恰如其分，相得益彰，既明志也寓意。

　　三碑固然为名士所撰，然其流传还在于所述之信实质朴，且有见地，坦诚磊落，恰如其分。说的虽是碑中人碑中事，抒的却是己之胸臆己之心曲，看似概括，实则流连于节点而琐叙，看似扼要，实则失当于纤悉能透辟。碑者，悲也，由衷而起，悲从中来，故怜之切，悲之切也，恤之切，悲之切也。古之名士如韩愈、苏轼等多有碑文撰写，却因获润而谀辞，而溢美有加，落实无着，冗赘有余，把握何处，终未有流传者矣。

挽赞中的大度

　　《洛阳伽蓝记》载后魏隐士赵逸，答好事者语云："生时中庸之人耳。及其死也，碑文墓志，莫不穷天地之大德，尽生民之能事，为君共尧舜连衡，为臣与伊吕等迹。牧民之官，浮虎慕其清尘，执法之吏，埋轮谢其梗直。所谓生为盗跖，死为夷齐，妄言伤正，华词损实。当时构文之士，惭逸此言。"有条不成文，有俗不成约，墓铭然，挽赞亦然。辞章之中，挽赞当数特别一类。既挽，乃生者对逝者的缅怀追想、显扬评价，既赞，难免有溢美过誉、嘉尚谬奖之词。挽赞之辞虽盛，却非盖棺之论。

　　1916年6月6日，袁世凯殁。死时曾高喊"杨度误我"，为此杨度写挽联自辩道："共和误中国，中国误共和，千载而还，再评此狱；君宪负明公，明公负君宪，九原可作，三复斯言。"死对头蔡锷送挽联道："辛亥革命，你在北，我在南，野心勃勃，难容正人，惧我怕我，竟欲杀我；海内兴师，上为国，下为民，雄师炎炎，义无反顾，骂你笑你，今天吊你。"

黎元洪于民国成立时勉为其难地被奉为大总统，之后的十年间，曾三任副总统、再任大总统。然其从未掌得实权，政治上自然也未有建树。黎于1928年5月28日逝世后，各界所送挽联二百余幅，其中不乏过誉之作。章太炎曰："继大明太祖而兴，玉步未更，倭寇岂能干正统；与五色国旗同尽，鼎湖一去，谯周从此是元勋。"居正曰："奠定河山，出为霖雨；炳灵江汉，上应星辰。"孔祥熙曰："秉三民策略，崛起湖湘，运会启金瓯，牧野鹰扬光大业；集五族衣冠，奉安丰沛，风云护华表，辽天鹤去有遗思。"何应钦曰："首义拥旌旄，墓路肇兴溯开国；归葬安体魄，漆灯不灭识佳城。"李宗仁曰："党国重酬庸，汉水楚山，遥见元勋隆奠礼；馨香贻祀典，报功崇德，怆怀先烈动哀思。"国民政府主席林森的祭文更有"两仪正气，海岳英云""业昭炎黄，勋重民族"之赞词。

段祺瑞执政阶段，曾有过镇压"二次革命"、枪杀请愿学生制造"三一八惨案"之劣迹，段死后，国民政府念其辛亥倡率各军赞助共和，袁氏僭号之时洁身引退，决定举行国葬。期间，政府要员、在野名流纷纷赞文书联。蒋介石曰："国伤耆贤，世丧坊表，闻耗痛悼，宁唯私恸。"吴佩孚曰："丰功伟业，勋在国家，标下优游，名垂竹帛。"冯玉祥曰："白发乡人，空余涕泪；黄花晚节，尚想功勋。"李烈钧曰："硕德久为天下望；大雄终合佛家风。"王揖唐曰："一代完人，盖自任天下之重如此；万方多难，是知其不可而轻耆欤。"

辫帅张勋以忠于清室称世，曾发动过臭名昭著的"张勋复辟"，死后，郑孝胥挽曰："使我早识公，救败岂无术；犹当歌正气，坐得桑榆日。"郑对张的举止是赞赏的，郑也是保皇尊清的死党。王雨辰挽曰：

"江西只有两个人：不幸李烈钧败亡！更不幸这位大帅亡矣！这怎么得了啊；在下要问一桩事：是从前清朝好呢？倒还是活在民国好呢？咦恐怕难说吧。"此联看似诙谐有趣，津津有味，实则疾言厉色，令人沉思。

1907年，被清廷授予宪政编查馆提调的杨度上书保荐梁启超："遁臣梁某，学识才望，超越群伦，请旨特赦召用。"苟富贵的杨度并未忘记老友梁启超，然而袁世凯称帝，杨度的拥戴行为为梁启超所不齿，二人从此决裂。1929年，梁启超病重，杨度曾想前往探视，但为人阻拦。梁死后，杨度所拟挽联云："事业本寻常，胜固欣然，败亦可喜；文章久零落，人皆欲杀，我独怜才。"1931年杨度去世，未知九泉之下的任公会作何挽联。

陈炯明早年参加同盟会，为孙中山得意门生，为广东军政首领，曾打响过护法战争，后与中山先生意见不合而相悖，发动"中山舰事件"。事件发生后，孙中山在上海发表《致党员书》，报告陈的叛变："以陈炯明与文之关系而论，相从革命以来，十有余年……及六年乱作，陈炯明来沪相见，自陈悃愊，再效驰驱，文遂尽忘前嫌，复与共事……此役则敌人以为我屈，所代敌人而兴者，乃为十余年卵翼之陈炯明，具其阴毒凶狠，凡敌人不忍为者，皆为之无恤，此不但国之不幸，抑亦人心世道之忧也！"孙中山去世后，陈炯明也从退隐的香港发来一副挽联："惟英雄能活人杀人，功首罪魁，自有千秋青史在；与故交曾一战再战，私情公义，全凭一寸赤心知。"看似评价别人，却在为己辩解。邵力子认为此联不妥，上联意在诋毁先生，下联则在美化自己，故妙改此联："惟英雄能活人杀人，功首罪魁，自有千秋青史在；与故交曾一叛再叛，私情公义，全凭一寸黑心知。"易"战"为"叛"，易"赤"为"黑",诚点睛之笔也。陈炯明死后,吴稚晖挽曰:"一身外竟能无长物,青史流传,足见英雄有价;十年前所索悔过书,黄泉送达,定邀师弟如初。" 谓陈与孙中山地下相见,送上悔过书,关系当恢复了。恐怕,其愿望善良矣。吴之挽联还附有长篇跋文,述孙陈之再度合作所以不成,乃出于"陈为部下所持,遂未成"。是为陈开脱之言。但吴也不胜惋惜悔过书事,谓为"惜此一纸书竟未成也",暗示了陈的坚执,孙的固执。章太炎挽曰:"祭仲逐突,春秋不非,嗟斯人何独蒙谤;项王玩印,英雄一短,愿时贤借以自惩。"上联引自《左传》,祭仲立太子突(厉公),厉公以祭仲专政,使雍纠杀之,事败,雍纠死,厉公出走,祭仲复立昭公。废立无常,春秋不以非。其对陈孙二人决裂而罪尽归之陈有所抱不平。下联出典《史记·集解》,项羽吝于爵赏,玩侯惜印,不能以封于人。此乃隐指孙免陈职致决裂之失策。

　　日本占领北平后,企图威胁利诱吴佩孚出山,但遭拒绝。日本大本营特务部长土肥原十分恼火,采取强硬手段强迫吴佩孚召开一次记者招待会。吴在招待会上,展示亲笔撰写的一副长联:"得意时清白乃心,不怕死,不积金钱,饮酒赋诗,犹是书生本色;失败后倔强到底,不出洋,不入租界,灌园抱瓮,真个解甲归田。"接着向在场的中外记者表示:"本人认为今天要讲中日和平,唯有三个先决条件:一、日本无条件地全面撤兵;二、中华民国应保持领土和主权的完整;三、日本应以重庆的国民政府为全面议和惟一交涉对象。"吴的态度,令日方大为不快。1939年11月24日,吴佩孚因晚饭时嚼米饭中石子引发牙疼旧病,误中日本医生毒招,高烧昏迷,后又被日本医生强行手术,于12月4日,喷血而亡,享年六十六岁。丧事期间,各方人士送来许多挽联,概括其一生:其一,"不爱钱,不蓄妾,不入租界,执简以书,是为真不朽；同投军，同就学，同拯国难，扶棺痛哭，岂独念私情。"
其二，"是奇男子，是真将军，家国系安危，斯人胡可死？为天下忧，
为民众惜，行藏系劫数，天道竟难论！"

相对于上述争议人物，君子宿望、志士仁人所获得的赞颂揄扬、
讴歌推许便多得了了。孙中山去世后，各界誉音纷起，口碑载道，情
形可想而知。章太炎曰："孙郎使天下三分，当魏德萌芽，江表岂曾忘
袭许；南国是吾家故物，怨灵修浩荡，武关无故入盟秦。"杨度曰：
"英雄作事无他，只坚忍一心，能成世界能成我；自古成功有几，正疮
痍满目，半哭苍生半哭公。"孙传芳挽曰："大业垂成，宏愿誓为天下
雨；英灵永閟，悲思遥逐浙江潮。"段祺瑞挽曰："共和告成，溯厥本
源，首功自来推人世；革命勇往，无间终始，大年不假问苍天。"张作
霖挽曰："读遍中华廿四史，讵少英豪，扫清君主淫威，谁曾倡首；唤
醒同胞亿万人，弥留付托，抱定民生主义，死不灰心。"吴佩孚曰：
"天高月黑风沙恶；志决身歼军务劳。"

抗日名将宋哲元1940年病卒于四川绵阳，时值抗战，葬礼虽从简，
规格却不低。蒋介石挽曰："砥柱峙中流，终仗威棱慑骄虏；星芒寒五
丈，不堪珍瘁恸元良。"冯玉祥曰："卅载故交相期报国；一生革命未
尝后人。"何应钦曰："身兼刚毅沉潜德；功在沙场樽俎闻。"周恩来
曰："失地收未回虎威昭垂卢沟月；绵阳惊不起鹃声啼破锦江春。"孔
德成曰："火箭犯卢沟永为大将伤心地；客星陨涪水正是中原歼虏时。"

《申报》总经理史量才于九一八事变后，主张团结抗日，且不断抨
击当局内外政策，1934年被暗杀，疑为军统所为，此事件当年曾轰动
一时。其去世后，各界名流更是以题赞故人为机，抒己之见解。孙科
曰："明善诚身，恂恂儒者。人群指导，橡笔如泻。绩著廿年，名闻九

野。匪祸惨罹，伤哉大雅。"戴传贤曰："修德行惠，仁不逢时。路多荆棘，汤文所厄。车驰人趋，卷甲相仇。山崩谷绝，天理伤贤。"陈立夫曰："具创造之天才，成出版之大业；社会正需其人，天何夺之以去。"杜月笙曰："言论枢机，辞言而质。笔里阳秋，风云咤叱。兰馨则摧，璞完者黜。英爽不渝，白虹贯日。"王云五曰："功在国家，业在社会。心寄寰中，志在物外。咄彼横逆，遽相残害。舆论惊呼，万方同概。"

据《吴宓日记》云：1944年11月，汪精卫客死日本名古屋时，陈寅恪正在成都存仁医院治疗眼病，吴宓前去探望，"寅恪口授其所作挽汪精卫诗，命宓录之，以示公权"，诗曰："阜昌天子颇能诗，集选中州未肯遗。阮踽多才原不忝，褚渊迟死更堪悲。千秋读史心难问，一句收枰胜属谁。世变无穷东海涵，冤禽公案总传疑。"

除此之外，那些无大毁大誉、大恩大仇的人物死后，同样能博得称羡啧啧。1938年2月，京剧名伶杨小楼去世，各界所送的挽联达八十五副，其中北京市社会局曰："法曲接俞谭，定场管弦推贺老；元昔协钟吕，超时歌舞媲兰陵。"进报社曰："菊径荒凉冥漠秋郊悲雨泣；蓉城缥缈苍茫野陌怅风凄。"晨报社曰："拟垓下声容，不复举头明月夜；向江南风景，何堪回首落花时。"齐如山曰："齿德俱尊，犹执谦恭维族谊；形神虽逝，尚留清白著乡评。"余叔岩去世后，前教育部部长景太昭的挽联颇为工仗，且具文采："应碎伯牙琴，乱世正诗宁有寄；遂绝广陵散，伶官压传更无人。"颇具传奇色彩的名妓赛金花于1936年去世，收得各界挽联四五十副，前京师商会会长孙晋卿曰："蟠桃被谪，三次临凡为女身，只凭口德返上阙；劫海宇笼，一志非偶作乾杰，当有英名流芳年。"沈钧曰："鹦鹉慰寂寥，终古江亭无语暮；

芙蓉夷梦幻，平生向笔有书传。"署名读律斋主的挽联曰："孽海波沉，地下欣逢曾孟朴；京华春歇，人间谁是刘半农。"较之政界人物，世人对娱界名流的评价，似乎也带有几分娱乐意味。

1941 年，北京广济寺退居方丈现明和尚圆寂，弟子们依据佛教仪轨为其举办了圆寂法会和荼毗仪式。其间，江朝宗挽曰："佛笑拈花今证果；人生落叶此归根。"曹汝霖曰："大德曰生千劫禅天人力补；法苑宛在百年净业我闻详。"殷汝耕曰："弘法利生一片慈云光大乘；拈花证果连朝风雨黯重阳。"王荫泰曰："一笑拈花归净土；十年面壁证莲台。"

英籍犹太人哈同，乃清末民初上海滩最为传奇的冒险家，他以十块大洋为本钱，最后达到了富可敌国的程度。1931 年 6 月，哈同病逝于上海家中。这位外国人的丧礼上，同样挂满了各式挽联。吴佩孚曰："是西方佛，结东土缘，来去有因圆宿果；泛此海槎，历南洋岛，梯航无处不知名。"张安泰曰："受天才戒，证菩提果；庇杜陵厦，被白衣裘。"对于哈同的夸饰之词，多少有些过逾之嫌，这让人想起了辜鸿铭《英将戈登事略》中的过甚。戈登曾随英法联军攻陷北京，焚毁圆明园，后成为洋枪队的首领。在与太平天国的战争中，戈登率领洋枪队"遂与贼转战于江浙两省，二年间凡三十三战，克复城邑无算。江浙为中土最富繁之地，数年经贼蹂躏，至是两省强寇始悉歼平。是役经时一十八月，仅费军需一百万金。人皆以为奇功，称戈登为当时名将。戈登谦逊曰：'平此乌合之贼，岂足称耶？但缓以时日，中国官兵亦可以平贼也。然中国上官急奏肤功，遂在上海招募外洋无业亡命之徒，欲借以平贼。不知此辈既以利应，反复无常，几将贻害中国，较土匪之祸尤烈耳。鄙人得统此辈，严加约束，事后设法遣散，不使为患。

此则鄙人所以有微功于中国也。'当时苏州克复，江苏巡抚今相国李公杀降贼，戈登不义之。中国赐戈登万金，戈登辞之，曰：'鄙人效力中国，实因悯中国百姓之荼炭，鄙人非卖剑客也。'"

挽赞虽有夸饰的成分，却非逢迎之谀辞，那是对生命的敬畏，对逝者的大度。倒是挽赞中的自挽，得意中多有自谦。袁世凯曾自挽曰："为日本去一大敌；看中国再造共和。"罗振玉自挽曰："毕世寝馈书丛，得观洹水遗文，西陲坠简，鸿都石刻，柱下秘藏，抱残守缺差不幸；半生沉沦桑海，溯自辛亥乘桴，乙丑扈跸，壬申于役，丁丑乞身，补无浴日竟何成。"人之将死，其言也善，人之已死，他言也善。皆是对生死的顿悟，忏悔与宽容便是摆脱了纠缠的洞见，绕开了烦扰的冰鉴。对逝者的咏颂，不也是对生者的激越和劝勉。

鲁迅去世前曾言："欧洲人临死时，往往有一种仪式，是请别人宽恕，自己也宽恕了别人。我的怨敌可谓多矣，倘有新式的人问起我来，怎么回答呢？我想了一想，决定的是：让他们怨恨去，我也一个都不宽恕。"他逝世前在病榻上完成的散文《死》中有遗言七条，其中一条曰："损着别人的牙眼，却反对报复，主张宽容的人，万勿和他接近。"这便是鲁迅，斗士的鲁迅，骁勇的鲁迅。为此，蔡元培感言道："著作最谨严，岂惟中国小说史；遗言太沉痛，莫作空头文学家。"尽管如此，曾被他骂过的论敌，在他死后还是对他进行了照例的宽恕。徐懋庸便挽曰："敌乎？友乎？余惟自问；知我？罪我？公已无言。"郭沫若挽曰："方悬四月，叠坠双星，东亚西欧同殒泪；钦诵二心，憾于一面，南天北地遍招魂。"鲁迅与郭沫若在1928年初的"革命文学"论战中，彼此唇枪舌剑，大动干戈，文章中互相攻击，甚至动用了近乎侮骂的词语。郭沫若与创造社其他成员，说鲁迅是"封建余孽""资产阶级最良代言人""二重反革命"。鲁迅则讽郭是"才子加流氓"。论战尚未结束，郭因受到国民政府的通缉，亡命日本。"方悬四月叠坠双星"说的是刚隔四个月，先后死去两位文坛巨星：高尔基和鲁迅。鲁迅当时有"东方高尔基"之誉。"钦诵二心"说的是鲁迅的两部著名杂文集《三闲集》和《二心集》。接着郭又撰写一联："孔子之前，无数孔子，孔子之后，一无孔子；鲁迅之前，一无鲁迅，鲁迅之后，无数鲁迅。"此联灵感源于米芾《孔子赞》，其曰："孔子孔子，大哉孔子，孔子以前，未有孔子；孔子以后，更无孔子，孔子孔子，大哉孔子。"

挽赞中有大度，便有小气，陈独秀去世后，吴稚晖即敌意地写就一副挽联："思想极高明，对社会有功，于祖宗负罪，且累董狐寻直笔；政治大失败，走美西若辈，留楚囚如斯，终输阿Q能跳梁。"

挽赞是神伤时的心智，平和而玄远，温情而透彻，是处世中的哲理，浅显却入微，疏阔却幽宛。挽赞对人的评价未必准确全面、恰如其分，但挽赞却能提纯取精、铡枝斫节，使明亮处更为闪烁，摇曳处能够旌扬，这种豁然间的襟怀，见解为此通达，尺幅间的海纳，心胸为之坦荡。挽赞是一段有尊严的文字，孤单有凉意，诵之谨然，是一曲很肃穆的吟啸，断弦无穷音，咏者慨然。贤愚千载知谁是，满眼蓬蒿共一丘，白居易《秦中吟十首·立碑》云："但见山中石，立作路旁碑。铭勋悉太公，叙德皆仲尼。"勿笑"皆仲尼"式的滥誉夸饰，那可是一种大度。

文人挽文人

云山苍苍，江水泱泱，先生之风，山高水长。自古文人相轻，而最看重文人者，还是文人。远亲不如近邻，远学不及近学，剔除近距离的妒忌与不屑，余下者真便是崇敬与钦仰了。

王国维于1927年6月2日自溺颐和园昆明湖。

梁启超挽之曰："其学以通方知类为宗，不仅奇字译鞮，创通龟契；一死明行已有耻之义，莫将凡情恩怨，猜拟鵷鶵。"吴宓挽之曰："离宫犹是前朝，主辱臣忧，汨罗异代沉屈子；浩劫正逢此日，人亡国瘁，海宇同声哭郑君。"梁漱溟挽之曰："忠于清，所以忠于世；惜吾道，不敢惜吾身。"陈寅恪挽之曰："十七年家国久魂消，犹余剩水残山，留于累臣供一死；五千卷牙签新手触，待检玄文奇字，谬承遗命倍伤神。"此联被认为是众挽中的最佳，因为不光表达了震惊惋惜之叹、同事同道之情，还在于澄清杂议，自圆其说。其自杀原因，多头多绪，而《王观堂先生挽词序》认为："或问观堂先生所以死之故，应之曰：近人有东西文化之说，其区域分划之当否固不必论，即所谓异同优劣亦姑不具言，然而可以得一假定之义焉。其义曰：凡一种文化，值其衰落之时，为此文化所化之人，必感苦痛。其表现此文化之程量愈宏，则其所受之苦痛亦愈甚。迨既达极深之度，殆非出于自杀无以求一己之心安而义尽也。"清华大学王国维纪念碑落成时，陈寅恪又为之撰写碑文，"自由之思想，独立之精神"的名言，便出自其中。1922年11月21日，沈曾植去世，王国维挽之："是大诗人，是大学人，是更大哲人，四照炯心光，岂谓微言绝今日；为家孝子，为国纯臣，为世界先觉，一哀感知己，要为天下哭先生。"似谶非谶，俨然自己挽自己，其不也大诗人、大学人、大哲人、孝子、纯臣、先觉。

梁启超于1928年3月16日在北京协和医院做手术，却将健康之肾切除。舆论为之哗然，当时犹在病床上的梁启超为维护西医声誉，带疾撰文，希望不要因个别病例误诊，而全面否定其科学性，闻者为之动容。翌年1月19日，终因病情加剧而去世。

胡适挽之曰："文字收功，神州自命；平生自许，中国新民。"蔡元培挽之曰："保障共和，应与松坡同不朽；宣传欧化，不因南海让当仁。"章太炎挽之曰："进退上下，式跃在渊，以师长责言，匡复深心姑屈己；恢诡谲怪，道通为一，逮枭雄僭制，共和再造赖斯人。"陈少白挽之曰："五就岂徒然，公论定当怜此志；万言可立待，天才端不为常师。"杨铨挽之曰："文开白话先河，自有勋劳垂学史；政似青苗一派，终怜凭藉误英雄。"梁实秋挽之曰："著作等身，试问当代英年，有几多私淑弟子；澄清揽辔，深慨同时群彦，更谁是继起人才。"所占角度，各自不同，胡适联虽简短，且通俗，却最为确切，梁启超首创"新民说"，为最早提出改造国民性之人。吴其昌《梁启超传》将其对近代中国的贡献，与孙中山相提并论，也基于"新民之说"。

1931年3月22日，袁克文在津病逝，葬于西沽江苏公墓。于右任挽之曰："风流同子建；物化拟庄周。"老师方地山挽之曰："才华横溢军薄命；一世英名是鬼雄。"好友张伯驹挽之曰："天涯落拓，故国荒凉，有酒且高歌，谁怜旧日王孙，新亭涕泪；芳草凄迷，斜阳黯淡，逢春复伤逝，忍对无边风月，如此江山。"

刘半农在常州府中学堂念书时，名寿彭，据钱穆《师友杂忆》云："一九三〇年，余去北平，重相晤，则已相隔二十年矣。余登其门访之，留中膳，相语可两小时。半农绝不提常州府中学堂事，亦不问余二十年经过，亦不谈提倡新文学事。不客气乃旧相识，无深语似新见面。盖其时半农大名满天下，故不愿谈往事。又知余与彼意气不相投，不堪相语，故亦不提其新思想。此后遂不相往来。后暑假半农去内蒙古，受疟蚊咬中毒，归不治。余挽以一联曰：'人皆认之为半农；余独识之是寿彭。'亦纪实也。"此联不痛不痒，未表功绩，未见惋惜。

1936年10月19日，鲁迅病逝于上海。信息传出，各界人士纷纷撰联以寄托哀思。

鲁迅去世前尝言："欧洲人临死时，往往有一种仪式，是请别人宽恕，自己也宽恕别人。我的怨敌可谓多矣，倘有新式的人问起我来，怎么回答呢？我想了一想，决定的是：让他们怨恨去，我也一个都不宽恕。"逝世前他在病榻上完成的散文《死》中立有遗言七条，其中一条为"损着别人的牙眼，却反对报复，主张宽容的人，万勿和他接近"。这便是鲁迅，斗士的鲁迅，骁勇的鲁迅。为此，蔡元培感言道："著作最谨严，岂惟中国小说史；遗言太沉痛，莫作空头文学家。"尽管如此，曾被他骂过的论敌，在他死后还是对他进行了照例的宽恕。

蔡元培挽之曰："著述最谨严，非徒中国小说史；遗言尤沉痛，莫作空头文学家。"联语沉稳谨肃，犹如学者挚友。上联指其名作《中国小说史略》，下联指其遗嘱。孙伏园挽之曰："踏《莽原》，刈《野草》，《热风》《奔流》，一生《呐喊》；痛《毁灭》，叹《而已》，《十月》《噩耗》，万众《彷徨》。"此为嵌名联，似教科书式罗列，当年《阿Q正传》即连载于孙任编辑的《晨报》副刊。徐懋庸乃鲁迅生前论敌，敌归敌，敬归敬，其挽曰："敌乎？友乎？唯余自问；知我？罪我？公已无言。"心情自是五味杂陈。郭沫若挽曰："方悬四月，叠坠双星，东亚西欧同殒泪；钦诵二心，憾于一面，南天北地遍招魂。"鲁迅和郭沫若在1928年初的"革命文学"论战中，彼此唇枪舌剑大动干戈，文章中互相攻击，甚至动用了近乎侮骂的词语。郭沫若与创造社其他成员，说鲁迅是"封建余孽""资产阶级最良代言人""二重反革命"，鲁迅则讽郭是"才子加流氓"。论战尚未结束，郭因受到国民政府的通缉，亡命日本。"方悬四月，叠坠双星"说的是刚隔四个月，先后死去两位文坛巨星：高尔基和鲁迅。鲁迅当时有"东方高尔基"之誉。"钦诵二心"说的是鲁迅的两部著名杂文集《三闲集》和《二心集》。接着郭又撰一联："孔子之前，无数孔子，孔子之后，一无孔子；鲁迅之前，一无鲁迅，鲁迅之后，无数鲁迅。"此联灵感源于米芾《孔子赞》，其曰："孔子孔子，大哉孔子，孔子以前，未有孔子；孔子以后，更无孔子，孔子孔子，大哉孔子。"

四十年来家国，三千里地山河，残荷点点，皆成往事。富贵看精神，逝者操守与人格俱佳，功名看气度，挽者文才与文采一流，我辈观之，徒生艳羡。此等联句，温故依旧温暖，何以然？类不悖，虽久同理。

报刊推动变革

社交平台的影响，已然超过新闻平台。那里有永恒的铁饭碗，新技术在各领域快速普及应用，传播模式、传媒手段随之更替。草埋幽径，间有瓦砾，当年的报刊也曾有过非凡作用。

"泰西各国新闻纸，主持公议，探究舆情，为遐迩所依据"，出使欧洲四国期间，薛福成能将这则消息记入日记，他已隐约觉察到了"新闻纸"所具有的干预政治的作用。当他听闻"西国重臣皆自设报馆"后，便建言清廷：今后在进行对外传播时，亦可"仿行，延西上深明学术者主笔，凡交涉重情，可援西国法律辩论而宣布之，胜于十万师也"。驻节后，在与西国报人实际打交道的过程中，发现西报主笔"多有曾膺显职者"，遂主张以本刊的力量，干预社会，推动社会变革。清末，随西风而来者，尚有新闻纸。四民之困于儒腐之说者久矣，报纸一现，齐州以内互通，万国之间互联，这种新的时空组织形态，生发出生存交往的另一层面。足不逾户庭而周知天下之事，国人可跳出坐窨井以议天地之局限，与齐州以内、万国之间，实现相遇相交、互通互享。朝野一气，政学格致，万象森罗，俱于报章可见之。

报刊一经出现，即参与了一切意义重大的社会变革，不过一份大众报刊，读之心目为之朗，茅塞为之开，唐才常《湘报序》为此道："凡官焉者、士焉者、商焉者、农工焉者，但能读书识字，即可触类旁通，不啻购千万秘籍，萃什佰良师益友于其案侧也。"谭嗣同则说："且夫报纸，又是非与众共之之道也。新会梁氏，有君史民史之说，报纸即民史也。彼夫二十四家之撰述，宁不烂焉，极其指归，要不过一姓之谱谍焉耳。"孙宝瑄《忘山庐日记》也说："报纸为今日一种大学问，无论何人皆当寓目，苟朋友相聚，语新闻而不知，引为大耻；不读报者，不能与社会人相接应也。"

广人才、保疆土、助变法、除舞弊、达民隐之外，一曰鼓民力，二曰开民智，三曰新民德。报纸的作用预想不到，消息传播之外，思想随之。山河失色，江湖却不寂寞，各种思潮因时乘势，物各竞存，最宜者立。梁启超在《清代学术概论》中对"社会思潮"有过精彩的解释，"国民于一时期中，因环境之变化，与夫心理之感召，不期而思想之进路，同趋于一方向，于是相与呼应汹涌，如潮然……凡'思'非皆能成'潮'；能成'潮'者，则其'思'必有相当之价值，而又适合于其时代之要求者也。"起初救亡图存，之后洋务实业、维新立宪，鼓吹革命者紧随其后，潮水涌动，变迁步伐越发加剧。革命思潮对实行手段、侧重思想、构建社会形态有所分歧，进而分化出民族主义思潮、尚武思潮、国粹思潮、社会主义思潮。于同一运动之下，往往分无数小支派，甚且相嫉视相排挤。虽然，其中必有一种或数种之共通观念焉。求同存异，分劳分工，辅车相依，合力并进，均以推翻清朝统治为同一目标。

朝政败腐，国困民贫；沉沉大陆，遍是愁城；莽莽神州，已无净土。国家不强乃政府恶劣，非国民恶劣，故走向革命，必然而然。甲午战败，朝野震惊，有识之士纷纷提出救国方案，并以报刊媒介为传播途径。梁启超无疑是报端明星，不文不白，似骈似散，落笔辄为人所传诵，且议论新颖，群相呼应，其在《论中国积弱由于防弊》中指出中国衰败原因，在于"自秦迄明，垂二千年，法禁则日密，政教则日夷，君权则日尊，国威则日损"，较之先前的温和，行文不再谨慎，论调日趋激烈，用词虽过不为过，其旨在激发国耻，挽救颓风。周虽旧邦，其命维新，原本主张立宪，笔触现实，脚力自大，呈现出抗争者的勇姿。即便僧人，也为此愤懑不已，八指头陀即有诗云："青天欲坠云扶住，碧海将枯泪接流。独上高楼一回首，忍将泪眼看中原。"如此沉闷诗篇，令人流涕不已，也令人愤怒不可止。作为学人的章太炎，也走出书斋，投身社会，其《正仇满论》直言清政府制汉不足，亡汉有余，"处于今日，非推翻清朝政府不可，非革命不可"。公理之未明，即以革命明之；旧俗之俱在，即以革命去之。其笔极犀利，文极沉痛，稍有种族思想者，读之当有拔剑起舞、发冲肩竖之怒。

即便内忧外患，国事蜩螗，两耳不闻窗外事，身在人间而与世隔绝，无疑书呆子。文字训诂，辨伪考据，古人之事，应无不可考者，纵无正文，亦隐在书缝中。昔时考据学者的特点，便是醋大孤高，躲进小楼成一统，政治于我奈何。封闭文人对学术的推进，属自私对社会贡献的歪打正着。

六合之内，皇帝之土，清廷颁行的《报馆暂行条规》《大清报律》便明令不得揭载"诋毁宫廷之语、淆乱政体之语、扰害公安之语、败坏风俗之语"等内容，否则便是肆口逞说，妄造谣言，惑世诬民，罔知顾忌，此现象民初得以改变。从十户为甲、十甲为保的"莫谈国事"，到高谈时政、放言无忌的开源引流，一代学人也为时代所改变。杨树达《积微翁回忆录自序》云："余性不喜谈政治。中年涉世，见纯洁士人一涉宦途，便腐坏堕落，不可挽救；遂畏政治如蛇蝎。由今日观之，人在社会，决不能与政治绝缘。"种种际遇，错综复杂，学者关心政治，且做多元合金、暮云合璧的跨学科存在，通过抽丝剥茧，比对现实，可从中解读深层次的历史信息。因避时忌，与政治绝缘，并不意味着自己有足够的生存实力，做一个看客，置身于现实后果之外，而意味着每个人都可能成为下一场悲剧的主角，同样会一筹莫展，走投无路。

当年胡适留学归来时，曾立下"二十年不谈政治，二十年不干政治"的誓言，丁文江对此颇不以为然，"良好的政治是一切和平的社会改善的必要条件"。其实，保守也是一种进步，公开表明不再过问政治，此也一种政治。士人论政，气有清浊，丁文江清末东渡日本留学，却未进正式学校，每日与反清的留学生厮混一处，过着谈革命、写文章的生活，关心时政，越位发声，凛然直士，一腔热血，且热到了沸点。当然，从酒局看客，到操斧伐柯，胡适也很快塑心立行，改变了初衷，不过采用的和光同尘、潜移默化方法。

小孩争嘴，大人争理，然出于某种特定观念或心理倾向，一个世界，两种认知，聆听不懂，接纳不同，虽想改变，苦无良策。议论之外，有付诸行动者，教授办报，书生办报，以学术为天下公器，试图使民众脑筋震荡，而谋变通，生动力。如梁启超者流，以辩才锋颖，笔耕舌耨，索性学以致用，径直投入政论，清辨滔滔，词源不竭，一气呵成，自然超妙，开辟草莱而领风气之先，成一时之新。阅者知全地大局，不致夜郎自大，奋力新学，跳出八股词章，知一切新学门径。有道是质木无文、字挟风霜者，历岁月而常新，别出新解、不落窠臼者，有暗香盈袖，行天下而不朽。戊戌政变后，梁启超逃亡海外，先在日本创办《清议报》《新民丛报》《新小说》《政论》《国风报》，后在檀香山创办《新中国报》，辛亥后回国主编过《庸言》《大中华》《改造》等杂志，为的就是为士子提供一个放言无忌谈时政的阵地。胡适曾如此评价梁启超："梁任公为吾国革命第一大功臣，其功在革新吾国之思想界。十五年来，吾国人士所以稍知民族思想主义及世界大势者，皆梁氏之赐，此百喙所不能诬也。"

大声疾呼，海天同应，辛亥革命之所以能够一举成功，其所依靠的不外乎军队之力与报刊舆论之力。毕其功于一役的孙中山，在民国建立后的《在上海民立报之答词》中总结革命成功经验："此次革命事业，数十年间，屡起屡仆，而卒睹成于今日者，实报纸鼓吹之力。报纸所以能居鼓吹地位者，因能以一种理想普及于人人心中。"任何传送信息的新媒介，都会改变权力结构，故孙中山还称"盖我国此次革命，全赖报界鼓吹之功"，陶湘则称"清之亡，实亡于报馆"。身怀利器，杀心自起，此次成功，虽属意外，然天意即人心。

以小见大，探微知著，人心所向，势不可当。清末社会变革的推动之力，首在报刊。

报人以笔舌倾动人主，借报章鼓簧天下。武昌起义爆发后第三天，于右任在自己创办的《民立报》上发表社论《长江上游之血水》，文曰："秋风起兮马肥，兵刃接兮血飞。蜀鹃啼血兮鬼哭神愁，黄鹤楼头兮忽竖革命旗。"又道："呜呼，蜀江潮接汉江潮，波浪弥天矣！吾昨日登吴淞口，而俯视长江，滚滚者皆血水也。此三日间，天地为之变色矣。"

1962年1月12日，迁台湾多年的于右任在日记中写道："我百年后，愿葬于玉山或阿里山树木多的高处，可以时时望大陆。（旁有自注：山要最高者，树要大者。）我之故乡，是中国大陆。"13日写道："早想辞职，种种事故，做不清楚，滞留而又滞留，谓之何哉！"22日写道："葬我在台北近处高山之上亦可，但是山要最高者。"两天后，天微明之时，他便写下了那首著名的《望大陆》："葬我于高山之上兮，望我大陆。大陆不可见兮，只有痛哭！葬我于高山之上兮，望我故乡。

故乡不可见兮，永不能忘。天苍苍，野茫茫，山之上，国有殇。"

"葬我于高山之上"，可"望我大陆""望我故乡"，虽眼枯昏花，所遇无故物，却单单能千里望乡，此为"老将黯无色"之心望，草木黄落，相顾无言，语境尽管也具诗意，但较之"滚滚者皆血水也"的壮歌悠扬、管色凄凉，仍稍逊。这句话真叫绝，一下子将武昌起义的惨烈程度形象地道出，此乃诗人的想象。俯视长江，掬手血水，荻花瑟瑟，耳际哀鸣，谁人不为之动容。社论居然可以这样写，那时的文人很真诚。社论本无式，有情为法，法则达。于右任曾作《半哭半笑楼诗草》，触语引起权贵的不满，所谓"触语"即诗中大呼的"换太平以颈血，爱自由如发妻"，即"昌言革命"，遂遭到通缉。

于右任为《民立报》所写发刊词，亦气贯长虹、电激雷崩风格："秋深矣！鸣蝉寂矣！草木渐摇落矣！万籁无声，时闻寒蛩，似断似续，如诉如泣矣！此佳节乎？而有心人当之，顿生无穷之感。怨天欤？悯人欤？噫！如此乾坤，吾何独为此佳节贺，吾亦悲悯中人也！……秋高马肥，记者当整顿全神以为国民效驰驱，使吾国民之义声，驰于列国；使吾国民之愁声，达于政府；使吾国民之亲爱声，相接相近于散漫之同胞。""有独立之民族，始有独立之国家；有独立之国家，始能发生独立之言论。再推而言之，有独立之言论，始产生独立之民族；有独立之民族，始能为其独立之国家。言论也，民族也，国家也，相依为命。此伤则彼亏，彼倾则此不能独立者也。"

在那个救亡图存年代，青年人多交溽四海，充满激情。勇者，做刺客，行暗杀；仁者，引西学，改风俗；智者，办报纸，发言论。对于革命理想，先行者提倡于先，无数人附和于后，可谓感受极速，转瞬即成风气。梁启超曾以犀利笔锋、浅显文字鼓励青年："我告诉你，你怀疑和沉闷，便是你因不知才会感；你悲哀痛苦，便是你因不仁才会忧；你觉得你不能抵抗外界的压迫，便是你因不勇才有惧。"此等不平之鸣，国人往往为之一警，激情言论，几成报端常见。

1901年，由日本华侨办主办的《开智录》登载《义和团有功于中国说》一文，除对动天下之兵、寒列强之胆、冒万死以一敌八的义和团大加赞赏外，大胆号召反满革命："满洲贼之盗我中华也，二百八十年于兹矣"；满洲政府是"夺我之土，掳我之财，凡外人之要求也则顺手与之"的"大贼强盗"，必须将其推翻；号召国民"腕力高扬，张自由之旗鼓"，使我国"勃然兴起"，"辟创一新世界"。同时揭露帝国主义"明其眈眈之目，张其逐逐之胆，利其炮，坚其船，下众暴寡强凌弱之方针，施屋人社墟人国之政策"。

1902年5月，陈范在自己掌舵的《苏报》上发表《敬告守旧诸君》，公开倡言革命："居今日而欲救吾同胞，舍革命外无他术，非革命不足以破坏，非破坏不足以建设，故革命实救中国之不二法门也。"《苏报》主笔章士钊有《杀人主义》的言论，长枪大戟，百步穿杨，公然宣扬"杀尽胡儿才罢手"，"借君颈血，购我文明，不斩楼兰死不休，壮哉杀人"。

1902年12月14日，梁启超在《新民丛报》中发表《释革》，以达尔文进化论为依托，在西方文明中找寻启蒙思想的文化支撑："以日人之译名言之，则宗教有宗教之革命，道德有道德之革命，学术有学术之革命，文学有文学之革命，风俗有风俗之革命，产业有产业之革命。即今日中国新学小生之恒言，固有所谓经学革命，史学革命，文界革命，诗界革命，曲界革命，小说界革命，音乐界革命，文字革命等种种名词。若此者，岂尝与朝廷政府有毫发之关系，而皆不得不谓之革命。"

《浙江潮》1903年第1期《发刊词》中疾呼："不忍任其亡而言之……挟其万马奔腾排山倒海之气力，以日日刺激于吾国民之脑，以发其雄心，以养其气魄。"1903年10月10日出版的第8期有社评《近时二大说之评论》曰："政府者，割地也，赔款也，矿约也，商约也，路约也，凡兹数端，无一事不可以使我世世子孙永失其立国之资格，而长为奴隶永永沉沦万劫不复者也。……中国之亡，其罪万不能不归之于政府。国民不责政府，国民之罪也。"

欲造国，先造家，欲生国民，先生女子，而妇女一变，全国皆变矣。1904年1月17日《女子世界》在上海创立，发刊词云："女子者，国民之母也。欲新中国，必新女子；欲强中国，必强女子；欲文明中国，必先文明我女子；欲普救中国，必先普救我女子。"

1908年8月31日，檀香山《自由新报》创刊，其发刊词曰："呜呼，神州已矣痛黄裔其长沉；奴隶甘呼？哀人心之尽死……回观大陆，尽是愁城。千重之毒雾重埋，半角之斜阳有限。新亭未作，哭已失声；故国濒危，言其无罪。""今者力唱民族，疾呼同魂。""谁鸣警世之钟，独树登坛之帜。先呼言论，继收实行。文字收功之日，还我河山；英雄应运之秋，荡平丑虏。"

针对民气之悍，民心之愤，1910年《民报》第25号上，汪精卫撰写社评《论革命之道德》云："革命党人只有二途，或为薪，或为釜。薪投于火，光熊然，俄顷灰烬；而釜则尽受煎熬，其苦愈甚。二者作用不同，其成饭以供众生饱食则一。"1911年9月3日《民报》评述："今日中国之乱遍地皆是，如处火药库上，一触即发。其危象真不可思议。"

1911年6月11日，狄楚青于上海创办《妇女时报》，其发刊词中曰："近世以来，欧风墨雨震荡吾神皋，吾女界诸姐妹亦怵于国势之日蹙，世道之日微，思有以扶持之……吾国号称兴教育有年矣，而于女子教育尤迟迟无进步。"其也成为主编包天笑鼓动革命的论说阵地，号召女界参军募捐："敬告吾同胞姊妹，速组织红十字会，以救吾全国同胞。……不分畛域，运药遣医，分布两军，此则我同胞姊妹今日应尽之急务也。……敬告吾同胞姊妹，速练习看护妇，以救吾全国同胞。"发爱国之忱，谋独立之道，同年，唐群英在《留日女学会杂志》发刊词中曰："女界同胞，当此国家多难危急存亡，厄在眉睫之秋，与男子奋袂争先，共担义务，同尽天职。……大志所在，不以失败而变计，不以艰难而丧气，目的一日未达，即此志一日不懈。"

1913年3月20日晚，宋教仁遇刺，《民立报》主笔徐血儿撰讨贼文："以一死而可以雪三百年之大仇，报为奴为隶之深耻，男儿何乐而不为！以一死而可以为子子孙孙造万世之幸福，男儿何乐而不为！男儿当以一人之死，救千百万人之生！"

1915年1月5日，商务印书馆创办《妇女杂志》，其发刊词曰："我们二万万女同胞要站起来努力奋斗，争我们固有的人权，妇女必需有健全的身体、高尚的人格、丰富的学识和忍苦耐劳百折不挠的精神，方配称现代妇女。"

1915年1月《科学》杂志于上海创刊，这是中国现代科学的第一家杂志社。办刊方针为"求真致用两方面当同时并重"，发起人是任鸿隽，参与者有胡明复、赵元任、杨杏佛、周仁、秉志、章元善、过探先、金邦正。虽曰科技类期刊，发刊词文采同样不输："迩来杂志之作亦夥矣。愤时之士，进不得志于时，退则摇笔鼓舌，以言论为天下倡。

抑或骚人墨客，抑郁无聊，亦能摅写怀抱，发舒性情，鸿文丕焕，号召声类。此固政客文人所有事，而于前民进德之效未尝不有获也。独是一物之生，有质而后有力。一事之成，有本而后有末。五石之瓠，非不庞然大也，以盛水浆，其坚不能自举。世界强国，其民权国力之发展，必与其学术思想之进步为平行线，而学术荒芜之国无幸焉。历史具在，其例固俯拾即是也。"

1915 年 9 月 15 日在上海创刊，初名为《青年杂志》（翌年改名《新青年》）。发刊词《敬告青年》由陈独秀亲自撰写，一如其意气风发、光明磊落的性格，其文慷慨激扬，一泻千里。"青年之于社会，犹新鲜活泼细胞之在人身。新陈代谢，陈腐朽败者无时不在天然淘汰之途，与新鲜活泼者以空间之位置及时间之生命。人身遵新陈代谢之道则健康，陈腐朽败之细胞充塞人身则人身死；社会遵新陈代谢之道则隆盛，陈腐朽败之分子充塞社会则社会亡。"

黄远生于 1915 年 11 月 10 日《东方杂志》第 12 卷第 11 号发表社评《忏悔录》，反对复辟："今日无论何等方面，自以改革为第一要义。夫欲改革国家，必须改造社会；欲改造社会，必须改造个人。社会者，国家之根柢也；个人者，社会之根柢也。国家吾不必问，社会吾不必问，他人吾亦不必问，且须先问吾自身，吾自身既不能为人，何能责他，更何能责国家与社会。试问吾自身所以不能为完全为人之故安在？则曰以理欲交战故，以有欲而不能刚故。故西哲有言曰：寡欲者改革家之要素也。继自今，提倡个人修养，提倡独立自尊，提倡神圣职业，提倡人格主义，则国家社会虽永远陆沉，而吾之身心固已受用不尽矣。"

秃笔焦舌，言论报国，那个时代的报纸，思想激进，观点鲜明，办报人头脑新洁，志气不凡。其志在开启上下脑筋，潛发民智，采集东西善法，培进人格，激发爱国天良，振兴精神，作酣梦之警钟，倡导言论，鼓吹地方自治，伸张民权，图谋社会公益，破除积弊。其气于开明者，因明而醒；于顽固者，因骂而醒；于不进者，因驱而进；于后退者，因鞭策而前。文笔更是万流涛奔，一泻千里，磅礴恣肆，不可遏抑，天地入胸臆，文章生风雷，势头可谓足矣。黄遵宪评价梁启超文笔，类当时之社评："惊心动魄，一字千金，人人笔下所无，却为人人意中所有，虽铁石人亦应感动。从古至今，文字之力之大，不过于此者矣。"这时的报人，亦诗人，亦革命党人，其深得旧文化的精气真髓，又沐得新思想的绚烂清风，文风自然醇厚静穆，慷慨悲歌，如祭天誓师，大义彰然，于是便有了此番不同凡响的面貌。鲁迅《集外集·序言》说那个时代的文风："要激昂慷慨，顿挫抑扬，才能被称为好文章，我还记得'被发大叫，抱书独行，无泪可挥，大风灭烛'是大家传诵的警句。"但在撰述宗旨、阐扬公理的同时，难免少了些许芬芳时发，婉转节生，而如于右任者，既有五车诗胆，八斗才雄，又有竹兰逸气，流水琴心，不多见。

文字激将法

晚清，经济凋敝，民生艰难，国势陆沉日下。

士人心急火燎，探索救亡之路。有病乱投医，各种药剂用尽，方知唤醒民众为基础。雷铁崖《说言》尝言："中国数千年来安于旧有学识，方自得为文明古国。今日欧潮东渐，民智渐开，乃觉人之文明优于我，我不追风步影，以求其可利于竞争之地位，则必归于天演之公理，此今日吾国民之心理也。"此项工程如何实施，办报最为得力，梁启超《论报馆有益于国事》便说："阅报愈多者，其人愈智；报馆愈多者，其国愈强。"民可使由之，不可使知之，此举触及当局者的忌讳，遂昧于潮流，妄发论调，称之"莠言乱政，最为生民之害"。士人则针锋相对：倘若新闻受到管控，国家绝无文明进步可言。

甲午庚子以来，国事更是一败再败，不能自振。刘基炎《武学发刊之意见书》云："而环球各邦，奋其野心，逞其蚕食，于是日占我台湾，俄居我旅顺，德拥我胶州，英窃我威海，法夺我广州……诸如此类，其仇耻已盍可胜言。而国内之领土复骏骏有不可终日之势，长江一线尽隶英人，云广半壁全归法领，其他山东之属于德，福建南满之附于日，北满新疆蒙古之局影于俄罗斯肘腋之下，欲领则领欲占则占。"当局则显示出一派稳坐钓鱼船的自信，一如《茶馆》里刘麻子的腔调："咱们大清国有的是金山银山，永远花不完！"

浩气塞天地，精忠贯日月，推动社会进步者，总是如邹容这样的少数人，其反清檄文《革命军》有云："吾同胞小便后，满洲人为我吸余尿，吾同胞大便后，满洲人为我舐余粪。"虽粗鲁，却解恨，为迎合民众口吻的吼叫。此为激将法。官之贪民，民之为盗，上之虐下，下之慢上，如此状况，必是文恬武嬉，官贪吏敛，儒腐民顽。有一种顺从叫恐惧，高压出奴才，出顺民，也出顽民。启蒙方式，有循循善诱者，有耳提面命者，也有呵斥激将者。

武断有余，分析不足，此法却能屡屡奏效。九一八后，外患又紧，为今之计，再不宜采取消极立场，再不能委曲求全，全国民众，本其素怀，益自淬厉，卧薪尝胆，不可在事"商女不知亡国恨，隔'关'犹唱后庭花"。《时代公论》1932年1卷13号有《日本承认伪满洲国以后》一文，述评所用也激将法："一位外籍朋友对我说：'依我看来，世界上最新式的大炮机关枪，还敌不过中国人的麻木！'中国人的血脉里面的血球，麻木的成分，要占百分之九十吧。中国人的爱国热，也不过像寒热病偶然发一次吧。看看那停战协定签字之后，少数人虽然运动反对，而多数人还极乐意的认为'太平复睹'，高兴的程度，有如法国人之对凡尔赛条约呢。至于什么启封日货呀，抗日会救国会关门大吉呀，那当然不消说了。……我们希望中华民国这个'被动民族'，再能挣扎一次，再拿出'五分钟的热度'来，只要五分钟，也就够了，民族生命也就可以拖延下去了。"陈义无取高深，痛心疾首，扼腕兴叹；立言务求浅显，晓之以理，动之以情。

此计双刃剑，尤其经过义和团运动后。曾国藩云："小民随势利为移转，不足深恃，而犹藉之以仇强敌，是已自涉于夸伪，适为彼所笑耳。时名不足好，公论不足凭。"慈禧即想借义和团与洋人间的争斗，削弱各自力量，以坐收渔翁之利。其代表清廷向十一国同时宣战，《对万国宣战诏书》激昂悲壮，文采飞扬，也激将之笔："朕今涕泣以告先庙，慷慨以誓师徒，与其苟且图存，贻羞万古，孰若大张挞伐，一决雌雄。连日召见大小臣工，询谋佥同。近畿及山东等省义兵，同日不期而集者不下数十万人，下至五尺童子，亦能执干戈以卫社稷。彼仗诈谋，我恃天理；彼凭悍力，我恃人心。无论我国忠信甲胄，礼义干橹，人人敢死，即土地广有二十余省，人民多至四百余兆，何难翦彼凶焰，张我国威。"未料，事与愿违，落了个一地鸡毛，要老百姓"人人敢死"，自己却"西狩"去了。故慈禧太后在逃亡途中，舍筏登岸，所下第一道谕旨，即剿灭义和团。光绪二十六年九月七日的上谕曰："此案初起，义和团实为肇祸之由，今欲拔本塞源，非痛加铲除不可……即著该护督饬地方文武严行查办，务净根株。"

群体即无名氏，即匍匐于土地上的蝼蚁，却也是国家的基础。鉴于失尊他门、取耻宗族、不渐训诲、不闻事理的普遍状况，徐永昌感慨："一国之民多无人格，其国亦必无国格。"风雨大作，杂以冷雹，激将法可起一时之效，却非持久之计。哀其不幸，怒其不争，严复开出的药方是："中国民品之劣，民之之卑，即有改革，害之除于甲者，将见于乙，泯于丙者，将发于丁，为今之计，惟急从教育上着手，庶几逐渐更新乎！"春风风人，夏雨雨人，以图渐成故国新民。

　　1927年，弘一法师便开始与丰子恺商议编绘《护生画集》计划。1929年2月，在法师五十岁生日时，《护生画集》由上海开明书店出版。集子收画五十幅，适与大师寿数相合。之后，每隔十年，丰先生便要推出一集画册的续编，画幅也随之递增十幅，最后出版第六集时，弘一法师冥寿百岁。

　　丰先生创作这些画幅时，可谓用尽了心思。在画集子的第三册时，拟绘七十幅，但画至第六十九幅后，一时因想不出画材而辍笔有日。一日，广洽法师写信来，说一次乘车途中，车内有一乘客带有捆绑得紧紧的五只鸡，据说这几只鸡是待宰的。有趣的是，这些鸡见到广洽后即哀鸣不止，似乎在求救，不忍再看下去的广洽便出大价钱购得之，并将其饲于寺院，永免杀戮之祸。丰读毕广洽法师的信后，一时慨叹，即兴铺纸研墨，一幅题为《幸福的鸡》的画顷刻绘就，《护生画集》第三册随之告竣（见《弘一大师影集》，山东画报社1999年10月版）。广洽法师曾受到过弘一大师的点拨，抗战爆发后，退居新加坡，《护生画集》后三册的创作出版，便由他资助完成。

这部充满佛教意味的画册，起初计划交由佛门印刷并流布，后考虑到读者对象是那些平日不信佛教、不喜阅佛书者，遂改由开明书店出版，其意在"导俗"。那些"导俗"虽说爝火微光，呼声绵邈，然则编绘者不弃照亮千年暗室、苏醒百代懵懂的一线希望，深信隋侯之珠报之有时，荆山之玉终见识者。至于画集中的诸多提示恰与时下倡导的环保意识、生态意识不谋而合，这只不过是书之丰富内涵之冰山一角、恒沙一粒而已。书中提及的"护生即护心"思想，又让人重新审观了一番人与自然的关系。展开画册，抹去历久的尘封，看到的却是一副全新的现代胸臆。此时，对弘一法师、丰子恺们的深邃思索及超前理念，不得不由衷敬佩了。

"曲巷高檐避网罗，朝来饱啄陇头禾。但令四海常丰稔，不嫌人间鼠雀多"，方孝孺的这首绝句写得豁达坦荡，丰先生的画也配得恢廓大气。鼠雀虽小，却让人生出方寸海纳、容止汪洋的雅量来，这便是好诗配好画的效果。还有一些诗由丰先生自己创作，同样生动感人。"闲看蜗牛走，亲为筑坦途。此君家累重，莫教步崎岖。"读罢这首白话诗，再回首感悟"护生即护心"一说，便不难理解了。

丰先生的画简约明快，纯粹条畅，始终保持着一种童真至情的况味。其作别人不好模仿，关键不再技巧，读罢这些充满人道大爱的画幅，再窥视缘缘堂里那位须髯公的心，便也大概找到了"不好模仿"的缘由。俞平伯赞其作是"一片片的落英都含蓄着人间的情怀"，朱自清则喻其为"一首首带核的小诗"。绘制《护生画集》，丰先生是发过宏愿的。1942 年，弘一法师于泉州圆寂后，丰先生初衷不改依旧按原计划宵旰笔耕。笃行不倦，精诚所至，到1973年终于功德圆满地完成了第六集一百幅画的创作，两年后丰先生即如释重负地黯然去世。这期间囿于画材不足，他曾在佛教刊物上登广告征集选题，还须克服因战乱流离、运动干扰不虞而至的困难。画册第一集创作之时，正值第一次世界大战终结之际，第二集刊行后，又遇第二次世界大战全面爆发，第三集更是编绘于避警的岩洞内。经过万里奔命之苦，丰先生愈加体验到了动物临死时的惊怖滋味。原以为这一集的画风画意会有大的改变，出乎意料，全集充满了和平之气，一禽一兽、一草一木无不洋溢着生的喜悦。在腥风血雨、生灵涂炭大背景下，不除窗草、不践虫蚁式的护生意念，既显得苍白无力，又让人感到铿然有声。正义之声，再细微也噌吰，所谓大音若稀者也。丰子恺刊发于1926年《一般》第10期的《法味》一文，记叙了去招贤寺探访弘一法师的情景："下午我与S先生分途，约于五时在招贤寺山门口汇集。等到我另偕了三个也要见弘一法师的朋友到招贤寺时，见弘一师已与S先生坐在山门口的湖岸石埠上谈话了。"S先生即夏丏尊。夏是启发法师出家的人，其实不过是与李叔同一起在西湖湖心亭喝茶，看着静静的湖山，说了句"我们这种人，出家做和尚倒是很好的"，从此发愿。在长达五十年的创作过程中，丰先生也把绘制《护生画集》当作了大慈大悲之愿，虽说稼穑维艰，然使命在肩，不敢须臾歇憩矣，正所谓不惧纤弱绳锯能断木，不揣绵薄铁砚终磨穿也。

画集每一图，均有书法配诗。第一、第二集由弘一法师书写，第三、第五集的书写者先后为叶恭绰与虞愚，第四、第六集则为朱幼兰。完成第四集画稿后，丰子恺决定请朱幼兰为之配诗，并写信告知广洽法师："'护生诗文'八十篇，已决定请朱幼兰居士书写，此君自幼素食，信念甚坚，而书法又工，至为适当也。"朱幼兰早年即崇敬印光与弘一两位法师，在十七岁时即皈依了印光法师。广洽法师时常以钱物接济丰子恺，有时会分作两份，嘱另一份转送朱幼兰居士。待第六集完成，丰子恺将画稿交给朱幼兰秘藏时云："绘《护生画集》是担着很大风险的，为报师恩，为践前约，也就在所不计了！"本还想继续请朱幼兰配诗，又怕连累之，只得暂且搁浅。朱幼兰闻之，当即表示身为佛学门下，愿与先生共担风险，在所不辞。

绘制敦煌壁画的画工们、雕凿云冈石窟的匠人们，仅仅靠体力和技巧能否完成那些千古绝唱？云居寺石经、广胜寺赵城金藏的浩荡从容，仅仅靠支付工钱或强迫劳动能否成就得了？宗教之于艺术，风助火势，艺术之于宗教，圆满玉成。丰先生的艺术高度，根基里处处踏跺着佛意的垫衬，丰先生的品性风操，潜质中时时映现着菩提的境域。回到自我、回到内心是任何形式的艺术创作必然的归宿。回到自我，并不一定就能觅得福音，回到内心，尚不足以找到真谛，这要看你回到的是平静熨帖的自我，还是踟蹰犹疑的自我，要看你回到的是平易坦荡的内心，还是偏颇委琐的内心。不知在弘一法师、丰子恺们对护心所指的提示面前，有人能否幡然有悟，能否醍醐灌顶。

韦其发表于1947年9月11日《华侨日报》上的《被冲淡了的仇恨——评子恺漫画〈又生画集〉》一文评价丰先生是"用迥异于其他悲愤着和呐喊着的漫画家和木刻家的心情和观照方法，淡淡的甚至悠闲的描写我们全民族所遭遇到的苦难和仇恨"。欧式语句虽冗长拗口，却十分精准，道尽了丰先生的情怀。

为
谁
送
别

　　戊戌变法后，废科举，兴学堂，学堂乐歌随之兴起。最初的乐歌均由选曲填词而成，即以欧美、日本或中国民间现成的曲谱为基调，以填词方式完成之。旋律力求简约凝练、爽朗明快，且易记上口，具备儿童特点。歌词虽是文白兼用，却也通俗明了，妇孺能解。其间著名者有《兵操》《竹马》《送别》《春游》《黄河》《革命军》《祖国歌》《我的国》等，词作者有沈心工、李叔同、曾志忞等。学堂乐歌是中国现代音乐的滥觞嚆矢，由于李叔同等一批大牌文人及秋瑾等一些革命家的参与，使之一开始就有了一个高起点。其文学与音乐的浑然天成、教化与情感的完美融合，着实秉承了唐宋以来的良好传统。

　　至今仍在传唱的《送别》，便是李叔同七十余首歌中的一篇，其借用了英国作曲家奥特威《梦见家和母亲》的曲调。虽说借用，但原曲意境与所填歌词结合得贴切自然，珠联璧合。"长亭外，古道边，芳草碧连天，晚风拂柳笛声残，夕阳山外山。天之涯，地之角，知交半零落，一瓢浊酒尽余欢，今宵别梦寒……"这是首过目难忘的词，其中的凄清萧瑟、寂寥疮痍、令人伤感惨沮、索然无援。其作于1913年的一个冬日，李叔同在上海见到了久违的好友许幻园，心情自是十分高兴，不承想进屋后的许幻园突然蹦出一句："叔同兄，我家破产了，咱们后会有期！"说完即转身离去。李叔同瞬间愣住，想喊住他，却发不出声，只好呆呆看着对方的背影渐行渐远。回屋后便含泪写下了此歌词。翌年春，李叔同从杭州来上海度假，许幻园请他在其亡妻宋贞所画花卉横幅上题词，李叔同遂写下"恫逝者之不作，悲生者之多艰，聊赋短什，以志哀思"一句。四年后，李叔同在杭州虎跑寺毅然出了家。待二人再次晤面，已是十四年后。当弘一法师出现在许幻园家门口时，头发全白的许幻园正趴在桌上写作。抬头间，两人的眼里都噙着泪水。1929年，得知许幻园离世的那天，弘一法师一切如常，只是在晚上躺下时，突然吟诵起了当年创作的那首《送别》。李叔同在杭州削发为僧，法号弘一。作此歌时，李还是浙江官立两级师范学堂的图画、音乐教师，三十四岁，也就是这年，李叔同说出了那段被后人经常引用的话：杭州这地方，实堪称佛地，因为那边寺庙之多约有两千余所……（见《弘一大师影集》山东画报社1999年10月版）。李叔同出家成为弘一大师，李夫人曾由杨白民夫人、黄炎培夫人两位女眷陪同，到杭州约见李叔同，四人在岳庙前临湖的一家素食店用餐。饭间，三人问一句，李叔同答一句，一顿饭吃完，李没有主动说过一句话，也未抬头看一回女眷们。据黄炎培的《我也来谈谈李叔同先生》记述，饭毕，李便"告辞归庙，雇一小舟，三人送到船边，叔同一人上船了。船开行了，叔同从不回头。但见一桨一桨荡向湖心，直到连人带船一齐埋没湖云深处，什么都不见，叔同最后依然不一顾。叔同夫人大哭而归"。这是现实中李叔同的一次送别，凄然可成绝唱。

较之李叔同出家后只言片语中流露出的超然出尘，这首词显然尚未达到苍莽空灵的全然境地。俗界佛域间咫尺徘徊的李叔同，作成了这首介乎孤芳自赏与遗身物外之间的唱词，虽说虎跑的经幢已然在望，灵隐的暮鼓依稀可辨，但"人生难得是欢聚，惟有别离多"的句子，无论如何还搭不上偈语禅词之界。送别三千世界，尚不足以达到毅然决然、坚贞不渝，但远方"问君此去几时来，来时莫徘徊"的召唤，仍如此诱人。

笃佛礼释的王维居士，在其多首诗中表露过送别之意："解缆君已遥，望君犹伫立"（《齐州送祖三》），"日暮飞鸟还，行人去不息"（《临高台送黎拾遗》），"春草明年绿，王孙归不归"（《山中送别》），"乡树扶桑外，主人孤岛中"（《送秘书晁监还日本国》），"别离方异域，音信若为通"（同上），"一步一回首，迟迟向近关"（《留别丘为》），而最著名者，当数《渭城曲》中的"劝君更尽一杯酒，西出阳关无故人"句了。这些送别，意有的发自悉心间，但更多的是在不经意间。

流连与向往交织，眷怀与期许纵横，怯懦与果敢伴行，游离瞻顾尘寰、踟蹰踌躇佛域的王摩诘、李叔同，不约而同地写出了古今最为缠绵悱恻、绸缪缱绻的送别诗，绝非偶然。此般送别中的灵犀感悟、刹那菩提，均源自二人深重浓郁、挥之不去的佛教情结，以及对人生真谛的绞思冥索，只不过李叔同在行为上终于又向前迈出一步罢了。正因如此，李叔同仅留下了一首送别词，而犹豫的王摩诘才有了在虚实间逡巡、在有无间忐忑地不断不定地"送别"。

不过百余年的时间，数以百计的学堂乐歌便被岁月的微风吹刮得无从辨迹了，唯有这一首《送别》，怎么也"送别"不去。为谁送别？谁在送别，我看没人能说得清。

《送别》最初的发表版本，见于裘梦痕、丰子恺合编的《中文名歌五十曲》，1927 年 8 月由开明书店出版。某日，丰子恺之女丰一吟带着几个孩子春游归来，开始教唱李叔同的这首《送别》，不料唱到一半，便被丰子恺制止："小孩子哪懂得什么知交半零落啊，我给他们另外写一个！"一时兴起的丰子恺略思片刻，随口便哼唱起自己填词的《送别》来："星期天，天气晴，大家去游春。过了一村又一村，到处好风景。桃花红，杨柳青，菜花似黄金，唱歌声里拍手声，一阵又一阵。"不愧为李叔同的高足。

书卷气来

一日不读书，胸无佳想，三日不读书，面目可憎。

读书改变气质，所谓书卷气，盖其所指。《笑谈大先生》一书对此有过诠释："前些日子，我在三联买到两册抗战照片集，发布了陈公博、林伯生、丁墨村、褚民谊押赴公堂，负罪临刑的照片，即便在丧尽颜面的时刻，他们一个个都还是书生文人的本色。他们丢了民族的脸，照片上却是没有丢书生相貌的脸。我斗胆以画家的立场对自己说：不论有罪无罪，一个人的相貌是无辜的。我们可能有资格看不起汉奸，却不见得有资格看不起他们的样子。其中还有一幅珍贵的照片，就是周作人被押赴法庭，他穿件干净的长衫，瘦得一点点小，可是那样的置之度外、斯文通脱。你会说那种神色态度是强作镇定，装出来的，好的，咱们请今天哪位被双规被审判的大人物在镜头前面装装看，看能装得出那样的斯文从容么？我这是第一次看见周作人这幅照片，一看之下，真是叹他们周家人气质非凡。"1945年12月6日，军警以汉奸之嫌包围了北京八道湾11号，面对枪口，周作人站起来轻声道："我是读书人，用不着这样子。"另据陶亢德《陶庵回想录》载："抗日战争胜利了，北京上海过了一些日子，逮捕大汉小奸，周作人却还在逛琉璃厂（据不知哪里来的一页周氏日记），最后当然被捕，押解南京，法庭审判，判以有期徒刑十二年或十五年，这刑期不能说判重了。当时报纸记载，说开庭时周的辩护律师呈上胡适证明书，说周作人保全北京大学有功云云。法官问，是吗？周细声细气地答云：义不容辞，理所应尔，不足居功云云。"文化的母体在思想，文人的内涵在气节，此般宵小之徒，皆学问淹博者，可惜好皮囊所裹，不全是好灵魂。

变生肘腋、附逆投敌者夥，书生死国、气节不丢者也多，自古贰臣蟊贼与君子烈士并生。元兵南进，文武官员护拥十一岁的端宗帝退至广州海面。未几，端宗受惊而死，众人欲就此散去，进士出身的左丞相陆秀夫，一改矜持庄重、温文尔雅状态，挺身而出道："度宗皇帝一子尚在，将焉置之！古人有以一旅以成中兴者，今百官有司皆具，士卒数万，天若未欲绝宋，此岂不可以为国耶！"读至此处，每每令人三叹其志，欲声又忍。1935年6月18日晨，瞿秋白起床后，换上对襟黑褂、白裤、黑袜、黑布鞋，依旧书生风度。洗漱毕，坐方桌前，支烟喝茶，翻阅唐诗，挥笔写就"夕阳明灭乱山中，落叶寒泉听不穷"的绝命诗，并附跋语，末署"秋白绝笔"，随即来到隔壁的长汀中山公园，其信步行至亭前，上有小菜四碟，美酒一瓮，便自斟自饮起来，神色无稍改。酒半言曰："人之公余，为小快乐；夜间安眠，为大快乐；辞世长逝，为真快乐。"抵达罗汉岭刑场后，其选择一地，盘腿而坐，说了句"此地甚好，开枪吧"，遂饮弹洒血，年三十六。

此般气质，缺者难掩其乏，有者难掩其存。《世说新语·容止》

载："魏武将见匈奴使，自以形陋，不足雄远国，使崔季珪代，帝自捉刀立床头。既毕，令间谍问曰：'魏王何如？'匈奴使答曰：'魏王雅望非常，然床头捉刀人，此乃英雄也。'魏武闻之，追杀此使。"纵使士行尘杂，锥处囊中，难掩其存也。《世说新语·雅量》载："郗太傅在京口，遣门生与王丞相书，求女婿。丞相语郗信：'君往东厢，任意选之。'门生归，白郗曰：'王家诸郎，亦皆可嘉，闻来觅婿，咸自矜持。唯有一郎，在床上坦腹卧，如不闻。'郗公云：'正此好！'访之，乃是逸少，因嫁女与焉。"即便粗服乱头，不修边幅，难掩其存也。

书卷气也士气，提法不同而已。刘熙载《论书》云："凡论书气，以士气为上。若妇气、兵气、村气、市气、匠气、腐气、伧气、俳气、江湖气、门客气、酒肉气、蔬笋气，皆士气之所弃也。"驰骋性情，纵恣笔墨，此气难以模仿，仿的只能是风格之檀、技巧之表。陈师曾《文人画之价值》提及文人书法之可贵，不在于"书法技法本身，而在于书法之外的文人气象与寄托"。以此类比，论及文人画可贵之处，在于"带有文人之性质，含有文人之趣味，不在画中考究艺术上之功夫，必须于画外看出许多文人之感想"。既贯通画脉，落拓萧散，又贯通文脉，姿荣古茂，向之所贵者，书卷气也。书卷气是文人书画之首要，由"人品、学问、才情、思想"要素构成，具此四者，方为完善。已识乾坤大，犹怜草木青，除此之外，弃外而重内，"经济文章磨白昼，幽光狂慧复中宵"的辛苦，也不得少。

做人或书卷气为上，由此可除傲慢气、卑微气、骄奢气、陋俗气、匪霸气、激愤气、痞子气、市侩气。自在花草心，人生淡然如水；高简文人志，行走一路芬芳。缅高风，抒高雅，继高谊，无意于得，自也无所谓失，以此捍卫心灵的自由。终生颠沛，淹蹇困厄，回也不改其乐；孤怀深衷，情见乎辞，唯有芙蓉独立香。总是敷衍，渐行渐远，没被看重，越来越淡，不是优秀的人不合群，是外人难以融入高朋满座、胜友如云的圈子。

日月无声，水过无痕，书卷气读书而来，不读书，其价值观道听途说获得，支离破碎状态。三日不读书，面目即可憎，一月不读书，耳目失精爽。革故鼎新、事成制器之突变，史不绝书，以文教佐太平，由此指望世风渐变，乃百代工夫，恐难见到后人乘凉的那棵大树，结果往往是多数人的粗鲁，又一次打败少数人的斯文，倒是文人自己，修身即可改变气质。气生势，识生度，情生韵，趣生味，书卷气是文人身上自带的一缕春风，却是春天走了，还欠其一首诗。

雕之枣梨，以传不朽，出书是件严肃之事。

1915年中华书局出版《中华大字典》时，邀请时任大总统的黎元洪题词，各界名流林纾、李家驹、熊希龄、廖平、梁启超、王庞惠作序，再之总经理陆费逵、编辑主任欧阳溥存二序，共计八篇。《民刑诉讼诉状大成》出版，刊登于1923年6月3日《申报》上的广告称，该书有"当代名人江庸先生、王宠惠先生等六人题词"。《民刑诉状汇编》出版，刊登于1923年10月19日的《申报》上的广告，详细列明了该书的"题序者"，包括了题词、作序、题字三类型。题词者有王承斌、熊炳琦、刘显世三人，作序者有江庸、张一麐、张一鹏三人，题字者有黎元洪、张绍曾、林长民、董康、余棨昌、阎锡山、张凤台、王永江、徐绍桢、林锡光、高种、徐维震、王树荣十三人。

1931年，朱庆澜赴陕西赈灾，在西安的开元寺、卧龙寺发现《碛砂藏》，决意将其影印出版。遂与叶恭绰、蒋维乔等人商议，成立"上海影印宋版藏经会"，谈论参与人选、股份安排、版本鉴定、出版机构事项，着手出版事宜。秋水时至，百川灌河，参与人选可谓阵容强大，涵盖政界、学界、收藏界、佛教界的四方名彦。

朱庆澜自任理事长，叶恭绰为副理事长。名誉理事三十四位，有于右任、陈铭枢、钱俊人、傅增湘、唐绍仪、戴传贤、张继、杨树庄、林森、弘一、蔡元培、韩复榘、叶楚伧、黄炎培、胡文虎、吕碧城、张元济、易培基等人。常务理事十三位，有丁福保、蒋维乔、徐乃昌、李经纬等人。理事四十九位，有熊希龄、梅光羲、徐文蔚、史量才、杨虎城、查良钊等人。民国之后，随着出版业的兴起，著书立说蔚然成秀，且有了新目标，胡适1919年所写《新思潮的意义》一文，提出"研究问题、输入学理、整理国故、再造文明"四大纲领，且以"整理国故"最受推崇，整理《碛砂藏》为典型一例。无帅之兵，谓之乌合，以朱庆澜在政界、叶恭绰在学界的名头，有别格于世之能、一呼百应之效。

古人训，今人论，出书乃踵事增华、弦歌不辍之事，故相当隆重。上有功于古人，中无争于今人，下有益于来人，昔时各界人士，以文化事功为荣，入编委，入校董，近兰者香，有光宗耀祖意味。莫说大书，即便小册子，也足够重视。1935年出版的《太原指南》，书名由晋省最高长官阎锡山题写，前部插有军政要人题词二十二帧，手迹包括行政院副院长孔祥熙、山西绥靖公署总参议赵戴文、山西省政府主席徐永昌等。一序由郭象升、二序由常赞春撰写，二位皆当时的学界名流。1936年11月1日，《山西大同县立图书馆纪念刊》印行，虽为非卖品，印有题词二十三帧，其中包括于右任、孙科、居正、孔祥熙、陈绍宽、阎锡山、赵戴文、徐永昌、赵承绶、白濡青、冀贡泉、柯璜等，书名由时任山西省教育厅厅长的冀贡泉篆书。

吹破天下牛，不如在此有一名。在一县，若被邀请参与县志的编撰，侧身考订校勘、筛选抄摘、索微撷翠、手自校书行列，无论乌衣门第，抑或寒门学子，同感荣耀，至少在一域为人所认可，既挂名，岂敢辱没，每每为之意得忘倦。北宋学者宋绶尝言"校书如扫尘，一面扫，一面生。故有一书，每三四校，犹有脱谬"，足见其难。贫乃士之常，苦作之余，不废诵读。人活一世，死后若干年还有人惦念，偶存余响，已属不易。

请名人题写刊名，则是期刊的惯用手法。1921年9月，中华全国道路建设协会成立，协会于翌年3月15日创办《道路月刊》，1937年停刊，期间即采取了名人题写刊名的方式。题写者中，北洋政府时期，以北洋政府政军界的为夥，国民政府时期，以国民党高层与元老居多。汪精卫、谭延闿分别两次为之题写，岑春煊、唐绍仪、程德全、孙传芳、熊希龄、林长民、柏文蔚、胡汉民、吴稚晖、戴季陶、孙科、邹鲁、于右任、吴铁城、孔祥熙等政界要人都有手笔。教育界、文艺界名流，如蔡元培、胡适、黄炎培、章士钊、叶恭绰、马君武、马叙伦、黄宾虹、柳亚子、钱名山、张大千、谢无量等，也为之挥毫。

士子楷模，敬畏文化，今之俗儒，逐于时趋，同样以介入文化事为显荣，然人不通达，何以通学，格不自立，何以立学。图书的功能在于"说什么"，编辑的做作则是令其"怎么说"，故选稿如选妃选美，需有才大学博的能力、周览古今载籍的积攒，学问悠游至此，乃得大成。意高则高，意远则远，意深则深，意奇则奇，岂可随便。治事则事理，东家舍得出钱，求仁则仁至，学人认真编校。一书出版，禁得起今生后世检验，难怪如此重视。

民国『百美图』

丁悚出名时，人称丁聪是丁悚的儿子，后来丁聪博大名，人称丁悚是丁聪的父亲。父子二人皆漫画大家。丁悚在民国年间的名气，相当于丁聪在当下。

择新奇可喜之事、如花似玉之人，摹而为图，使读者于茗余酒后，展卷玩赏，以增色舞眉飞之乐。丁悚所绘《百美图》，1918 年由上海交通图书馆刊印，之后又绘《丁悚百美图外集》《上海时装百美图咏》。丁悚，字慕琴，自幼在上海的当铺当学徒，业余进修美术，后从事月份牌与漫画创作，故能中西技法兼具。遗憾的是，此《百美图》已逸，而仅存者为《丁悚绘百美图外集》。古不乖时，今不同弊，"百美"容貌一反传统仕女定式，不泥于晓楼玉壶，争驰新巧，而另辟他路，所绘皆现实中的女性，且以温情化、家常化的生活场景入画幅。光感透视，黑白分明，画风工整，构图繁复，此西画技法。人物繁阜，金翠耀目，市井百态，神形毕肖，乃城市媒体图像之典型表象，但从立意到构型，依然留有民间年画"百美图"痕迹，尤其是背景处理，仍是山水草木、茅亭篱墙的传统表现，其显然与吴友如的《海上百艳图》、沈泊尘的《新新百美图》《新新百美图外集》《续新新百美图》、但杜宇的《百美图》、钱病鹤的《世界百美图》一路。明季仇英、清末费丹旭之后，"百美图"之盛炽，当数这一时期，以致《脂砚斋重评石头记》也称"最恨近日小说中，一百美人诗词，语气只一个艳稿"。清人徐震《美人谱》中归纳美人之"技"有"弹琴、吟诗、围棋、写画、蹴鞠、临池、摹帖、刺绣、织锦、吹箫、抹牌、秋千、深谙音律、双陆"诸项，以传统技法绘制火车轮船、声光电化等等的机械文明及高楼广厦、西洋医术等等的洋场风情和风俗街井、奇闻逸事等等的市民趣味，自然会有一种方枘圆凿、扞格不入之感，待事过境迁，间隔有年，其史料价值便会渐显珍奇，鲁迅便称之为"了解新学的人的耳目"。

　　丁悚尤善绘制民初的女学生与职业女性，一举一动，一颦一笑，甚至画中的四季景色、各类配物，均与那个年代有着强烈的融合默契。徐廷华《丁聪的老爸：丁悚》一文云："在丁悚的百美图中，或大家闺秀、小家碧玉，或时髦女郎、窈窕村姑。她们短衣中裤，梳辫挽髻，时尚可人，居室的陈设也充溢着流行的空气。另外，在当时西风东渐的时代环境中，新思想影响着年轻一代的生活，也同样作用于丁悚。画中女子骑马、溜冰、踏青、写生、素描、拉提琴、跳交际舞、开车兜风、打电话谈情，无不摩登，反映了当年新女性与画家审美意识的超前。女子们个个楚楚动人，精神盎然，一派新生活的风貌。"其作非摹古而来，与沪上电影圈极其熟稔的丁悚，经常身挎照相机，以创作心态拍摄各种事物，其中便有身边的红男绿女朋友。

其作一画一诗，画为白描构图，诗为竹枝词样。绘劳动妇女在水龙头前淘米者曰："谁遗奔湍入漏厄，碎沙淘尽但凭伊。江南熟饭方生米，休忘箩中宣战时。"绘学跳交谊舞者曰："贴地红毹比絮肥，电灯如雪照纱纬。翩跹错认春三月，蝴蝶一双相对飞。"绘电扇下纳凉者曰："电扇多风香汗消，独特冰盏态妙条。回头只顾窥郎影，不见红霞两颊潮。"绘打电话者曰："佳期约定故迟迟，转眼宵深到子时。壁角电铃微响处，暂凭一线话相思。"绘开汽车者曰："踏青人去折桃花，侬看桃花走钿车。独自飞轮何处似，刺天塔影指龙华。"绘拉小提琴者曰："个人生小最聪明，能把新声换旧声。昨夜听郎弄胡索，却来谱入梵和琳。"绘下滚梯者曰："浮云西北与楼齐，百姓人家处处低。容我写诗留一角，朝朝见尔下胡梯。"绘拍照者曰："镜槛临湖面面风，倚栏人坐桂花中。琼箫一曲天云紫，吹落天香作乱红。"滑旱冰者曰："不是凌波旧洛神，绿云靴子展双轮。阿侬自愿居冰上，未识谁为冰下人。"绘骑马者曰："一骑长堤疾四飞，短襟窄袖胜征衣。绿阴深处停鞭看，不忍红泥染马蹄。"其作意浅而繁，文匿而彩，词尚轻险，情多哀思，与清辞巧制、雕琢蔓藻的南朝宫体诗，似乎有着某种渊源。

为画题诗者有丹翁（张丹斧）、天虚我生（陈蝶仙）、陈小翠（蝶仙之女）、陈小蝶（蝶仙之子）、天台山农等，皆"鸳蝶派"中人。漫画与国画之间，不乏诗意，1914年，陈小蝶为其《二分春色图》题诗时感慨："读慕琴的画，往往有诗，惜予笔不能达其意。"张丹斧曾任《大共和日报》主编、《神州日报》编辑，后又在《晶报》工作十余年，喜作打油诗与游戏文章，由于其玩世不恭的态度，众人称之"文坛怪物"。1931年，上海《小日报》刊登了署名丹翁的五言绝句诗，题曰《第一诗人》："诗人居第一，中国徐志摩。徐君富理智，妙处固自多。我不工徐体，不敢评泊之。我苟效徐体，且以徐为师。"诗作发表不久，徐志摩即因飞机失事罹难。张丹斧不仅给丁悚的"百美图"题诗，之前曾为沈泊尘的"百美图"题诗一百六十首。然书甚劣诗亦佻，言语趋俚，不以文饰，因而沈泊尘常以为张的题画诗有玷污尺幅之甚。他在《丁悚绘百美图外集》付印时，甚至感激道："丁君慕琴工绘时装仕女久矣，余每题劣诗其上付石印时，不为剪去，厚余甚矣！"然丁善画而不能文，虽不一定认同于"吁嗟卿卿我我，呜呼燕燕莺莺"一格的文艺见解，却因欠诗文而师于"鸳蝶派"中人，故多与之私交甚笃。

纵使是照镜子，其头饰服装也是民国式的，镜子也是西式的。明窗读书，所读也西式精装本，学画则是排笔在握的油画，饮茶所用，为咖啡杯，家中陈设要么沙发，要么石膏裸女，所过板桥，栏杆也西式几何图案。节物流年，人情和美，刻画风气，具体而微，其乐无涯，但成怅恨矣。图中人物，或大家闺秀，或小家碧玉，或时髦女郎，或窈窕村姑，大抵短衣中裤，梳辫绾髻，足见时尚所在。张爱玲《更衣记》描述民国以来的服装变化："时装上也显现出空前的天真，轻快，愉悦。'喇叭管袖子'飘飘欲仙，露出一大截玉腕。短袄腰部极为紧小。……短袄的下摆忽而圆，忽而尖，忽而六角形。"时过境迁，类似的情形，若不参照丁先生画集中的图像，是难以理解的。狭窄修长的高领衣衫，配之以黑色长裙，袄裙均不施绣文，此乃所谓"文明新装"也。

书名及序由王钝根题写。钝根名晦，是著名的《礼拜六》周刊的主编，丁先生那时也为《礼拜六》一类刊物画封面，故与"鸳鸯蝴蝶派"的人物过从甚密。王序甚佳，其曰："好色之性，人所同具，好色之事，人所难能。所谓难者，不难于好，而难于色。西施毛嫱，古人称为至美者也。然吾非亲见，安知非古人之欺我？安琪天使，今人形之笔墨者也，然昵爱不明，安知非阿谀其所欢？吾生季世数十年，周旋于繁华佳丽之乡，而窃叹绝色之难得，即得之，亦苦为期之短促。盖朱颜白发转瞬间事耳，仅此极短时期中，又有一切烦恼之事横生间隔，于是快心适意之会益复无几，甚矣。好色之事似乐而实苦也，吾故谓有色之色，不如无色之色，形骸之色，不如精神之色。丁君慕琴善绘美女，吾见之辄叹曰：'画里真真，大堪慰寂，又何必人间秀色始可疗饥耶？'丁君近有《百美图》之作，乞序于吾，吾将俟其出版购取一册，置之案头，朝夕把玩。此中美人，无离别，有嗔怨，无需索，无嫉妒，无疾病衰老死亡；爱之者，无琵琶别抱之痛，无桃花人面之悲，虽有沙叱利，不能攫而去之。吾愿世界好色者皆作如是观。"矫情自高，好色守德，发乎情止乎礼，与《登徒子好色赋》可有一比。

灯宵月夕，雪际花时，乞巧登高，教池游苑。花光满路，何限春游，箫鼓喧空，几家夜宴。旧上海市民生活的朗月清风惬意，罗绮飘香情调，从浩穰繁荣的"百美图"中，似乎也可见得一斑。画虽末技，却也能贯通大道，然此大道非纲常之大道，乃世俗之大道也。

清末，日本村井兄弟会社出品的孔雀牌香烟，其中附有"扬州百美图"。后来又有上海三星公司出品三星牌香烟，附三十二片一套的"清末美女牌九"，而英美烟草公司的"清末仕女"，多达三百五十张。《解放画报》1920年5月4日创刊于上海，1921年12月停刊，共计出版十八期。其封面作品由但杜宇创作，其发誓完成"新式百美图"，所绘十八幅封面画中，有十七幅属"百美图"系列。展现者既有新式女子骑马、绘画、弹钢琴、拉小提琴、打网球的时尚身影，也有清丽女性恬淡柔美远望、沉思、凝眉的表情。可惜期刊短命，未及实现夙愿。

1912年，丁悚与乌始光、张聿光、刘海粟等创建上海图画美术院，即后来的上海美术专科学校，其为第一任教务长兼教员。1918年，上海《世界画报》创刊，二十七岁的丁悚任编辑。且无畛域观念，先习洋画，再水墨，从此投身商业美术，开始画月份牌、广告牌、期刊封面，举凡民国时代的各种视觉表达与传达样式，无不与事。还与友人共同组织成立中国最早的漫画家团体——漫画会。他是上海文艺圈的中心人物。

"百美图"形态，还大量出现在民国时期的烟画里，其中有《扬州百美图》《百美图》《民初仕女》《剪发女郎》《新发型》《泳女与泳装》《海浴》《第一套中国交际花》《第二套中国交际花》《早期电影明星》《中国电影女明星》等等。张张烟画，浸满芳华，虽为吸引眼球、刺激消费的商业手段，却将那个时代的女性群体予以细腻刻画，完美呈现。其记录着中国妇女挣脱桎梏的历程，从外在的服饰发型，到内在的精神气质，至今仍留有余温。

老舍要的剧场效果

新旧文化冲突，贯穿国人生活始终，这种冲突的二元对立性，乃现实生活一侧面。话剧作为非本土艺术形式，初入中土，新诗贯旧韵，虽是只说不唱，竟被称作文明戏。

称其文明，盖与看戏状态有关。1942年5月5日老舍在《时事新报》刊发幽默小品《话剧观众须知二十则》，条条针对戏园子景象。文字不长，录于其下：

（一）在观剧之前，务须伤风，以便在剧院内高声咳嗽，且随地吐痰。

（二）入剧场务须携带甘蔗、橘柑、瓜子、花生……以便弃皮满地，而重清洁。最好携火锅一个，随时"毛肚开堂"。

（三）单号戏票宜入双号门，双号戏票宜入单号门，楼上戏票宜坐楼下，楼下戏票宜坐楼上，最好无票入场，有位即坐，以重秩序。

（四）未开幕，宜拼命鼓掌。

（五）家事、官司、世界大战，均宜于开幕后开始讨论，且务须声震屋瓦。

（六）演员出场应报以"好"声，鼓掌附之。

（七）每次台上一人跌倒，或二人打架，均须笑一刻钟，至半点钟，以便天亮以前散戏。

（八）演员吸香烟，口中真吐出烟来，或吸水烟，居然吹着了火纸捻，必须报以掌声。

（九）入场就座，切勿脱帽，以便见了朋友，好脱帽行礼。

（十）观剧时务须打架一场。

（十一）出入厕所务须猛力开闭其门，开而不关亦佳，以便臭味散出，有益大家。

（十二）演员每说一个"妈的"，或开一小玩笑，必赞以"深刻"，以示有批评能力。

（十三）入场务须至少携带幼童五个，且务使同时哭闹，以壮声势，最好能开一个临时的幼稚园。

（十四）幕间，务须掀开看看，以穷其究竟。

（十五）换景，幕暂闭时，务须以手电探照，使布景人手足失措，功德无量。

（十六）鼓掌应继续不停，以免寂寞。

（十七）观剧宜带勤务兵或仆人数位，侍立于侧。

（十八）七时半开戏，须于九时半入场，入场时且宜携煤气灯一个，以免暗中摸索。

（十九）入场时切勿携带火柴，以便吸烟时四处去借火。

（二十）末一幕刚开，即须退出，且宜猛摔椅板，高射手电，若于走道中停立五六分钟，遮住后面观众，尤为得礼。

炳炳麟麟，蔚然称盛，对戏园子的总体印象是杂，突出印象是乱。甩毛巾、卖烟卷的小贩，往来观色，招徕生意，最是叫好之声，突然一嗓子，声震屋瓦，众人随之。而桌上所摆茶水、干果之类，品小吃、嗑瓜子，为看戏时的享受，何乐不为。散场后，地上一层瓜子皮水果蒂，滑脚趔趄。不仅如此，剧中情节更为不堪。周作人《北京的戏》中记他第一次到北京，便看了几出京戏："我记不清是在中和园或广德楼的哪一处了，也记不得戏名，可是仿佛是一出《水浒》里的偷情戏吧，台上挂起帐子来，帐子乱动着，而且里面伸出一条白腿来。"这回看戏不免让人失望："说到底，这糟粕也只是一时的事，但是在我的印象里却仍是深刻，虽然知道这和京戏完全是分得开的事情，但是因为当初发生在一起，也就一时分拆不开了。"本为戏剧文化之一部分，然随着语境的时代转换，多被定性为不文明举止。

19世纪末20世纪初，话剧作为新生事物，其发展焦点是与文化现代化转型相一致的戏剧现代化转型，新旧剧争论愈发激烈。别人有别人的舞台，有不一样的唱腔，国戏洋戏毕竟不同。话剧引入肇始，即面临民族化的接轨，因能更为迅速地介入社会现实，三四十年代救亡图存运动中，其以强烈的冲击性与感染力作用于国民，在思想、技法方面完成融合。内容决定形式，审美参与其中，剧场无论室内室外，观众皆应有新的举止应对之。

电影引入国内时，电影院每每提醒观众，公共娱乐场所应遵循的规范。电影说明书是出现于民国初期的一种电影衍生品，其上往往包含有影片名称、演出时地、影片梗概、演员阵容等电影要项。上海电影院印制的电影说明书中缝或末页底部，往往印有上海警察局订制的

《遵守公共娱乐场所秩序》："一、请勿随地吐痰；二、请勿在场内吸烟；三、请排队顺序购票；四、请勿购买黑市戏票；五、禁止携带身长一公尺以下儿童入场；六、禁止携带违禁物品入场；七、禁止于规定座位外加设座位或站立观看；八、禁止喧哗叫嚣。"由官方部门制定的观影秩序在一定程度上对观众进行了有效规训，对于早期电影观众的观影文化之培育可谓起到了一定作用。此外，一些电影院也会标识"前排看客，请原谅脱帽，以免阻碍后排视线"之类的提示性话语，以预防观影时出现"惹人笑之行为"，借以提醒观众的观影礼节。

正话反说，文字俏皮，辛辣到位，入木三分，老舍显然站在了新剧阵营。文中所指，我有幸都遇到过，只不过不在戏园子，而在电影院。

民国的青海

抗战军兴，干戈相寻，内地教育界、文艺界人士开始进入远离战火的西北考察。民生异质，土地异宜，风俗异尚，物产异用，人迹往来绝少的青海对于内地人而言，就是异域。对于为胶着战事所困者而言，中华无此整山川，这里就是世外桃源，有着一山一川、一花一草的欢喜。

1939年7月，导演郑君里在青海草原拍摄电影《民族万岁》，王洛宾随剧组顺道采风，由此创作《在那遥远的地方》。其间作者与藏族少女卓玛产生过一段感情，清辉玉臂寒，牧鞭轻轻打在他的身上。不同于内地人的礼教束缚，藏民族似乎具有一种与生俱来的豪放，那少女如一檠炽烈的灯盏，令其春心不眠，神魂颠倒。陕北有"米脂的婆姨，绥德的汉"之谓，晋北有"包头的媳妇，大同的汉"之传，宁夏有"中卫的丫头，固原的汉"之说，其"汉"未必长得好且斯文那类，乃敢作敢为、吃苦耐劳之属，至于婆姨丫头，当有情有义、有声有色之属。日复一日地上演，虚伪是一种累，这样的女子，能在茫茫人海中遇见，多少有些因缘果报的成分，这是王洛宾的幸运，似乎也是作为音乐家的责任。风来得刚刚好，躺在阳光的草地上，便能心无挂碍地融入大自然，半在诗中半酒中，一挥而就完成之，成为其一生影响最为广大的作品。艺术是情感的储存方式，票根于音乐里的故事记忆，朦胧又清晰，忧郁又欢快。虽为情歌，歌中有所渴望，其中的毡房羊群，一时成为时人的远方。音乐无须诠释，此歌迅速传遍全球，成为人间美好生活的图鉴，成为美好中国的音乐符号，作者也斐然可列大家之林。

1934年秋，庄学本从四川进入青海考察。1936年秋，又随护送班禅入藏的队伍经过青海。两次考察，皆以摄影的方式，进行了一番人类学考察，记录下了当时当地人的淳朴风貌。在《十年西行记》中他感慨，与这些边地民族"相处既久，就知其快乐有趣，古风依然，反觉其精神高洁。有自诋同胞为野番正者，为大谬"。其在《良友》画报1936年第117期刊出《恋爱在青海》专集，其中或能找到卓玛的影子。其《从西京到青海》以文字形式记录的藏族女子风貌，与卓玛的举止合辙，"女子一律五色鲜明的外衣，绣花鞋，簸箕形的帽冠，红的须头，在额前随风飘拂。我展开了照相机，把她们多羞得低头去弄衣角。……多数是未婚的青年男女，因为社交的公开，所以他们和她们都趁着新年的佳会，大家追求心爱伴侣。演出的喜剧，因此也愈加精彩。参加的女主角，大半是戴天头而未嫁的姑娘——阿姑，在黑暗中和男人们拥着，抱着，调笑着，耳语着，毫无避人的羞态"。

1943年，国民政府以增强抗战能力为由，派罗家伦为监察使兼西北考察团长，从事西北五省国防建设的考察与设计。考察青海时，其以词为文写下《青海青》，"青海青黄河黄，更有那滔滔的金沙江，雪浩浩山苍苍，祁连山下好牧场"。此诗随心怀忧伤的罗家伦渡海入台，作曲者为有"台湾合唱之父"之称的吕泉生。

德拉克洛瓦说遇到一幅好画，是眼睛的节日，可否引申为听到一首好歌，便是耳朵的盛筵。"青海的草原，一眼看不完；喜马拉雅山，峰峰相连到天边；古圣和先贤，在这里建家园；风吹雨打中，耸立五千年"，如同写过"青海长云暗雪山"的王昌龄并未去过青海，创作《中华民国颂》的刘家昌，也没去过青海，却同样以青海为符号，替青海添彩色，显然是受到了前两首歌的影响。音乐乃心境写照，这首歌有过许多演唱者，还是邓丽君最好。

天文垂象，盖以示人。此青海已非具体所指，已然辽阔边疆的写意，生生不息的代喻，足以抵挡一切的力量，并以此唤醒国家意识。

立言须慎

　　时下，学者作家每每谈及学术成果，多以写作字数、出版册数计，随便一部长篇小说，字数都能超过《红楼梦》，而长篇小说的异常繁荣，一年付诸出版者竟在几千部，待印者不计其数。有工夫阅读长篇小说者已越来越少，能从头至尾完整读完者，更是少之又少。有某畅销小说作家，由于连续几年每年推出两部长篇而受到质疑，猜测其写作为雇佣所为。在小说出版春色满园、气象万千之时，以出版小说为专的全国众多文艺出版社之经营，却秋风凋零，每况愈下。何以使然？市场使然。小说家责怪人心大不如前，读者申饬没有好作品面市，小说之衰微，衰在绿叶萋萋之间，微在枝条郁郁之时，现象好似蹊跷诡谲，言之不详，实则顺理成章，并无怪诞。而在学界，学术成果每每以发表论文的篇数计，使得各类学术期刊的版面收取费越来越高。这样的论文除了自己，不知谁还有兴趣卒读。北大某社会学教授的学术专著，因抄袭于国外同行而身败名裂，斯文扫地，类似的例子还不断有媒体爆料。究其故，有个人品行的原因，也有形势所迫的借口。

贾岛有"两句三年得，一吟双泪流"诗句喻赋诗之不易，纵使洋洋万言、连篇累牍的小说创作，曹雪芹于悼红轩中曾"披阅十载，增删五次"，而在此之前的素材积累阶段，他借《红楼梦》第一回石头与空空道人的对话表露："我半世亲睹亲闻的这几个女子……"此为作者情愫之有感而发，胸臆之不得不吐。

对于安身立命、垂之千古的学术，更是一件严肃的事。吕不韦作《吕氏春秋》，悬赏千金，不能增损一字。朱熹于四十多岁时，即已写就四书注释初稿，之后反复增删修改，分合不定，直至六十多岁时，方在漳州将四书合刊为一，印行天下。绍熙元年（1190）刻印之时，他又发现了一些问题，遂令刻工迅即修改，"乡在彼刊得'四子''四经'，当时校勘自谓甚仔细，今观其间，乃犹有误字，如《书·禹贡》'厥贡羽毛'之'羽'误作'禹'字，《诗·下武》'三后在天'之'三'误作'王'字，今不能尽记，或因过目，遇有此类，幸令匠人随手改正也"。《四书集注》奠定了其在学术上不可撼动的地位。当他看到友人草率出书时曾慨叹："平日每见朋友轻出其未成之书，使人摹印流传而不之禁者，未尝不病其自任之不重，而自期之不远也。"申涵光《荆园小语》云："凡诗文成集，且勿梓行，一时所是，师友言之不服，久之自悟，未必不汗流浃背也。俟一二年朝夕改订，复取证于高明，然后授梓。若乘兴流布，遍赠亲知，及乎悔悟，安能尽人而追之耶？若能不刻，则更高。"此亦慎也。

持此态度者，尚有黄侃。黄平生谨于著述，曾说过"不满五十不著书"之类的话。1936年他五十岁生日当日，老师章太炎为其撰一联："韦编三绝今知命；黄绢初裁好著书。"上联嵌孔子"五十读《易》"

之典，赞黄侃五十年来勤奋读书，下联用蔡邕《曹娥碑》之典，希望其今后可以潜心著述了。"不满五十不著书"，看似激言，实则恫意，恫己之思想尚未成熟、学问尚未直立，著书过早恐妄下雌黄，于世无益。他在日记中曾言："平生手加点识书，如《文选》盖十过，《汉书》亦已三过，《注疏》圈识，丹黄烂然。《新唐书》先读，后以朱点，复以墨点，亦是三过。《说文》《尔雅》《广韵》三书，殆不能计遍数。"这话是建立在如此难以想象的认真勤勉基础之上的。

黄侃对新文学不存好感，对胡适抱有敌意，他曾在中央大学课堂上戏称胡适为"著作监"，学生不解其意，黄侃的回答颇为阴损："监者，太监也。太监者，下部没有了也。"学生这才恍然大悟，原来黄侃是存心讽刺胡适的著作只有上部，没有下部。此喻遂传为笑谈。胡适的《中国哲学史大纲》和《中国白话文学史》均只有上部，下部长期付之阙如，倒也是事实。林语堂曾幽默地夸赞胡适是"最好的上卷书作者"，这一"美誉"多少有些令人尴尬。如此尴尬，一则因其社会活动太多，朋友太多，占用了过多的时间，一则其精于考证，立言谨慎，"有一分证据说一分话，有三分证据说三分话"，便是他的名言。大胆假设，小心求证，"据可信之材料，依常理之判断"，可谓是那一代人的临深履薄，字斟句酌。

著书立说、形诸笔墨之于朱熹黄侃只是业余，其正业乃设坛讲学，教书育人。抒怀命笔、操觚稗官之于曹雪芹也是业余，只是今人无法考证其从事何种职业而已，但写作《红楼梦》他是没有得过谁人稿酬的。

无意于佳乃佳的著作，看似偶然，其则必然，书教好了，学问大了，语句岂有不佳者，观点岂有不明者，见解岂有不邃者，文字岂有不传者。再则，他们将写作当成了立言，赋予了崇高与神圣，临事馑饬，三思不敢片刻孟浪，所谓"一言可以兴邦，一言可以丧邦"也，所谓"四时行焉，百物生焉，天何言哉"也。即便小说创作也没有虚应故事、胡编乱造之唐突，曹雪芹便言："其间离合悲欢、兴衰际遇，俱是按迹循踪，不敢稍加穿凿，至失其真。"朱熹更是将著述与明道联系起来，"道者，文之根本，文者，道之枝叶"。将文与道联系一处者，早已有之，《左传·襄公二十四年》中便有"太上有立德，其次有立功，其次有立言"的"三不朽"之说。以此古训为操守者，今日专事写作的职业操手，尚有几人经心在意、留神理会？尚有几个念兹在兹、铭诸肺腑？一落言筌，便成谬误；若经道破，已非真实。

　　文笔贵简，"逸马毙犬于道"，作"有犬卧于街中，逸马蹄而毙之"，则赘矣。明祝氏《猥谈》云："一守禁戴帽，不得露网巾，吏草榜云：'前不露边，后不露圈。'守曰：'公文贵简，何作对偶语？'吏曰：'当如何？'守曰：'前后不露边圈。'"斯旨可以喻大。《新唐书》《新五代史》，其较胜旧史，亦事繁文简耳。

　　比起新时期专业作家动辄几十万甚至几百万字的高产出，旧文人那几篇紧凑短文，实在有些寒酸窘迫，若结集出版，也只能算个小册子。药灵丸不大，棋妙子不多，文章的分量不以字数多寡、篇幅长短衡量。秦朝实行苛治，法律条文烦琐，刘邦为此道："父老苦秦苛法久矣，诽谤者族，偶语者弃市。"《约法三章》则使绝望之中的百姓看到了希望。"与父老约，法三章耳：杀人者死，伤人及盗抵罪"，为汉朝开国第一文，短文也；顾炎武八十万言的《日知录》在学术史上的地位不言而喻，其前言不过寥寥六十一字，短文也。陈哲三《陈寅恪先生轶事及其著作》一文，记录有当年梁启超向清华研究院推荐陈寅恪为导师事，校长曹云祥问："他是哪一国博士？"梁答："他不是博士，连硕士也不是。"问："那他总该有大著吧？"答："也没有著作。"曹为难："既不是博士，又没有著作，这就难了！"对曰："我梁某人也没有博士学位，著作算是等身了，但总共还不如陈先生寥寥数百字有价值。"

　　梁、曹这般对话之所以被传作美谈而广泛流行，除却人们对梁先生惜才举贤行为的赞许外，还因其中揭示了一个文理：长短不是评判文质的标准。为佐证梁先生这话的确切，可举出许多例子来。契诃夫说："写作的技巧，就是删掉一切多余字句的技巧。"他关于大海的描写只有两字："海，大。"北岛更绝，那首短诗《生活》，只有一字内文"网"，20世纪七八十年代过来的人对此至今仍津津乐道。弱冠之年的我也曾写过诗，三十年了，能够记起的只有一首名曰《你》的四句诗："追上行／拍你的肩膀／你回头／你却不是你。"这倒不光因它是拙诗中最短者。以前英国有一次征文，文章内容要求涉及"皇帝、宗教、性"，最后的获奖者竟是篇短作："上帝啊，女王怎么怀孕了。"而据称最短的科幻小说，译成中文后只有二十一个字："当世界上最后一个人坐在屋里时，他听到了敲门声。"鲁迅先生在《答北斗杂志社问》谈及如何创作小说时说："写完后至少看两遍，竭力将可有可无的字，句，段，删去，毫不吝惜。宁可将小说的材料缩成 Sketch（概要），不可将 Sketch 的材料拉长成小说。"梁实秋《记梁任公先生的一次演讲》中主张："文章要深，要远，要高，就是不要长。"当年周国珍翻译高尔基的小说，第一句"大海正在笑着"，伍蠡甫提笔圈去三字，改成"海在笑"，令周惊叹不已。竺可桢任浙江大学校长，一次联欢会上，有人请他训话，他说："训字从言从川，是信口开河也。我不训话。"林语堂曾言："绅士的演讲，应当像女人的裙子，越短越好。"虽戏谑，而在理。

战争中那些掷地有声、文无剩语的檄文无一长篇宏论，武王伐纣，一篇《泰誓》足矣，"予有乱臣十人，同心同德"；讨周复唐，一篇《为徐敬业讨武曌檄》振矣，当武则天读至"一抔之土未干，六尺之孤何托"时，也不得不折服骆宾王之才，国有颜回而不知，深以耻，叹曰："宰相安得失此人！"一篇好的檄书，不夸张地说能抵得上百万军。它文无雕饰，却字字珠玑，话无赘述，而一字千金。其鼓动性就在于能顺应大势，切中肯綮，且行文干练，感情充沛，其战斗力就在于声成金石激活蛰伏，字正腔圆唤起内蓄，进而昂扬奋发之志，投身硝烟之役。鲁迅的那些短悍杂文，被认为兼具檄文的犀利、匕首的寒光，至今仍有现实作用。1938年，汪精卫主持第二届国民参政会，侨领陈嘉庚作为参政员从新加坡发来一提案："敌未出国土前言和即汉奸。"此提案干净利落，简捷铿锵，使主和派人士闻风丧胆，暗自拭汗。此案恰由汪精卫宣读。次日，邹韬奋发表题为《来宾放炮》的文章评论道："此寥寥十一字，纵数万字亦所不及，实乃古今中外最伟大之议案。"其实，写作就是一种表达方式，因为有话要说，有情感要传达，所以才启笔开墨，行诸纸笺。黄山谷《答洪驹父书》云："老杜作诗，退之作文，无一字无来处。"文章的分量最终取决于其思想是否深邃、观念是否正确、情感是否充沛、言辞是否精彩，因了这一点，梁启超先生那般精辟对答，便不仅仅是篇美谈佳话了。

费米是20世纪一位泰斗级的物理学家，有一次揶揄他的学生、1959年诺贝尔物理学奖得主塞格瑞："如果把你的全部成果拿去和狄拉克（量子力学家）的一篇论文交换，你不仅不吃亏，还会大赚一笔。"塞格瑞心里尽管不舒服，却又不得不承认这是事实，遂反唇相讥："别看老师您贵为泰斗，若把您全部的工作拿去与爱因斯坦的一篇论文交换，你也是大有赚头的。"费米听后，哈哈大笑。相同的道理看来不仅只存在于文学领域。

刘鹗《老残游记》有段描写云山的文字："一层一层的山岭，却不大分辨得出，又有几片白云夹在里面，所以看不出是云是山。及至定神看去，方才看出那是云、那是山来。虽然云也是白的，山也是白的，云也有亮光，山也有亮光，只因为月在云上，云在月下，所以云的亮光是从背面透过来的。那山却不然，山上的亮光是由月光照到山上，被那山上的雪反射过来，所以光是两样子的。然只就稍近的地方如此，那山往东去，越望越远，渐渐的天也是白的，山也是白的，云也是白的，就分辨不出什么来了。"真是冗长啰唆，拖泥带水，若以诗句代之，只王维《汉江临眺》中的"山色有无中"半句，即可涵盖其意。明洪武七年（1374）五月，时任刑部侍郎的茹太素，被朱元璋在朝廷之上打了板子，挨打原因很奇葩，只因奏折写得太长。阎锡山有句名言："长篇大论不是好文章，附耳低言不是正经事。"此话甚是干练。钟叔河说："自己没本事写长也怕看长文当然是最初的原因，但过眼稍多，便觉得看文亦犹看人，身材长相毕竟不最重要，吸引力还在思想、气质和趣味上。"此话则是谦逊。

刘克庄云："古人名世之文，或以一字而传，如梁鸿之'噫'是也；或以二字而传，如元道州之'欸乃'是也。而后之文士，驰说骋辞，夸多斗靡，动至累千万言，而不一传何耶？"祖咏《终南望余雪》云："终南阴岭秀，积雪浮云端。林表明霁色，城中增暮寒。"此诗本为应试诗，唐朝科考试帖诗，需作五言六韵，两句一韵，六韵就是十二句，而其只四句，主考官认为写得太少，欲判其不及格，祖咏只回答了两字，"意尽"。故曰诗文不在长短，意尽为止，含不尽之意见于言外为妙。李攀龙《古今诗删》选有刘基的《薤露歌》，为五言绝句："人生无百岁，百岁复如何。古来英雄士，俱已归山阿。"其实此诗原貌并非如此，而是好长一段："蜀琴且勿弹，齐竽且莫吹。四筵并寂听，听我薤露诗。昨日七尺躯，今日为死尸。亲戚空满堂，魂气安所之。金玉素所爱，弃捐箧笥中。佩服素所爱，凄凉挂悲风。妻妾素所爱，洒泪空房栊。宾客素所爱，分散各西东。仇者自相快，亲者自相悲。有耳不复闻，有目不复窥。譬彼烛上火，一灭无光辉。譬彼空中云，散去绝余姿。人生无百岁，百岁复如何。谁能将两手，挽彼东逝波。古来英雄士，俱已归山阿。有酒且尽欢，听我薤露歌。"此般剪接，提取精华，使之得以广泛流传。

抄书做学问

1958年出版的《文学研究》第三期，集中刊发了一组批判王瑶教授的文章，其中的《王瑶先生的伪科学》一文是北大中文系三年级鲁迅文学社集体撰写的，其曰："先看一个惊人的数字：厚厚上下二册《中国新文学史稿》，全书计五十三万七千字，小字引文共二十九万三千字，大字引文共四万三千字，全书引文共计三十三万六千字，竟占全书的百分之六十二点五！这个数字本身不就是对王瑶先生所谓《史稿》'科学性'的绝大的讽刺吗？……在剩下不到百分之四十的篇幅中，除了对引文的复述，承上启下的过度、转折、联接，王先生又耐心地向读者大讲起上百个作家及千部作品故事梗概来了。讲故事当然比对作品进行分析容易得多，篇幅也大大地拉长了，而稿费却是以字数计算的。"

其实，抄书是一种很老实的做学问的方法，它至少告诉你，这些东西皆为引述，而非自己的独创见解。这种方式在老派学人中很是常见。周作人盛年时期的文章多抄录书籍，只用自己简单的语言连缀起来即可。如《农业管窥》一文，开始介绍其为一本学理与数字之间的"专门的书"，用七十三字，以下即引文三百五十字，之后是过渡性的文字三十五字，接下来的引文四百五十四字，最后以六十字收尾。一篇九百七十八字的文章，引文篇幅就达八百零四字。以他人之章，也可抒己之胸臆。这种方式甚至成就了一种"抄书体"。抄书构成其基本的叙述方式，抄书虽影响到了阅读的流畅，却确保了材料的原汁原味，封闭了"合理"想象与虚构的空间。抄书的背后，需有"把卷沉吟过二更"的功夫，需有坚实而完整的见解，不然便会成为资料汇编。而这一见解，恰是驾驭各种资料的能力。在这些见解中，有百分之二三心得属于自己，那已是了不起的事，也是对所研究领域的巨大贡献。周作人曾在其《读武者小路君〈一个青年的梦〉》开篇曰："我不大喜欢立论，因为（一）恐怕意见不周密，议论不切实，说出去无价值，就是怕自己的内力不足；（二）觉得问题总是太大，太多，又还太早，这就是对于国人能力的怀疑。"这或许便是其叙而不论的内在原因。袁枚在《随园诗话》中曾记录了一首名曰《遣怀》的诗："我口所欲言，已言古人口。我手所欲书，已书古人手。不生古人前，偏生古人后。一十二万年，汝我皆无有。等我再来时，还后古人否。"可见创新之不易，发古人未发之慨，言古人未言之辞之不易。

引用里面有自己的态度。"大江东去，平楚南来，一带江山如画；高柳垂阴，老鱼吹浪，依稀风韵生秋""忍泪觅残红，柔情似水；起舞弄清影，瘦骨临风"皆集句联，集句之联，借他人诗句，抒己之芹意，抄书做学问亦然，汇前人论述，做己之论据也。抄书做学问，未闻以此言为非者，而那些剽袭他人学问据为己有者，皆对此不以为然者，皆自以为聪明的糊涂人。季羡林《坏人是不会改好的》列举道："小骗局花样颇为繁多，举其荦荦大者，有以下诸种：在课堂上听老师讲课，在公开学术报告中听报告人演讲，平常阅读书刊杂志时读到别人的见解，认为有用或有趣，于是就自己写文章，不提老师的或者讲演者的以及作者的名字，仿佛他自己就是首创者……"颖慧与驽顽，睿智与鲁钝，竟在于对抄书的豁如与相瞒、恢达与隐讳的态度。

当年陈寅恪在西南联大讲授隋唐史，开讲前即说明："前人讲过的，我不讲；近人讲过的，我不讲；外国人讲过的，我不讲；我自己过去讲过的，也不讲。现在只讲未曾有人讲过的。"别人说过的话，如若非要说，引用别人观点即可，但定要标明这是别人的观点，一则对别人尊重，一则自己心安。无论著述，抑或讲稿，其还有"凡引及旁人的意见，俱加声明"的严格遵守。

1954年秋，国内发动了批判胡适运动，门生故交均须表态。沈尹默感到实在没有什么可批，但又不得不发言，于是在一次大会上硬着头皮说：我有一次去看望胡适，胡博士正在写文章，只见案头尽是打开的书，且边看边写，"这哪里是做学问的样子"。从这则看似幽默的故事里也可看出"有一分证据说一分话"的胡适，同样是位抄书做学问的人。沈先生的话当然不在点子上，其实清代史学家章学诚对此早有察觉："近日学者风气，征实太多，发挥太少。有如桑蚕食叶，而不能抽丝。"昆德拉《不朽》也说："我们互相转让、借用或者窃取我们的见解，我们想的几乎差不多一样。"但这也可反证发挥之不易，在学术的完构中，插入一楔，谈何容易，诺贝尔文学奖得主德里克·沃尔科特便说："只要我们能够在诗歌的树上添一叶，那就非常了不起了。"

赵孟頫也曾言："作画贵有古意，若无古意，虽工无益。今人但知用笔纤细，敷色浓艳，便自以为能手。殊不知古意既亏，百病横生，岂可观也。吾作画似乎简率，然识者知其近古，故以为佳。此可为知者道，不为不知者说也。"赵孟頫以及其后的董其昌、四王吴恽等等，皆为画界的抄书派。董其昌云："诗至少陵，书至鲁公，画至二米，古今之变，天下之能事毕矣。"既已毕，唯兼济众长，出新意于法度之外，方可树立一己面貌。纵使这句话，也是录自于《东坡题跋》："诗至于杜子美，文至于韩退之，画至于吴道子，书至于颜鲁公，而古今之变，天下之能事尽矣。"董其昌能成就书画大业便在于大量临仿，"血战宋元"，且坦然题款曰仿大痴、仿云林、仿北苑、仿巨然。董氏又说："画家以古人为师，已是上乘，进此当以天地为师。每每朝看云气变幻，绝近画中山。"师古人即抄古人之作，师天地即外师造化，中得心源，无我之中有自我。自我看似形表之象，实则内容之质。抄画似抄书，须恬然释然，不愧不怍。

序之絮言

开卷先读序跋，以观大略。序无定式，固定的只有文前的位置。

序分自序与他序两种。前有序引，后有尾跋，方可完构文系。

大凡他序者，不是相关领域的名家高手，便是作者的师长、领导。请名家代序，可以增加作品的分量，抬升作者的身价；为后生作序，可以验证自己在这一方面的显赫地位，又可获人情，得润格，实则名利双收事业，于是序言便成了其文集中的一大部分。受人之托，写几句溢美之词、几段夸饰之章也在情理之中。褒奖嘉誉、称颂揄扬似乎已然成了墓志铭、序跋体的共同特点。

正因如此，推许显尚、赞美称道的分寸，便成了他序者难以把握的尺度。今天充斥于卷首文初的序引似乎有了一固定格式：先讲与作者的私交——这种私交可能是世交、平交，可能是忘年交、芝兰交，也可能是莫逆之交、管鲍之交；再讲作者的趣闻轶事、佳话末节；最后便是连篇累牍、过甚其词的推荐提携、罗列援引了。至于对作品本身的评价，或文不对题、词不达意，或浮泛接应、搪塞敷衍，其缘由多半因没有研读作品所致，名家自不屑将宝贵的时间用于阅读这类"等外之言"，而名家眼里的名家更不可能请他来作序。还有请两三名家同时着墨的，于是根据诸名家知名度的高低，排作序一、序二、序三等等。如此不厌其烦，所要说明的无非是作者的人缘好、路子广、地位显、捧者众，而那些被排了座次的诸名家，感觉一定很复杂。

若是请领导作序，定是作者怀有另一门心思，这类序言不是秘书的捉刀，就是自己拟好了文字，嘻嘻哈哈请领导签个名了之。而更糟的是指令下属为之作序者。这类序言竭尽恭维奉承、迎合攀附之能事，语词靡丽铺陈、傅粉施粉，观点隐约暧昧、言之无物。当年刘孝绰为《昭明文选》作序时，开口便是"臣窃观大易，重明之象著焉"。分明就是一篇奏章折子。

好的序言，借题发挥，吐露剖白，隐喻象征，意内言外，抒胸臆，阐观点，立未立之论，发未发之慨，姚鼐《古文辞类纂序》即认为序有"推论本原，广大其意"功能。王羲之作于永和九年（353）的那篇旷世之篇《兰亭集序》，书绝文亦绝。是年三月初三日，羲之同谢安、孙统等四十一位名士宴集于会稽山阴之兰亭，席间流觞曲水，一觞一咏，诵出了不少好诗。聚诗成集时，右军先生便挥就了这篇"双绝"序。文章通篇着眼于生死二字，万千慨叹中流露出几许悲伤，避开了就诗论诗的窠臼。《桃花源记并诗》亦文诗结合，辅记长而主诗短，且更著名。此类文式源于古印度，乃天竺一种通行的文艺形式，其特点是长行散句部分多于偈颂韵语部分，同时在内容上偈颂韵语对长行散句具有重复性，即文诗合体，文前诗后。其偈颂韵语部分，佛教徒还为之设了个专用词"祇夜"。

欧阳修是北宋文章大家，请他序言者自不在少数。秘演和尚要出诗集了，请托六一居士代序，于是就有了那篇著名的《释秘演诗集序》。如今秘演的诗集早已逸传，但序言却不朽，成了经典。类似的例子还有孙过庭的《书谱》，它虽只是原书的一篇前序，却也能管窥蠡测出已失正文的价值。所刻尽去，序无所依，只好独立成篇，其实，早在《文心雕龙》里，已将序看作独立文体。

他序者也有非请托之作的，如昭明太子因素爱陶渊明诗文，搜校而成《陶渊明集》，并为之加序。这样的序言功利色彩显然少了许多，所以序中才能出现"白璧微瑕，惟有《闲情》一赋"这样不避名家讳的句子。沈炼是明中叶时与严嵩父子斗争而被害致死的节义之士，后严党覆灭，《青霞先生文集》得以出版。茅坤的序中描述了沈炼直言讽谏、疾恶如仇的气概后写道："至于文词之工不工，及当古作者之旨与否，非所以论君之大者也，予故不著。"在肯定文集社会意义的同时，实际上以言外之意的方式对其写作水准也给出了恰当评价。胡适当时也是绝对的大家，人缘又好，故请序著络绎不绝，应接不暇。这位白话文的倡导者往往开文便是"我的朋友罗尔纲""我的老朋友陈伯庄"。胡适《追忆梁启超》一文讲述了梁启超请其为《墨经校释》作序事，因观点不同，著作出版时，梁启超将胡序移至书后为跋。对此，胡很是介意，但仍夸赞梁启超："这都表示他的天真烂漫，全无掩饰，不是他的短处，正是可爱之处。"郭绍虞的《中国文学批评史》完成后，多次请胡先生作序，胡推辞不过，便写了篇短文。序是写好了，但其中不尽然是美言，首先他对郭论将中国文学批评史分作三大时期的论点"我个人感觉得不很满意"，接着又说"此书亦有一些可议之处，即使我们感觉不少的失望"。胡先生指出的多处疑义，是经过深思熟虑、小心求证的，它是建立在对原著的精读之上的。郭氏并未因胡序中的"微辞"而弃之不用，郭论的地位也未因诸多异议而有所损伤。有这样的开诚布公、真知灼见附于书前，实在是郭先生之大幸，是中国学术之大幸。对学术的剖毫析芒、正经八百并未因个人关系的亲疏左右，正是那一代学人的治学态度与人格魅力所在。九一八事变后，与张元济有过交集的一些学人相继变节，遂于1937年编就《中华民族的人格》一书。书中记述了古代八位义士的故事，即《公孙杵臼程婴》《伍尚》《子路》《豫让》《聂政》《荆轲》《田横》《贯高》，他们境遇不同，地位不同，举动不同，但都表现出一种至高无上的人格。1940年3月26日和8月6日，张元济曾先后两次致信远在美国的胡适，请他为书的重版作序，"乞赐小序，当俟再版时录入简端，借以增重"。胡适于8月18日在华盛顿写就一序，却并未寄出。1947年春，返沪的商务印书馆第七次重印此书，张元济第三次郑重向胡适索序。时任北大校长的胡适，复信说明当年未寄出序文的原因："大作所收八人，大多是复仇侠士与杀身成仁的志士，范围稍嫌过狭，不曾顾到中国民族的积极的、建设的一方面。"同时还列出了一个历史人物的名单，希望对方采纳，但张元济还是婉拒了胡适的建议，坚持编书的初衷。诤序者，何须有请托与不请之分。

1903年，邹容的《革命军》出版，请志同道合的章太炎作序。此书迅速风靡，清廷大为恐慌，乃派员拘捕邹、章二人。警察到时，章太炎抱定"志在流血"的决心，安坐静待；邹容原本已从后门逃走，听说章被捕，马上到衙门自首。章太炎因序得牢狱之灾，之后两人大闹租界法庭，引来全国舆论的支持，清廷因而不敢将其典刑，此即著名"苏报案"之缘起。1918年，梁启超、蒋百里并辔游欧。归来后，蒋写《欧洲文艺复兴时代史》一书，请梁作序。序以建言，首引情本，梁认为欧洲文艺复兴与清代学术思潮有许多相似之处，遂借题发挥，一泻八万言，较蒋著为长。"蒋方震著《欧洲文艺复兴时代史》新成，索余序，吾觉泛泛为一序，无以益其善美，计不如取吾史中类似之时代相印证焉，庶可以校彼我之短长而自淬厉也。乃与约，作此文以代序。既而下笔不能自休，遂成数万言，篇幅几与原书埒。"蒋啼笑皆非，只好请梁单独出版，这便是后来闻名于世的《中国近代三百年学术史》之雏形，其序反倒为蒋所作。唐德刚好议论，他整理的众多名人自传，几乎都有冗长的序言或评点。最著名者莫过于《胡适杂忆》，此文乃作者在撰写《胡适口述自传》时所写的一篇短序，不料下笔竟十几万言，结果头大不掉，只得印成专书，独立出版。"在动手翻译这本小书之前，我曾遵刘绍唐先生之嘱，先写一篇《导言》或《序文》。谁知一写就阴差阳错，糊里糊涂地写了十余万言；结果，自成一部小书，取名《胡适杂忆》，反要请周策纵、夏志清两先生来为我作序了。"余英时为《朱子文集》新标点本作序，竟步步深入而成《朱熹的历史世界》一书。

不过好的序言还以自序为多，司马迁的《太史公自序》、班孟坚的《汉书叙传》、许叔重的《说文解字序》、葛雅川的《抱朴子序》、郦道元的《水经注序》等等皆属自序。《五代史伶官序》是欧阳修为自己所著的《五代史》之《伶官传》作的序。其开章句"呜呼！盛衰之理，虽曰天命，岂非人事哉！"一出，便将人引入了一种悠远的沉思。醉翁之意不在伶官亦！与他序不同，自序往往是正文的概括综述、提纲挈领，是注释补充、感而有得，是正文的有机组成、交融水乳。没有了奖掖擢拔、栽培提升的成分，自序便有了自信由衷、贴切合宜的况味。

郑板桥在其《十六通家书小引》一文中就他序自序说过一段话，很能代表一批文人的心声："板桥诗文，最不喜求人作序。求之王公大人，既以借光为可耻；求之湖海名流，必至含讥带讪，遭其荼毒而无可如何，总不如不序为得也。"林纾译小说序跋林林总总，每序一书，每论一事，必博古通今，中外互参，异同相见，取舍决然，大致可归拢为忧患意识与救国图存两条主线。救国图存理念丰富，涉及革命、政体、实业、律治、德治、伦理等方方面面。以革命与政体为例，《〈残蝉曳声录〉序》梳理书中所讲罗兰尼亚革命的起因后，比较专制政体与共和政体的优劣，分析革命起因时讲道"国主之嵚暴，议员之慾眲，国民之怨望，而革命之局遂构"。以实业强国为例，《〈爱国二童子传〉达旨》开篇言明："卫国者，恃兵乎？然佳兵者非详。恃语言，能外交乎？然国力苶弱，虽子产、端木赐之口，无济也。而存名失实之衣冠礼乐，节义文章，其道均不足以强国。强国者何恃？曰恃学，恃学生。恃学生有志于国，尤恃学生人人精实业。"

像胡适序梁启超、郭绍虞那样的他序精品实在难求。与其咽噎在喉，赘冗于外，不如正襟危坐，灯下操觚，自己为自己裁剪一件合体的衣裳。不过时下有的自序用了大量篇幅作秀般述说自己所遭遇到的盗版，写一些感激出版单位的话语，这类序言无论出自何人之手，一样的空洞迂阔、不着边际，一样的不被看好。

1931年，陈垣写就《元典章校补释例》，请胡适作序，而陈的朋友张尔田与胡水火不容，闹到陈家，非要将胡序自书中撕掉，胡闻之，一笑而已。1933年，陈三立的好友、同光体另一位代表人物郑孝胥投靠日本，辅佐溥仪建立伪满洲国。陈痛骂郑背叛中华，自图功利，再版《散原精舍诗》时，愤然删去郑序，与之断交。序之存留，人之气节。

民国课本里的诗意

私塾年代，是将识字教育、道德教育、经典教育合三为一的。读《三字经》的同时，也就大致了解了历史更迭、地理方位，识《千字文》则对时序变换、格物致知有了基本建构，且都首尾连贯，一气呵成，句句押韵，朗朗上口。《千家诗》中有一首宋儒邵康节的《蒙学诗》："一去二三里，烟村四五家。亭台六七座，八九十枝花。"将从"一"到"十"的数字巧妙嵌入诗句，组合成一幅诗意乡村画卷，质朴素淡，音韵谐美，数字在此不再抽象，审美潜其质。

立国之本，在乎教育，教育根本，实在教科书。清末，自《奏定学堂章程》颁布，废科举，兴学堂，风气为之一开，课本随之一改，新式学堂深受西式教育影响，实行分科教学。数理化音体美科目借鉴欧美日等国经验，编制相关科目的新式教材，唯独国语一门，仍沿袭老例，自行编制。老夫子们编就的文字，又显艰深，也不符教育学规律。如南洋公学的《蒙学课本》，第一篇第一课为："燕、雀、鸡、鹅之属曰禽。牛、羊、犬、豕之属曰兽。禽善飞，兽善走。禽有两翼，故善飞。兽有四足，故善走。"这对于刚入学的儿童而言，领悟吃力。故在张元济的主持下，商务印书馆掀起了"教科书革命"。其组织强势阵容编辑队伍，聘高梦旦、蒋维乔、庄俞、杜亚泉、邝富灼、陆炜士等人为编辑，同时邀日本人长尾槙太郎、加藤驹二、小谷重等作顾问，开始按学期制度大举编纂教科书。经过半年的编修，一部完备的小学教科书《最新小学教科书》之《最新国文教科书》第一册终于完成。之后，按照学期制度编辑的初小和高小修身、国文、算术、历史、地理、格致等教科书相继编就，经校订后教科书于1904年4月正式出版。

虽用文言，而语意极浅明，皆儿童之所习知者。《最新教科书》推出后，至1911年底，发行量已占全国课本份额的百分之八十，而1912年出版的《共和国教科书》，十几年间发行量达七八千万册，为中国乃至世界教科书史上，版次最多的一套教材。1915年至1916年袁世凯称帝前后的几个月中，迫于政治压力，商务被迫将原定名为《共和国教科书》的小学课本，改为《普通教科书》，删节了有碍帝制的内容，此事一直为同行所诟病。撤销帝制后，《共和国教科书》恢复出版。

圣贤之书，教人诚孝，慎言检迹，修身立命，编写课本的确是件代圣贤立言之事，疏忽不得，轻率不得。在当时毫无范本参照的情况下，其采取"圆桌会议"方法讨论进行。在知识体系构造完整的基础上，内容由浅入深，循序渐进；同时搭配插图，以增加趣味，便于理解。且在内容编排上遵循教育学原理，注意与儿童身心发展的实际情况相结合。《最新修身教科书》全书十册，第一册不用文字，专列图画；第二册列出图画，配以古人格言，以便朗读；第三册则比第二册稍繁。据蒋维乔《编辑小学教科书之回忆（1897—1905）》云："当时之圆桌会议，惟在最新初小国文着手之时讨论最详悉。第一二册几乎每撰一课，皆讨论至无异议方定稿。至三四册以后，则由各人依据原则自行起草，草成之后，再付讨论；亦有由一二人先行讨论者。尔时不乏有趣味之资料，如余编及某课时，用一'釜'字，而高梦旦必欲改为'鼎'字，余曰：'鼎字太古不普通，不可用。'高曰：'鼎字乃日常所用之字，何谓不普通？'余曰：'鼎字如何是日常所用之字？'高曰：'鼎字如何不是日常所用之字？'于是二人大争，至于声色俱厉。及后细细分辨，方知闽语呼'釜'为'鼎'，而不呼为'釜'也。相与抚掌大笑。"蔡元培在《商务印书馆总经理夏君传》中回忆教科书编写情形："往往一课之题，数人各试为之，而择其较善者，又经数人之检阅，及订正，审为无遗憾焉。"

以1917年商务印书馆所印《共和国教科书·新国文》为例：

青菱小，红菱老，不问红与青，只觉菱儿好。好哥哥，去采菱，菱塘浅，坐小盆。哥哥采盈盈，弟弟妹妹共欢欣。（第二册第9课）；

雨将晴，河水清，两渔翁，须眉皆白，披蓑衣，戴箬帽，同坐岸上，张网捕鱼。（第二册第21课）

竹几上，有针，有线，有尺，有剪刀，我母亲，坐几前，取针穿线，为我缝衣。（第二册第22课）

巷中有屋，四面短墙，向南开门，客堂在前，书斋在旁，卧室在后。（第二册第24课）

座上客，远方来，父陪客，食午饭，饭后出门，与客闲眺，前有青山，旁有流水。（第二册第27课）

北风起，大雪飞，登楼远望，一片白色，雪止日出，檐溜成冰，其形如箸。（第二册第28课）

学生入校。先生曰："汝来何事？"学生曰："奉父母之命，来此读书。"先生曰："善。人不读书，不能成人。"。（第三册第1课）

燕子，汝又来了。旧巢破，不可居。衔泥衔草，重筑新巢。燕子，待汝巢成，吾当贺汝。（第三册第3课）

种桑数亩，春日发芽，芽渐大而成叶。农家妇女，携剪刀与筐，同往采桑，以为饲蚕之用。（第三册第8课）

帽所以护脑，四时皆用之。天暑时，多用草帽，天寒时，多用呢帽，或以缎布为之。（第三册第12课）

庄儿将入学。母曰："儿尚着棉衣，不觉热乎？人之衣服因寒暑而异，今日天热，可易夹衣。"儿曰："诺。"遂易衣而出。（第三册第13课）

温课已毕，弟谓兄曰："吾辈可游戏乎？"兄曰："弟欲何戏？"弟曰："吾辈有竹刀、木枪，习为兵队可乎？"兄曰："可。"遂率诸弟，为兵队之戏。（第三册第16课）

蜘蛛在檐下结网，既成，有蜻蜓飞过，误触网中。小儿见之，持杆挑网。网破，蜻蜓飞去。（第三册第19课）

红日将下，打麦已完。小雀一群，纷集场上，觅食余粒。数童子立门前，拍手噪逐之。雀闻人声，散入林中。（第三册第21课）

瓶中有果，儿伸手入瓶，取之满握，拳不能出。手痛心急，大哭。母曰："汝勿贪多，则拳可出矣。"（第三册第

24课)

大雨如注,田水骤满。既晴,数农夫头戴笠入田插秧。秧针出水,长二三寸,分列成行。(第三册第30课)

贾易七岁丧父,其母彭氏,纺织以自养,令易入学读书。有时与以钱,为果饵之费。易不忍用,积得百钱,仍以还母。(第三册第40课)

池中种荷,夏日开花,或红或白。荷梗直立,荷叶形圆。茎横泥中,其名曰藕。藕有节,中有孔,断之有丝。(第三册第49课)

秋夜,有蟋蟀鸣于墙下。弟问姊曰:"蟋蟀口小,鸣声颇大,何也?"姊曰:"蟋蟀有四翅,振翅发声,非以口鸣也。"(第四册第3课)

瓷缸贮蜜,群蝇咸集。一蝇贪食不已,足为蜜胶,不能脱。群蝇见之,皆飞去。贪食之蝇遂死蜜中。(第四册第4课)

除却国文课本,其他科目也秉持理念,惯性此例。

李生有地图,张生借阅之,约日曜送还。及期,张生如约,送还李生。(1923年版《新修身》第四册第13课)

吾乡多山,青翠如画。天晴山现;天雨山隐。我问母曰"山何以能隐现?"母曰:"天晴无云,故山现;天阴有云,故山隐。云能蔽山,山不能动也。"(1927年版《新撰国文教科书》第四册第27课)

同时期的学堂乐歌，也如此。除李叔同那首著名的《送别》外，尚有一些值得回味者。

《纸鹞》：正二三月天气好，功课完毕放学早。春风和暖放纸鹞，长线向我爷娘要。爷娘对我微微笑，赞我功课做得好。与我麻线有多少，放到青天一样高。

《放牛》：放牛放到山上，山上青草长；放牛放到山下，山下百花香。老牛吃得快活，连赞好食粮；牧童玩得快活，山歌随口唱。

《春游》：春风吹面薄于纱，春人装束淡于画。游春人在画中行，万花飞舞春人下。梨花淡白菜花黄，柳花委地荠花香。莺啼陌上人归去，花外疏钟送夕阳。

《祖国歌》：光阴似流水，不一会儿，落日向西垂。落日向西垂，同学们，课毕放学归。我们仔细想一想，今日功课明白没？先生讲的话，可曾有违背？父母望儿归，我们一路莫徘徊。回家问候长辈，温课勿荒废。将来治国平天下，全靠吾辈。大家努力呀！同学们，明天再会。

《体操—兵操》：男儿第一志气高，年纪不妨小。哥哥弟弟手相招，来做兵队操。兵官拿着指挥刀，小兵放枪炮。龙旗一面飘飘，铜鼓冬冬冬冬敲。一操再操日日操，操得身体好。将来打仗立功劳，男儿志气高。

《女革命军歌》：女革命，志灭清，摒弃那粉黛去当兵。誓将胡儿来杀尽，五种族，合大群，俾将来做个共和兵。女革命，武艺精，肩负那快枪操练勤，步伐整齐人钦敬，联合军，攻南京，你看那女子亦从征。

有一首《我家门前有小河》的童谣，至今仍有人传唱："我家门前有小河，后面有山坡。山坡上面野花多，野花红似火。小河里面有白鹅。鹅鹅戏绿波。戏弄绿波，鹅鹅快乐，昂头唱清歌。"从歌词、旋律的风格推断，也当属那个时代的产物。

教科书选文，内容多取材于儿童生活，将上学、劳动、唱歌、游戏、演讲等常识教育，融入对花鸟鱼虫、猪猫狗牛的真实世界、真实生活、自然环境的认知中。这些内容潜移默化地培养其尊重自然、尊重人性、尊重世间万物的品性，使之通过倾听自然的律动，于无声息间，接受传统生态观，培育富于生命力的个体，以及对于生命生存的体味意识。《最新国文教科书》推出时，即被认为是近代教科书的范式："文词浅易，条段显明，图画美富，版本适中，章句之长短、生字之多寡，皆与学年相称，事实则取儿童易知者，景物则预计学期应有者，并将一切器物名称均附入图中，使雅俗两得其当，皆此书之特长也。"编者在编辑大意中则有三点说明："本书以养成国民之人格为目的。惟所有材料必力求合于儿童心理，不好高骛远。本书注重立身、居家、处世以及重人道爱生物等，以扩国民之德量。本书注重实业以养成独立自经营之能力。"

子曰："少成若天性，习惯如自然。"诗意教育看似审美灌输，实则人格教化。沉吟铺辞，清峻慷慨，蕴涵端重，结言端直，读书人的气质风骨，皆濡染于规行矩步里，近朱在为学大益中。

　　1932年上海开明书店出版了一部《开明国语课本》，为初小国语课本，共八册，1934年，又完成了高小国语课本四册，合计四百篇，首尾不懈，全部由叶圣陶创作或再创作。一部课本一人编写，奇特现象，唯愿文教敷，遑顾心力瘁，从此也奠定了其近代教育家的地位。

　　一如叶先生本人，《开明国语课本》通篇温良，寓教于理，娓娓道来，直抵心灵。《父母之恩》云："人初生时，饥不能自食，寒不能自衣，父母乳哺之、怀抱之。有疾，则为延医诊治。及年稍长，又使入学。其劳苦如此，为子女者，岂可忘其恩乎?"《路遇先生》云："余儿行路中，遇先生。鞠躬行礼，正立路旁。先生有命，儿敬听之。先生有问，又敬答之。俟先生去，然后行。人皆称为知礼。"最高的法律是良心，最高的教育也是。

　　该做什么，不该做什么，相信什么，不相信什么，虽说以故事形式论说，以浅显推理分析，却时陷混淆概念、因果倒置、非此即彼、转移论题、故弄玄虚、违背常识等等的逻辑错误，由此削弱所证观念、所倡主张。"柳条长，桃花开，蝴蝶都飞来。菜花黄，菜花香，蝴蝶飞过墙。飞飞飞，看不见，蝴蝶飞上天。薄薄几张纸，纸上许多黑蚂蚁。蚂蚁不做声，事事说得清。"好一个"事事说得清"，操千曲而后晓声，观千剑而后识器，圆照之象，务先博观，此也大学者编小课本之自信。

其中的《我家门前》云："我家门前，共有七棵树，两棵桃树，五棵柳树。东边不远的地方，有座万年桥。我天天过桥去上学。桥那边有个池塘，现在开着荷花。"《荷花》云："万年桥边小池塘，红白荷花开满塘。上桥去，看荷花，一阵风来一阵香。"万年桥是苏州胥江上的一座桥，叶圣陶即苏州人士。课本选料活泼隽趣，文体兼容博取。有关农事描述，《养蚕》《插秧》《戽水》《梅雨》，多江南风致，取镜既俗，出吻不凡，先惊后喜，先疑后信，皆叶先生所谙所稔；有关景物描绘，《航船埠头》《渔人的网》《鲫鱼和蟹》《蜗牛看花》，也江南素常，开场数语，包括通篇，冲场一出，酝酿全部，皆叶先生所见所闻。而万年桥的反复出现，久伴不弃，家乡情结、童年情形或蕴其间也。

课本以儿童口吻，适儿童心理，以形写形，文字敷说，以色貌色，笔画追状，力避陈腐枯燥，呆板刻意，力避成人视角，道统说教。诸如万年桥上的失落缤纷，丝绢小伞掩纱衣，未得一见。苏州是叶先生每年只回一次、一次只待几天的家乡，是天下文人的精神故里。

课本编出后，又由童心不泯的丰子恺添妍华，配以插图，算是合璧。卡夫卡说："谁保持发现美的能力，谁就不会变老。"几十年后翻阅之，魅力仍不减当年。

民国小学生的古文功底

民国小学生的古文功底，实在令人惊愕。其辞章之美、修辞之工，今之学生恐难以望其项背。

《中华童子界》1914年7月创刊于上海，创刊号上的"特别悬赏"题为："设如父亲命我往某处，限定时刻，不许耽搁。半途见一同学，为恶童所窘。我若救助同学，必迟误父事；若置勿顾，则失同学之情。然则应如何处置?"1915年2月第八号上，杂志公布了前两名的答案。

第一名是奉天第一小学高等第二年的陈启明，其曰："违父者不孝，负友者不义，此二者皆不可违也负也。当是时也，宜先救助同学之所窘，后加速往任父命。虽晚归，可为父陈述，谅不见罪，则孝义两全矣。"

第二名是浙江石湾高等小学二年级丰仁（子恺），其曰："父亲命我往某处，限定时刻，不许耽搁。半途见一同学，为恶童所窘。我若救助同学，必迟误父事；若置勿顾，则失同学之情。我遂佯为不见恶童，呼同学曰：'某兄，后面草场上一罪犯，将枪毙。观者已环立，故我将往约一友，同去观看。尔胡不去看，在此与人胡闹？'言已即行。恶童性残忍，闻此等事，必置同学而往观。我既得不误父事，亦不负同学。同学固善者，非恶童类，目睹残忍事，必非所愿。异日可与言明，至恶童堕我计中，亦不得咎我也。"

《中华童子界》1914年7月创刊于上海，创刊号上的"特别悬赏"题为："设如父亲命我往某处，限定时刻，不许耽搁。半途见一同学，为恶童所窘。我若救助同学，必迟误父事，然则应如何处置？"1915年2月第八号上，杂志公布了前两名的答案。

第一名是奉天第一小学高等第二年的陈启明，其曰："违父者不孝，负友者不义，此二者皆不可违也负也。当是时也，宜先救助同学之所窘，后加速往任父命。虽晚归，可为父陈述，谅不见罪，则孝义两全矣。"

第二名是浙江石湾高等小学二年级丰仁（子恺），其曰："父亲命我往某处，限定时刻，不许耽搁。半途见一同学，为恶童所窘。我若救助同学，必迟误父事；若置勿顾，则失同学之情。我遂佯为不见恶童，呼同学曰：'某兄，后面草场上一罪犯，将枪毙。观者已环立，故我将往约一友，同去观看。尔胡不去看，在此与人胡闹？'言已即行。恶童性残忍，闻此等事，必置同学而往观。我既得不误父事，亦不负同学。同学固善者，非恶童类，目睹残忍事，必非所愿。异日可与言明，至恶童堕我计中，亦不得咎我也。"

1933年7月5日，四川茂县叠溪发生地震，郫县县立第四小学李冀的《记地震》对此有切身体会："民国二十二年，七月五日。余正伏案潜修，忽闻屋宇有轧轧之声。因出户视之，则见树木倾斜，花草摇动，溪水有汹涌之状，墙垣有簸动之形。吾方惊诧，觉地面簸荡，若乘舟而涉波涛者，噫！奇异哉，非地震欤？因思夫震撼之大，时间之久，为前所未有者。不数日，友人告余曰，前日地震，茂县以上之大山崩颓，压死人民，不可胜数，岷江上流，为之壅塞。余因之有感焉。吾人处此安全之地而不受地震之灾，岂非吾人之幸福乎？虽然，中华四面受敌，外人协以谋我，国势飘摇，较地震尤烈，吾人不得狃于目前之安全而忘土崩瓦解之危险也。"此番情景，与发生于七十五年后2008年5月12日的汶川地震何其相似，茂县与汶川紧邻。

佚名的《还书笺》，文虽短，却含了几重意思，叙事层次分明："疾患数日，卧居无聊，惠借《天演论》病中阅。读罢霍然，胜于参苓矣。谨先奉缴，得暇再当借阅。此书理境深奥，非草草如烟云过眼便可了然。闻尚有桐城吴先生改本，未审足下有是书否？鄙意可将二书参观，借以研精文法，至其妙理，当无出入耳。足下如无此书，可由弟处购备，彼此合用，以节费。宅址不远，朝夕可相见也。贱恙渐见痊，稍健当到学晤面，不尽缕缕。"还书未道谢，又推荐了一书，有学人之风。

佚名的《记拔河之戏》，通过一游戏阐明一事理，深得"文以载道"之精髓："时而不移寸步，时而突然左移，时而突然右移。胜者欣然，负者每起种种责言。而所以胜者常强于众人，尽力突出于不意之间，若其胜者恒胜，负者恒负，必左右之人数、年力不相等也。若其胜负无常，或竟不移寸步者，必左右之人数年力均相等也。吾因之有感矣。盖拔河虽角力，而合于左者恒助左，合于右者恒助右，则较力之外又有同心协力之效。故凡事欲有胜无负，必同心协力。"

类似者尚有佚名的《记某童奇想》，其中充满思辨，又不乏幽默：

"某童夏日行乡间，中途稍困，憩一枣树下。仰首见枣实累累，远望田间瓜蔓纵横，瓜实亦熟。心念：'此大树而实戋戋者不盈一握，彼硕大者乃生于蔓草之间，天公非愦愦欤？使余为天公者，必将易彼以此。'念未毕，适一枣实坠额上，有声戛然。童跃而起曰：'嘻！假此枣而为瓜也，头颅不足碎矣！'"

佚名的《记某儿乘汽车语》，类似说明文："儿随母乘汽车，询母曰：'此车行速，岂车轮被烧负痛急前奔乎？'母曰：'非也。煮水成汽，汽力推动机轮，故轮疾转也。'儿曰：'汽力若是大乎？'母曰：'然。'儿翘首视窗外，见山河树木皆向后移动，又惊询曰：'母试观之地将流向何处去乎？'母笑曰：'否，吾车行也。汝不见云行月下，有似月驰云中乎？'儿恍然，自笑不置。及下车略坐，则又曰：'我息，而地亦不动，得无地亦倦而息耶？'母闻言不禁大笑曰：'顷间云月之喻又忘之耶？'儿拊掌不已。"将汽车运动原理、参照物等知识，以母子对白形式阐释明，寓教于乐，甚为巧妙。

佚名的《记某黠儿》所讲，为一顽童以爆竹惊马的恶作剧故事："一黠儿喜侮诸动物，以为快。一日遇马于途，驱之不去，则以小爆竹数十，阴系其尾，燃之而逃。爆竹发，伤马足，马惊，疾驰过市，人不及避。仆以伤者踵相接，肩担而手挈者，失物尤得算。询知，为某儿所为，则群趋其家，仆伤者责医治，遗物者索赔偿，有马者索逸马。一室哗然，家贫父母无以应，痛责儿而谢诸人，且使儿速追逸马。儿追马至数里外，逸马在焉。然马识其为侮己者，仍惊逸不已，愈追而愈远。儿不得已哭且行，求救于乡农。乡农出马前而反逐之。始得曳以归。顾不敢入家门，请邻人告马主而还之已，则徘徊门外。饥渴甚，邻人为言于其父母而纳之。自是黠性尽脱，不复敢侮诸物矣。"顽童虽劣，却也可趣，文字不长，生动鲜活。

广东番禺三区南田小学游权波的《清晨上学记》云："庚午之春，某日晨起，推窗一望，则大雨淋漓。遍地红花杂绿叶，夜来风雨洗春娇，可为斯咏也。未几，入书房携书上学。出门，狂风大雨，扑面飞来，大惧急退。入坐房中，无聊而观书。忽观至'讷尔逊冒雪返校'之事，醒吾心，一跃而起，再携书，奋勇出门。沿途花柳飘摇，泥泞满路，四望无人，独自前行，衣履尽湿。及到校后，乃更衣而坐，未几，钟遂鸣矣。窃思：人不为荣誉则已，若求荣誉，必坚忍耐劳以战胜艰难辛苦，方可出人头地！不然，则畏风怕雨，为山九仞，功亏一篑矣。乃记之以自勉。"讷尔逊乃英国海军统帅，曾率领舰队在海上击败不可一世的拿破仑，而成为风云全球的人物。幼时，讷尔逊同其兄同在一所学校读书。一次，时值寒假终了由家返校，途中突风雪大作，寒彻入骨，其兄劝阻前往，并一同返家。父亲得知此事后当即训斥，讷尔逊遂冒雪返校。文章前半部分讲事情缘由，后半截子明心路历程，这样的转合，今天的孩子们也常用，当属学童小把戏。文前的风景描写有些铺陈，似乎在为描写而描写，讷尔逊冒雪返校故事的套用也显生硬，两厢未能融为一色，但毕竟是小学生作文。格勤朝夕，怀抱古今，可励志的古代人物多矣，而此文选择一西洋故事，西风之劲力也。

广东梅县丙镇公学谢进云的《为学校拍卖展览品拟广告》云："诸君，日前丙镇各学校，在丙镇公学校里，开成绩展览会，你们曾去看过吗？那成绩品的种类很多，制造又很精良，并且五光十色，式样新奇，图画呀，手工呀，无美不备，罗列在一校里头，真是好看极了。其中本校的成绩更为出色，那天看的人，见了这些成绩品，都十分欣赏。我曾看见很多人要想向他购买的，但是没有机会购得，我看了都代他可惜呢。本部体各方欢迎的热诚，应社会要求的需要，特向本校教职员及各校的校长，筹商妥当办法，现在已经就绪，将那又美丽又精好的成绩品，通通都交给本部代为拍卖了，不但物品精美，并且价格从廉，真是从来没有的好机会呢。诸君要买的，快快来罢。现在所存无多，就要卖完了，若是慢点子，就买不到了，请诸君不要失了这个好机会呵。"广告竟也是作文课的内容，一则说明教学思路广，一则说明教学的学以致用目的很明确，现代商业气息在类似梅县这样的侨乡业已很浓。

广东番禺三区南田小学陈文杏的《游大新公司记》云："省之胜萃于堤西，有物屹然如涌出，高立于中天，傲雨凌云，辉煌灿烂者，曰大新公司。背环云岭，面带珠江，诚胜地也。月之中浣，陈子方暇，游于其中。时也灯火齐明，笙歌聒耳，衣香鬓影，络绎如织，两梯如龙蟠，陈设美备。窃念世之进化已达极点，回忆上古茹毛饮血、穴居野处者，则判若天渊，风马牛不相及也。然而其中洋货居十九，固利权外溢，外人视中国为最大销货场，以化学之劣货博吾有用之金钱，奈之何民不穷且弱也！循梯而上，直达天台，陈设益备，穷极奢豪。有假石山、粤京戏焉、电影戏焉，俯视市廛行出，飞鸟渡柯叶上，鱼灯若隐若现。奇草异木，环拱栏旁，而生明月星斗，引袖欲随微风，砭骨颇切遐思。嗟乎！自有招商贾设公司之法立，则小贩工作之徒，竟有日不暇给之叹。虽然此固无足怪也，独怪乎，彼奸商者，惟知图利，不顾金钱外溢，土货则以为劣，诚大惑不解也。吁！外人吸收吾金钱，而吾无以制之则亡无日矣。"大新公司乃民国年间广州著名的百货公司，文言文写现代都市游记照样文质优雅。有人以为此类文体犹如僵尸，与现代生活龃龉抵触，扞格不入，此话恐怕绝对了。

佚名的《记友人豢西洋猫》，造意奇特，想象丰富，偶以动物寓理，有柳宗元《三戒》遗风："昔苏氏子瞻曰：'畜猫以捕鼠，不可以无鼠而畜不捕之猫。'良以捕鼠猫职也，猫不捕鼠则以为溺职猫矣，豢之非徒无益而且损费。"吾友某家患鼠，硕且多，遇物无不啮，某以为非常猫可制。以十金购西洋猫，体甚庞，置之室中。饲以鱼，不食，饲以太牢则食。然信其能捕鼠也，虽日费太牢亦不惜。猫始至，鼠患少。息然，未见猫之捕鼠也，既而鼠复肆如故。久之，虽白日纷窜几榻，猫孰视之终不捕。"友甚异之。予曰：'是猫也，产自西洋，初未识中国鼠也。猫不识鼠，故鼠不畏猫。子不咎己之误，豢而徒咎是猫，窃恐猫不任咎，反为鼠所笑。'或曰：'不然。明万历间，宫中有巨鼠，力能噬猫，适西洋某国有以狮子猫入贡者，责以捕鼠，鼠立毙。蒲氏留仙，志之详矣。安见西洋猫之果不识鼠乎？'予闻是言亦不敢决然，则今之西洋猫果有异于古之西洋猫耶？今之鼠果更黠于古之鼠耶？"这么一个小故事，起始即"昔苏氏子瞻曰"，此风也来自古人。

"家在巷之稍东，前有溪，沿溪杂植槐榆杨柳之属。下设石栏，每夏日晚晴，凭栏俯溪，游鱼可数。凉风飒爽，蜩蝉齐鸣，景至佳也。一入门则为广庭，南北四丈余，东西七丈余，旧通为一。数年前始插竹为篱界，为二区。当门出入之一庭，遂狭如一室。其上因篱架棚，棚上藤蔓附之。叶茂时如张盖，雨小不漏点滴，夏日经行无炙肤之苦，藤当花时野蜂游蝶飞绕滞架。篱下杂置盆栽，秋菊春兰，极清幽之趣。"本段文字选自佚名的《记家庭状况》，作者笔下的庭院，虽非豪宅，却也清幽雅静，中有余闲，竹露松风蕉雨，一窗佳景王维画，四壁青山杜甫诗。其自得，颇有白乐天《池上篇》之惬意，而无"吾将终老乎其间"之颓然。境由心造，洗尽尘滓，各花入各眼，我爱我的家。这样的景致，当属南方的某座城市。此文开篇曰："余家居城东，附近有僻巷曰留芳。意必乡先辈有德行者所曾居，从而询之不可得，独巷名长留人齿颊间耳。"报得不凡身世后，也点名了"僻巷曰留芳"，无锡城有留芳声巷，不知是否一回事。请教无锡博友"枕砚散谭"，他说就是，并告知杨绛回忆文章曾提及此巷：其父杨荫杭1919年携家眷自北京返无锡，要租房子，其时，钱基博尚未在七尺场巷建绳武堂，杨荫杭去此巷看那座朱家宅院，钱家正租住其中，这是杨绛第一次接触钱家。写作这篇作文的孩子，该与杨绛是同龄人吧。另外，音乐家杨荫浏也居此巷。1954年城墙拆除后，此地多有变迁，如今面貌与文中描写已是大有径庭，不近人情焉。

　　接着是自家居舍的描述："一入室，即一书室，左右图书满架，架前列客座，兼为酬应宾客之处。近窗东，偏设一书案，家君暇时每吟哦讽诵于此。一室后，一轩西通内室，内室凡四楹。东二楹，西一楹，俱为卧室。中一楹，为会食处，亦设客座，兼为酬应女宾之地。

　　"前即广庭，杂植梅桂方竹荆树石榴等，庭南礧三巨石，瓮养小鱼金鱼虾蛤。夏则兼植红白芙蕖，庭阶户牖各有异趣。小鸟三两，时来巢枝间。三五月明，一家闲聚庭中，极尽天伦之乐事。

　　"一内室后通后室，数楹庖湢之所在焉。后室之后，有一大园中横一巨阜。阜前为圃，蓻蔬菜无数，四时不绝供肴馔之余，兼以赠人。阜后有竹数十竿，竹外墙阴有一池，沟通后溪养鹅鸭二三其间。以池无栏，祖母禁余辈至此。然偶游其间，萧瑟万状，恍有深山巨谷幽邃无涯之观。阜首有一桃树，婆娑偃仰，花甚大，不常实。去岁忽连枝累柯，稠密无数。熟时摘食，味胜常桃，以赠戚友家，无不叹为珍品。阜高可二丈许，登之隐隐见城堞环东北，近眺后溪人家砧杵歌呼之声，如出竹间。每春日，偕弟辈施放风筝其上，以为至乐。然此后园戏嬉，祖母不常许也。"东壁图书府，西园翰墨林。室雅何须大，花香不在多。此文有归有光《项脊轩志》的影子。

广东东莞女子高小学生杨觉明的《观飞机记》云："癸亥之春，三月既望，珊洲演放飞机。余欲往观，深以独行踽踽为虑。既而二三知己过访余家，遂结伴往观。见夫游人如鲫，不绝于道。遥见一物，似舟非舟，似车非车，浮于水中，不知者，以为汽船焉。友人告余曰：此所谓飞机也。"此开篇显然是受到了苏轼《前赤壁赋》之卷首"壬戌之秋，七月既望"的启发，民国癸亥为1923年，当时的习惯应是民国三十四年。

四川万县分水场县立第二小学陈晓初的《书楼望月记》云："一夕，人静矣。余倚窗读书，偶见月光射入，宛如白练，顿生明月入怀之感，遂弃书起立，循栏徘徊。见夫玉兔悬空，光辉皎洁。举目四望，万籁寂寥，清风夜起，促织微吟，顾而乐之。适有孤鸿横岭东，展翅如车轮，玄裳缟衣，戛然长鸣，其音交交，掠余而西也。时已夜半，月凉似水，忽见草际微动，黑影隐露。余不禁长啸，叹曰：'人耶？鬼耶？何裹足而弗前！'半晌无声，长空寥廓，清寒殊甚。少焉，嫦娥西匿，余亦就寝。"此文有《后赤壁赋》的影子。

四川郫县县立第四小学魏邦权的《听鹃记》云："民国二十二年三月二十一日夜，解衣欲睡，见月色入户，欣然起行，斯时明月在地，庭中积水空明，水中藻荇交横，龙蛇蟠结，盖竹柏葡萄影也。已而庭树之上，鸣声凄切。倾耳听之，似唤'不如归去'者，盖杜鹃也。其鸣急迫，其声凄厉。凡入耳者，未有不动于衷也。夫鹃一鸟耳，昼夜悲鸣，催人耕作，故又谓之'催耕鸟'焉。余听之，不禁有感于中矣！

夫人生之光阴有几，而九十春光，犹如白驹过隙焉，彼杜鹃者，夜半啼血，欲唤回将去之东风，吾人对此垂暮之春，能不感韶华之易逝哉？因听鹃而作记自警。"东坡千载，不缺知音。此文也由苏轼的《记承天寺夜游》蜕变而来。

此类文字虽有模仿效拟之痕迹，却无鹦鹉学舌之因袭，虽有依样师法之套路，却无邯郸学步之成拙，足见古文记忆之深刻，心摹手追，稚嫩犹在，一招一式、一词一句皆有出处。民国时期，虽有白话文运动在前提倡，但教学的正统、文脉的嫡传仍在文言，魂兮尚有所依。既如此，又自然不伪，免造作之态，皆为所见所闻，俯拾而来而已，故又不失童真天趣。这些烂漫无邪的小作者，穿着棉长袍，背着布书包，与今日学童有着同样的顽皮、同样的好奇，不同的只是塑造有异，引导迥殊。那时培养出来的学生，多圆行方止，聊以从容，实在渊于学立道通、自然贞素的古韵古意奶水。

今天小学生有所谓的"三怕"：一怕文言文，二怕周树人，三怕写作文。昔时小学生是否也有？鲁迅的文章那时尚未入选课文，故不必为拗口艰涩、隐晦难懂发愁，但文言文的数量要比今日大得多，好在社会上大的文言环境尚存，读书人之间的交流多不弃之。作文也是要完成的，且比例还不小。学生如何恐惧写作文，只因僵硬模式、呆板教条下的命题作文、按图作文，非儿童立场视线，非儿童认知规律，故而窒息了兴味盎然的童趣，扼杀了自说自话的认同。那时也有诸如《全国小学国文成绩文海》（上海崇新书局1926年再版）、《小学作文读本》（上海三民图书公司1935年版）、《小学模范作文》（上海大方书局1947年4月再版）、《学生模范日记》（广州大成书局1947年6月版）之类的"范本"，否则当时被选的优秀篇目，今人便很难分享到孩子们的百年心情了。如何规范，且又不损害其脾胃，应是有讲究的，但绝非主题突出、思想鲜明、结构完整、首尾呼应式的规范，那无异于囚囿想象，幽闭思兴。"不要教训，要劝说，不要灌输，要启发"，这两句叶圣陶在编辑《开明国语课本》时说的话很是贴切，民国时期的小学生作文教育，也持此种理念，故能以儿童生活为中心，取材从身边开始，随生活进展，渐拓广大。

佚名《泅水记》云："余家负郭而居，田塍弥望，塘浦纵横。舍后一塘，大可三亩，柳阴四围，蜩鸣蛙唱。若相酬答村童数辈时，相与游泳其间。"

佚名《记扑萤》云："暑夜乘凉，偕诸兄妹坐庭院间，射谜语，捉迷藏，歌俗谣，扑流萤，觉人生之乐无逾于此。今言扑萤之乐。"

广东番禺三区南田小学卢焯坡的《春郊游记》云："某月某日，校中放假。课余在家，殊无聊赖。闻街外有卖花之声，遂知春日已至。披衣出外，不觉步至山下，牧童三五，坐牛背上，吹笛唱歌。再前行，青山绿水，白鸟红花，杨柳垂绿，桃梅堆锦。仰望白云如絮，俯视碧草如毡。见有茅亭，乃入座。未几，炊烟四起，红轮欲坠，乃步行而回。就灯下而记之。"

广东番禺三区南田小学江炳崧的《夜月采莲记》云："饭后斋中独坐，好友忽临，约往外游。乃束装偕往，盖月下泛舟也。舟次池中，举目四眺，则亭亭独立，不蔓不枝。微风吹来摇曳波中者，凌波仙子也。而月影星光，益辅其美，殊可乐也！余以良宵美夕，人生难再，故至夜阑兴尽，始摇舟而归，并携莲一枝，置诸瓶内，以驱尘俗。归而记之。"

四川郫县县立第四小学刘在镕《春江垂钓记》云："某星期日，学校放假。吾谓友曰：'时当春日，江水清澈，而江边之景又可玩赏。吾友可往江边垂钓否？'友曰：'可！'乃持竿而行。沿途纵观春景，时则桃红柳碧，草长莺飞，顾而乐之。不觉已至江边矣，余与友乃于垂阳下，选钓鱼矶而坐。则见浪花四散，水天一色，真奇观也。"

广东番禺三区南田小学黎寿泉的《春日游公园记》云："星期之日，偕友某君作公园之游。时则春风和煦，园花盛开，草木青葱，群鸟飞鸣，游目骋怀，至足乐也。至音乐亭畔，闻有乐歌之声自放音机出，因与某君驻足听之。既而环游公园，乃知放音机之设，遍于园中。公园之大，一人歌之，千万人得而听之。与民同乐，其斯之谓欤？游罢归来记之。"

广东番禺三区南田小学黄自强的《中秋赏月记》云："银河泻影，丹桂流香。此何时乎？盖秋时也。晚膳后，入小园中，作散步之举。既至，举头四顾，但见万家灯火，辉映天空，如星罗棋布。"

广东蕉岭高小学生丘佩珠的《初夏新晴》云："一雨经三月，困人无限情。不图初入夏，乍喜得新晴。残滴千红落，浮烟众绿生。湿云遮树淡，烘日照窗明。阶砌苔痕重，田畴麦浪平。风光正佳绝，芳野乐间行。"

佚名的《记水中月》云："昨夜苦秋热，不寐。见窗外月光湛然，因起，徐步庭中。庭隅一缸，承檐漏。月下视之，水清可鉴。"

佚名的《梁溪记》云："锡邑西南滨震泽，多小溪短港，而梁溪为巨。乡之人于溪边环堤为池，以之养鱼，数十里弥望不绝。鱼多鲭鲢。春时下鱼苗，实以水荇，饲以溪蛤及螺。二三年更番，取出获利殊丰，此亦实业家所宜注意者也。池堤多杨树，杨性喜水，其根能固堤。泛舟其间，如入绿杨城郭。池鱼既多，水鸥争集，鸥作白色或灰色，舟行惊起，其声格格。池中多以绳经纬作巨网，间插长竿，竿顶系败扇或束草如人形，所以惧鸥也。堤上构茅舍，守者宿其间，下系渡舟。每夕阳初下，渡者加多，柳边人歇，静待船归，风景真堪入画。溪中渔舟往来不绝，薄暮即泊舟池畔。炊烟缕缕，浓雾四塞。斯时，树色山光，一抹淡痕沉沉睡去矣。溪以梁伯鸾所曾隐，因名之曰梁溪，而邑中别名亦曰梁溪，则以小概大，或亦名学家所称为例外者矣。"

留此湖山，得此佳趣，召以佳景，假以文章，其中含蓄美感的景致描写，不是只合梦里才有，或只是村口的随处可见，或只是郊野的极目远眺，虽非秀山丽川，名胜古迹，却充满了诗意。这样的描述与古时田园诗中的吟唱，异曲同工，不期而合。中国南方长大的赛珍珠在1938年诺贝尔奖的奖台上曾深情道："世界上最美的人是中国人，最美的地方是中国乡间的田野和村庄。"晚年的英国汉学家李约瑟见到晚年的瑞典汉学家高本汉，李约瑟问："你最近一次去中国是哪一年？"高本汉道："1928年。""为何近几十年都没回中国去看看？"高沉默片刻，自言自语道："我更喜欢古典的中国。"高本汉所说的都是民国时期古典意味尚存的中国。

泰县李希元的《鲁滨孙论》云，"呜呼！鲁滨孙居孤岛之地而不觉其苦，非精力坚固、思想缜密，岂能若此哉！当今之时，求有如鲁滨孙之不为境遇所困者鲜矣！"上海西乡三年级生沈克由的《论罗朋森漂流荒岛事》云："亘古以还，全球之上，庶乎有一无二者矣。则所谓非常之人乃有此非常之事，若罗朋森者，真人杰矣哉！"鲁滨孙、罗朋森即鲁滨逊的最初译法，《鲁滨逊漂流记》清末已有译本，并进入学生的课外阅读视野。

这些作文，还记录着孩子们快乐的童年，后人读之，不觉怅然。

人间已换，人非物亦非，时光流逝，不知老之将至。同时期的李叔同曾将美国民谣 *My Dear Old Sunny Home* 填作《忆儿时》："春去秋来，岁月如流，游子伤飘泊。回忆儿时，家居嬉戏，光景宛如昨。茅屋三椽，老梅一树，树底迷藏捉。高枝啼鸟，小川游鱼，曾把闲情托。儿时欢乐，斯乐不可作。儿时欢乐，斯乐不可作。"

世道既变，文亦因之。1920 年 1 月，五四运动后不到一年，民国教育部即下令将初等小学国文教学改为国语教学，即由文言文教学改为白话文教学，于是各地小学陆续开始采用国语教科书。

沈尹默即主张"小学国文，主张全用白话。又修身材料不合儿童心理。又数学画实物不宜，有近于骨牌或者又算式有不易明者"。黎锦熙也力主以语体文编写教科书，以语体文教科书替代文言文教科书，传授致知实用的知识，其撰文曰："从前女子用布来'缠足'，我们可怜她伤害了天然的体肤，不得不设法解救她；现在儿童用文言文来'缠脑'，我们可怜他伤害了天然的性灵，所以也要设法解救他。"他从 1915 年起开始了促成把小学"国文科"改为"国语科"的活动，在《国语运动史纲》中主张"国民学校全用国语，不杂文言；高等小学酌加文言，仍以国语为主体"。1916 年又蔡元培、吴敬恒等人在北京酝酿成立"国语研究会"。蔡元培认为"吾国今日欲图教育之普及，必自改良教科书始。欲改良教科书，必自改革今日教科书之文体，而专用寻常语言人文始"。1917 年"国语研究会"正式成立，推举蔡元培为会长，把"言文一致，国语统一"定为该会两大宗旨。1919 年 4 月，教育部改"国语研究会"成立"国语统一筹备会"。在新文化运动的推动下，北洋政府教育部终于采纳了国语统一筹备会呈报的《国语统一进行法》议案的建议，于 1920 年 1 月训令全国各国民学校将一、二年级的"国文"改为语体文（即白话文），同年4月，又通令全国各地自1922年以后，凡国民学校各种教科书一律改为白话文。20世纪30年代后，白话文课本取得全胜。至此，小学生们开始学习白话文，文言作文渐也消失。贺麟曾言："谈学应打破中西新旧的界限，而以真理所在、实事求是为归；作文应打破文言白话的界限，而以理明辞达、情抒意宣为归；翻译应打破直译意译的界限，而以能信、能达且有艺术工力为归。"他的"作文应打破文言白话的界限"表态，实则对文言作文的肯定，无奈大势使然，螳臂当车，不知其不胜任也。

晚清以来，历届中央教育机构对于中小学教科书改良，均予以重视，先后订定教科图书审查章程、条例，规定中小学教科书须经审定后方准发行，未经审定者，各校一律不准采用，即所谓审定制。同时，谋划全国中小学采用统一教材。光绪二十七年（1901），张百熙奏称："泰西各国学校无论蒙学、普通、专门，皆有国家编定之本，按时卒业，皆有定章。"翌年，无锡三等公学堂编辑蒙学读本七编，交由上海文澜书局石印发行，此为国内最早编就的文言小学教科书。而由政府统一编印教科书大致有三回。一回是清光绪三十二年（1906）春季，学部编译图书局颁布初等小学堂国文教科书及修身教科书各第一册，同年秋季，继续颁布第二册。却因此版取材不符合儿童心理，编制亦未妥善，南方各报大加批评，极力反对，未继续编印颁布。一回是宣统元年（1909），学部将所编初小国文、修身教科书各第一、第二两册招商承印，此为官修教科书之始。辛亥革命后，民国政府教育部教科书编纂处于1915年编订初小国文读本纲要与国民学校修身教科书，由于未能顺应民主思潮，待洪宪帝制消减，教科书编撰不了了之。一回是1933年，朱家骅担任教育部部长，竭力主张部新编教科书，并成立

"教科用书编辑委员会"。有人就文言教育的戛然而止，未留余地，归结于教科书的统编，实则不然。此时坊间流行的教科书许多，部编教科书因没有自己的印刷发行机构，推行缓慢，各校采用的多为各书局自行编辑的课本。虽为自行编辑，依旧顺应大势，弃文言而取白话。

仔细研读昔时小学生的文言作文，可谓文辞洗练，法度森严，大美在焉。新文化运动兴起后，认为文言文束缚思想，无益于科学发展，故而抵制之，文言文难逃时运，白话文官方推行。从历史的视野看，这些强加在文言文头上的指控，有欠客观。

『我是大清人，我爱大清国』

晚清，病骨支离，国势日蹙。一因内忧，教育不普，内治不精，兵力不足，粮械不积；一因外患，蒋廷黻《中国近代史》开篇"剿夷与抚夷"一节归纳道："在鸦片战争以前，我们不肯给外国平等待遇；在以后，他们不肯给我们平等待遇。"近代国人之进步，似乎皆由外人逼迫所致。

天朝崩溃，西潮涌入，由器物层面的制洋器，到制度层面的采西学，历程曲折。欧美诸富强不在器甲之坚，物产之阜，唯其团结力强，故能御外侮，爱国心富，斯能固国本。人生百年，立于幼学，遂在普及教育方向，朝野空前一致，戊戌变法时，康有为上书《请开学校折》云："近者日本胜我，亦非其将相兵士能胜我也，其国遍设各学，才艺足用，实能胜我也。"废科举，外派学生留洋；兴学堂，内订基础课程。将落后原因归于科举，与将国破罪过推至红颜之思路同，恨屋及乌，由此连累八股文，殃及"三百千千"。为此，光绪三十二年

（1906），学部图书局印行《初等小学国文教科书》，以补空白。

虽曰新颁，内容老套，在欧化与国粹之间，中体西用，试图兼顾。如"兄与弟，同唱歌，一唱忠君，再唱爱国"，如"地图一幅，上画各国，我是大清人，我爱大清国"，如"地上各国，皆有国旗，国有庆事，则升旗以祝之。龙旗者，我国之旗也。我爱我国，故爱我国国旗"云云。干戈扰攘，迄无宁岁，国本受其害；兵连祸结，涂炭生灵，民多遭其殃。本固邦宁，虽久不变，维持国体是其大政方针。文学技巧的使用，无一例外能够自圆其说，改良是此间的主旋律。之前出版的《蒙学读本全书》第一课为《爱君歌》："大清皇帝治天下，保我国民万万岁，国民爱国呼皇帝，万岁万岁声若雷。"《西学三字经》则以"圣天子，治维新，策富强，励兆民。尔蒙童，宜努力，学大成，报君国"结尾。但愿君王安百姓，国中无日不春风，虽说事与愿违，依旧深信。钱穆分析："政治制度必然得自根生。纵使有些可以从国外移来，也必然先与其本国传统有一番融和媾通，才能真实发生相当的作用。否则无生命的政治，无配合的制度决然无法长成。"两厢比较，这套课本显然有循序渐进的进步。至宣统二年（1910），商务印书馆初版陆费逵《修身讲义》时，关于近代政治知识的介绍已悄然变化，如"立法、行政、司法三权，由一机关行之者，曰专制政体；三权各有独立之机关者，曰立宪政体"。"我是大清人，我爱大清国"，至老舍《茶馆》，常四爷已发出"我爱大清国，可谁爱我啊"的诘问，远钟疏音，依旧可闻。

启蒙课本看似简单，实则不易，要求简而不陋，质而不俚，严复即认为"最浅之教科书，法必得最深其学者为之，而后有合"。一己之为，力有未逮，故需集思广益，多人分修，一人总裁，荟萃编辑，择精语详，充满旧式文人的气息。且无页不插图，无图不精工。这套课本由庄俞、蒋维乔、杨瑜统编纂，小谷重、长尾槙太郎、高凤谦、张元济校订，商务印书馆出版。至民国，依旧沿用此句式，改为"我等中华人，同爱中华国"（中华书局《新制中华国文教科书》第五册第三课《中华》）。

张元济求贤

1899 年，戊戌变法失败后，维新派人物张元济被"革职永不叙用"。之后，几经周折，于 1902 年被夏瑞芳邀入商务印书馆。由于张元济的加入，商务在近代中国出版史上的地位变得举足轻重。

一入商务，张元济便开始四处延聘人才，着手组建编译所。编译所的成立，意味着商务已不再是间印刷作坊。而编译所的首任所长，便邀请了著名教育家蔡元培来担任，蔡与张为同年翰林，相知甚深。仅仅几个月后，蔡元培因牵扯进"苏报案"而被迫离沪。张元济遂亲任编译所所长。担任所长后，即聘高梦旦、蒋维乔入馆。高在担任浙江大学堂总教习时，曾率留学生赴日，在日考察一年多，是位开明人士。到商务后，高担任编译所国文部长，主持了许多大的出版项目。后来成为商务经济支柱的教科书，便由蒋维乔主持编撰。编译所理化部主任由自然科学工作者杜亚泉担任，英文部主任则由留美学者邝富灼担任，这些人物与前朝秀才举人的不同之处，在于一个"新"字，其均具有现代西式教育的背景。经过不懈努力，编译队伍不断壮大，1908 年时六十四人，1921 年时发展至一百六十人，1925 年时达二百八十六人。这支队伍中的章锡琛、沈雁冰、蒋梦麟、陈布雷、谢六逸、郑振铎、叶圣陶、周建人、竺可桢、周鲠生、陶孟和、顾颉刚、范寿康等人，皆日后国内各领域中的杰出人才，成绩卓著，稍后创办的几家出版公司，如中华、世界、大东、开明，其骨干大都也自商务而来，商务已然民国出版人才的"青训营"。张元济的慧眼由此可见一斑。

1915 年，张元济感到"吾辈脑力陈旧，不能与世界潮流相应，若不引避贤路，恐非独于公司无益，而且于公司有损"，遂从北京请来前清进士陈叔通，陈到任后即成立总务处，将商务的编译所、印刷所、发行所有机结合起来。为加强对商务的资金与财务管理，聘请经济专家杨瑞六入馆，从事会计制度的改革，使之能够适应现代化大企业运作的需求。

除此之外，张元济还有一套科学的人事管理办法，他称"生平宗旨，以喜新厌旧为事""五年前之人才未必宜于今日""今日最适用之人，五年十年之后亦未必能适用"。

在张元济等人的苦心经营下，商务发展成了集编辑、印刷、发行于一体的大型文化企业，拥有职工数千，分馆遍布全国，年出书五六百种。在出版的图书杂志中，古今中外、文史政哲、理工医农、音体艺美无所不包，同时还贩卖进口书刊，经营各种文具及体育器械，制造仪器标本、教学用品，甚至还拍摄影片，开办学校，设立公共图书馆，其业务范围之广、经济实力之强、服务对象之多，在中国出版史上是个绝无仅有的例子。

五四运动不久，张元济又将注意力集中到了胡适这位新文化运动的旗手身上。张曾恭恭正正写了一封邀请函，请胡辞去北大职务，来沪任商务编译所长。暑期，胡果然来了，张元济等商务高层均抵车站迎接。胡作了一番考察后，向商务领导层提交了一份改进方案，但没有同意在商务任职。最后胡提议由他在中国公学的老师王云五来担任此职，不久王便接替了编译所长之职，1929年后升任商务总经理。

"一·二八事变"时，日本陆战队向上海闸北发动进攻，商务印书馆成为日机首要轰炸目标。在投掷了六枚燃烧弹后，厂房及东方图书馆全部焚毁。后经努力，商务于七个月后部分复业，但元气大伤，今非昔比。复业后，王云五即改组了商务机构，撤销了编译所，使这里麇集的大批英才鸟散。此举虽说节俭了一部分人头开支，对避过暂时的困难起到了作用，但商务也从此陷入旷日持久的人才危机之中。

1937年，王云五去香港，沪办由经理李拔可、夏鹏负责，不久夏请长假赴美，因李体弱多病，由鲍庆林代理之，不久鲍也去世。抗战胜利后，王云五出任国民政府经济部长，辞去了商务的职务，不得已商务董事会再次请出疾病缠身的李拔可任总经理。此时，张元济又想请胡适任总经理，胡推荐了朱经农，至此总经理一职好不容易有了人选。但至1948年底，朱在联合国教科文组织谋得了首席代表之职，这样总经理之职再度空缺。董事会又想请在美的夏鹏复职，夏不肯，遂由谢仁冰代理总经理，之后又聘陈懋解为总经理。此间，年事已高的张元济不得不拄杖四出，遍访贤能，无奈抗战后文化萧条，经营维艰，更有商务早期开创的良性人才环境已不复存在，水浅岂能腾蛟。

商务因人才济济而兴，又因人才匮乏而衰。自古迄今，一个国家、一项事业、一个家族、一项工程，无不如此，商务又一次印证了这一法则。

教学较之出版更为奏效

世界变了，辛亥革命的意外成功，使商务印书馆措手不及，并为此付出惨重代价，且面临着适应新时代的当务之急。新文化运动已然趋势，改革势在必行，唯如此，方能适应潮流，转化危机。

张元济坦言："吾辈脑力陈旧，不能与世界潮流相应，若不引避贤路，恐非独于公司无益，而且于公司有损……拟添招年富力强而有新知识者数人，以为公司之用。"当时手把红旗旗不湿者，非胡适莫属，1919 年 4 月 8 日，张元济托人请胡适进馆工作。"此公如来，孤无忧矣"，容貌焦虑的高梦旦于 1921 年 4 月至京亲邀胡适任职商务，条件待遇料不会低于其在北大的六百块大洋收入，然胡适在日记中态度明确："但我是三十岁的人，我还有我自己的事业要做；我自己至少应该再做十年、二十年自己的事业，况且我自己相信不是一个没有可以贡献的能力的人。"出版间接服务教育，毕竟不如直接从事教育，胡适宣扬新文化，教学较之出版更为奏效。虽辞不赴命，仍答应了到商务编译所进行访察的请求。同年7月16日，胡适仍如期抵沪，进行了为期三个月的编译所考察。"这个编译所确是一个很要紧的教育机关——一种教育大势力"，在胡适眼中，任何机构皆可与教育挂钩。就教育与出版的关系，陆费逵《书业商会二十周年纪念册序》说得最为贴切："我们希望国家社会进步，不能不希望教育进步；我们希望教育进步，不能不希望书业进步。"7月27日，胡适"翻到他们的中学教学书，实在有太多坏的"，对商务之前编订的中学教科书不以为然，希望能以白话形式重新编订之。

1904年商务率先推出《最新国文教科书》，这套教科书既保留了古文特色，又加入了改良思想，由此行销全国，大获成功。以此为起点，商务进行了一场教科书的近代革命。作为追赶型的现代化亚洲国家将西方国家经济、政治、文化的现代化过程与个体化、风险社会、全球化过程，压缩成为一个阶段，由此造成种种的不适应，包括对自己的文化。而之后按照胡适意愿改良的教科书，顺时应变，特色大减，脱胎换骨，韵味尽失，也足以证明这一点。在此，张元济未能坚持主张，终成遗憾。

胡适虽不愿任职商务，但也在寻找一位可代替自己在馆内践行新文化思想的人选，遂推荐其读新公学时的英文老师且意气相合的王云五前来任职。人贵从天性所近，不当逆天而行，至于如何说服的王云五，料有鲍参军的晓之以理、动之以情："千载上有英才异士沉没而不闻者，安可数哉。大丈夫岂可遂蕴智能，使兰艾不辨，终日碌碌，与燕雀相随乎？"张元济、高梦旦求贤心切，竟毫不疑虑相信了胡适内举不避亲之荐，聘王云五为编译所副所长。君子常存古道，三个月后，夙重信义的高梦旦辞去所长之职，正式由王云五接任，且甘当下手，改任编译所出版部长，尽心尽力地襄助其工作。商务创办之前，西方新式印刷技术在上海已十分普及，出版业也已相当发达，"上海书局之设立，较粪厕尤多，林立于棋盘街、四马路之两旁"。当时的商务，不过一家小的印刷所，人员少，资本薄，其转型为现代出版机构，始于1903年张元济的加盟。张本人倾向维新变法，站在当时社会思潮的前沿，把握住了中国近代学术发展的一时动向。大千世界，唯有变化从来不变，几十年过去，用力甚勤，未必奏效，落伍似乎是自然规律。求木之长者，必固其根本；欲流之远者，必浚其泉源。人才是商务发展的核心动力，王云五的加盟，使商务不断精进，臻于完美，进入另一个长达几十年的辉煌期，因此他也被誉为"为苦难的中国提供书本而非子弹"的人。金花爱银花，西葫芦爱南瓜，潜龙在渊的王云五未必是帮其实现文化理想之人，但至少使商务之改革理念得以落实，商务由此在新文化运动热潮中，得以拨云见日，直取本相，并完成转型。至于中间人的胡适，事了拂衣去，又回到其终身为之耿耿的教育事业中。

商务的故事，首先是与文化间的关系。商务之于文化，天高高，海滔滔，远不止出几本书那么简单，其对文化的贡献，已融入那个时代的公共与私人生活，作用岂在大学之下。

稳妥出版

商务印书馆在张元济主持下，稳扎稳打，成为书业翘楚。若称第二，无人敢称第一，所谓第一，踽踽独行，无枝可依者也，只得临深履薄，谨小慎微。商贾趋利，闻风即往，作为"商务"，本应以商业利益为重，却是持重有余，进取不足。

辛亥革命前，商务印书馆即编有一套教材《最新教科书》，编写贴切儿童心理，词句合乎社会伦理，形象直观，循序渐进，且字大行稀，配图清新。同时讲求新文化，涉及新学科，顺应了兴学所需，且影响了此后学制的确立与学风的养成。教科书历时两年，于光绪三十年（1904）编就，其中的《最新初等小学国文教科书》初版四千册，三日即售罄，随后翻印三十余次。武昌起义后，数十日内各省纷纷响应，上海也于11月4日光复。有人劝张元济，民国成立，即在目前，非有适宜之教科书，则革命最后之胜利仍不可得，应预备一套"光复之后"适用的本子，一旦换了人间，教科书内容必定要作大改。鉴于局势摇摆未稳，张元济踌躇不前，只是将旧版修订一遍，按照南京政府教育部规定，删去了"尊崇满清朝廷及旧时官制、军制等课，并避讳、抬头字样"。就在此间，中华书局应运而生，抢占先机，迅速推出《新中华教科书》，成为其以后最有力的竞争对手，憎怨荣利，搅作一团，出版界由此开启双雄时代。

1915年至1916年袁世凯称帝前后，迫于政治压力，商务将原定名的《共和国教科书》改名为《普通教科书》，并删去了其中的"自由""平等"等有碍帝制的内容。撤销帝制后，商务立即行动，"通知分馆，帝制取消，应推广《共和》书"。其行事原则虽为时人所诟病，却是迫于形势的无奈选择，此策略为企业保证了长久的生存空间。外圆内方的经营方针，实在是动荡时局中的生存之计。"在商言商"及"避免和政治接触"则是其具体环境下的发展战术，也是对投资人的资本责任，而不能单单看作企业本身的政治立场。持久的生存能力，使之得以在力所能及范围内，以特有方式，为国家民族的教育文化事业持久地贡献力量。

教训虽有，信其必然，主心骨不乱，故仍不违初衷。1919年，孙中山托曹亚伯将《孙文学说》交张元济而被拒。曹怒道："尔为营业性质，焉能拒我？"张答曰："营业亦有自由，不印可乎？"翌年，孙在《致海外国民党同志函》中，痛责商务负责人为"保皇党余孽"。大牢中的陈独秀，给商务寄去《中国拼音文字草案》一稿，为学严谨、为商有道的张元济，不愿枝叶牵衣，招惹是非争议人物，计出万全，不予印行，宁赠几千元稿费善后，破费而不愿给企业带来任何风险。

与贴近时事政治的报刊不同，整理国故最为妥当，却也引来诸多不满，有道是树大招风，口舌甚多。1934年6月，于旧学无不深究的郑振铎，竟也苛责起了商务印书馆的《百衲本二十四史》："笨得可笑；完全为了搬弄古董，除了中国，没有一国肯这样的浪费纸张和印刷力的。"世间事往往支离穿凿，断章取义，而只望有誉，不能有毁，不大可能。张元济认为："吾辈生当斯世，他事无可为，惟保存吾国数千年之文明，不致因时事而失坠，此为应尽之责。能使古书多流传一部，即于保存上多一分效力。吾辈炳烛余光，能有几时，不能不努力为之也。"国势衰竭，一片救亡图存声中，此言甚微。旧人护旧学，一息尚存，力图恢复，责无旁贷，时不我待。虽曰忙于杂务，荒陋甚益，其好无改，对于古籍整理，每每亲自捉刀，学以养心也。话又说回来，出版既有经典，无论何时，最为熨帖，如此而已。

张元济的过于稳健，外人或不解，却有缘由。其二十五岁中进士，后入选翰林院庶吉士，历任刑部主事、总理各国事务衙门章京，仕途顺畅，遂深度参与政治，戊戌变法失败后，"革职永不叙用"。之后，由李鸿章推荐，赴盛宣怀创办的南洋公学译书院担任"总校兼代院事"，兼任南洋公学代总理，漫逐浮云到此乡，未几，醇儒经商，入商务印书馆。如此高蹈经历，如此大起大落、往复煎熬，非当事人恐难感受。既要与政治结缘，又要保持适当距离，最为稳妥。失去口碑，遭受物议，黑函蜚语横行，对于一个学问渊深、操履方正、天下学者靡然从之的旧派人物，无颜以对世人，遂自持切玉之刀，反身省察，就一家徒步而上、盘旋曲折、自保生存的企业而言，则为致命之伤。

文化企业难管文化人

昔年，过往商务印书馆的文化人不计其数。形形色色人物，构成林林总总角色，一时间有才华、有作为者云集，却是去留频繁。张元济的人事管理办法即"五年前之人才未必宜于今日""今日最适用之人，五年十年之后亦未必能适用"，人员使用不过五年，其才尽，勤换之，否则熟能生巧，巧易生俗。

另一方面，企业过度量化，未按文化特征管理文人，难免引来冲突，反权威者为之不适。顾颉刚与其父论及职业选择时云："男既多病，自必乞假，而馆中又须扣薪，故馆中职务亦与男体不宜。在此总不得安心。"当规则遇到人性，人性让步，茅盾回忆录中更有具体所指："商务印书馆编译所有个章程，全年除了星期日，阴历过年有两天休息，此外无假期，生病也算请假。自然没有事假。可是每年有一个月的额外休息。"胡适考察商务印书馆时，编译所员工华超君、郑振铎、杨端六等皆提议减少在馆时间，足见严格的坐班制度与在馆时间要求，令众多编辑难以接受，胡适在随后提交的改革意见中也说，这种制度并不利于刺激精神，提高效率，也不利于留住人才。

出版机构当为思想而存在，然既为企业，首在生存，次在发展，赚取利润理所当然。布迪厄认为，文化尽管不被认为是一种利益，却是一种特定的资本。行动比思考重要，完成比完美当紧，企业奉行者也。于文人员工角度，却未必理解。过于期待别人，入职前期许甚高，以为将来成就，未可限量，入职后方知不过尔尔，薪水虽稳，督责甚严，难免生出怨言来，郑振铎便称："商务是靠教科书赚钱的，我们替资本家编教科书，拿的薪水只有一百元左右，而为他们发的财至少有一二百万，我们太吃亏了！我们应当自己经营一个书店，到力量充足的时候也来出版教科书，岂不是我们的一切的经济问题都解决了！"王伯祥1925年1月19日的日记也称："依时入馆工作，夜间又继续编史，直至中宵二时才睡，凡得书二节半，计三千言。"不平之气，郁结于怀，不愿受此鸟气者，仰天大笑，流星散去，思想者岂容囚心，且用出走维护了最后的自尊。同期的几家出版机构，骨干大都来自商务。与之相匹敌，中华书局采取的则是具有人情味的管理办法，陆费逵挚友舒新城尝感叹："老实说，我们用人的条件严于官厅及学校，待遇却不能超过官厅及学校。我们的同事所以还能维系，第一是靠着个人的志愿与兴趣；第二是靠着同事的感情；第三是靠着用人的大公无私，进退黜陟不讲情面；第四是靠着生活的稳定。"茅盾以秋毫小楷递交《小说月报》主编辞呈时，馆方恐其另立门户与之竞争，遂挽留仍在编译所工作。而多数人则没有捍卫梦想的意气，也没有实现理想的能力，耻不能自食，治生尚难，何言治学。退而求其次，养家糊口要紧，月供不足，年计有余，至少这里从不欠薪。

晚清科举废除，促使传统士人向现代文人转变，由人生首选而人生多选，职业市场取代学官体系，成为文人生存的主场域。商务是最早的践行者，也是探索者，其间难免有所不周。

淡泊自守，躬耕自给，"我不欲人之加诸我也，吾亦欲无加诸人"，文人状态大致如此。出版企业非文人做学问之所，选择学术为终身大事者勉为其难，否则精神不专，两厢耽搁。刻板的管理制度，使之难免受到拘束，当制度与个人志趣冲突时，压制感加倍强烈。回家的行李再多，也不觉得重，替他人搬运，则备感疲劳。

人是万物的尺度，学人则更是以自己为尺度。西村贤太在《苦役列车》中说："知识分子见到比他们学历低下的人，往往会误以为他各个方面的能力都是一样低下，所以在面对'低下'的人时，就会怀抱一种'我绝对没有错'的劣根性。"一切优先政策，都是企业的隐患，商务管理者知其然，宽汤窄面，厚待人才，但仍须遵照制度执行。人多问题多，局面大问题也大，折中办法便是以一把制度的尺子，一量到底，不再另有眷顾。

不用自己人

凡成就事业者，其一诀便是内举避亲，不用自己人。

《容斋随笔》言：七国虎争天下，莫不招致四方游士。然六国所用相，皆其宗族及国人，如齐之田忌、田婴、田文，韩之公仲、公叔，赵之奉阳、平原君，魏王至以太子为相。独秦不然，其始与之谋国以开霸业者，魏人公孙鞅也。其他若楼缓赵人，张仪、魏冉、范雎皆魏人，蔡泽燕人，吕不韦韩人，李斯楚人，皆委国而听之不疑，卒之所以兼天下者，诸人之力也。燕昭王任郭隗、剧辛、乐毅，几灭强齐，辛、毅皆赵人也。楚悼王任吴起为相，诸侯患楚之强，盖卫人也。

"只用同乡，不用亲戚"，乃晋商用人之道。其人员组成以乡人为基，主张避亲用乡，自乡人中择优保荐，自乡人中破格提拔。财东与掌柜均不得荐用亲戚，否则不利于企业管理。

商务印书馆的创办有赖强关系网络，但其各有利弊。以张元济为代表的"书生派"，坚持日常进用人才要严格遵循制度，进人不拘亲疏，"满清之亡，亡于亲贵；公司之衰，亦必由于亲贵"。而以鲍咸恩、高凤池为代表的"教会派"，重视"人情"，倾向于延揽与己沾亲带故者，极力将子弟安排入馆。双方为此屡起争执，"教会派"在选择企业接班人时，倾向于从创业元老的子弟中进行选择。夏瑞芳之子夏筱芳曾留学美国，获工商管理硕士学位，才干突出，进入商务较为顺利。1922年9月，时任印刷所所长的鲍咸昌，拟将儿子鲍庆林招入印刷所，按照规定，各所进用普通员工，权力在各所所长。张元济则认为不妥，当面劝阻不成，复又写信苦口："弟近来主张公司职员子弟不宜入公司，宜在外就事养成资格一节，亦无非为公司大局起见。不料昨日晤谈，吾兄词色愤懑，甚不谓然，弟深为惶恐……昨承面告，拟招庆林世兄再回印刷所……弟原可以不问，惟以二十余年与吾兄既以友谊询商，弟即不能不以诚心相待……人人都有儿子，将来都要进公司，恐不成话。"最终结果，反对无效，其进入印刷所不说，随又引进次子鲍庆甲。父子兄弟共事一处现象屡见不鲜，如包文德、包文信为兄弟，郁厚培、郁厚坤为兄弟，庄俞、庄适为兄弟，而杜亚泉一家五人均供职于编译所。张元济之子自美国留学归来后，一不愿入政界，二不愿进洋行，依他的经济学文凭，进商务是顺理成章的事，但张元济却不许，"你不能进商务，我的事业不传代"。张向儿子分析了进商务的三个不利：一是对你不利，你若进了商务，必然有人会吹捧你，你便失去了刻苦锻炼的机会，浮在上面，领取高薪，岂不毁了一生；二是对我不利，父子同一处工作，我就要受到牵制，尤其在人事安排上，很难主持公道，讲话无力；三是对公司不利，你进公司，必有人要求援例，人人都有儿子，大家都把儿子塞进来，这还像什么样的企业。何以不用自己人，张元济的理由是："其子弟席父兄之余荫，必不能如其父兄之知艰难。不知艰难之人，看事必易，用钱必费。父兄既在公司居重要地位，其子弟在公司任事，设有不合之处，旁人碍于其父兄面子，必不肯言。则无形之中公司已受损不少。即使闻知，而主其事者以碍于其父兄之情面，不便斥退。于是用人失其平，而公司愈受其害矣。"人事回避在1932年终于写进商务的企业管理制度："甄选时采用回避制度，即凡一家中父母、兄弟、夫妻、子女已有一人在本公司任职者，其余不再进用，其理由有二：（一）本公司'一·二八'前旧同人颇有父母、兄弟、夫妻、子女一家四五人同受雇用者，复业后雇用人数较少，而待用之旧人极多，倘一家有两人以上之进用机会，则他家仅有一人者其进用之机会必少，在雇用者固未尝偏袒，而待用者总有不平之感。（二）一家有二人以上共同办事，易于瞻徇情面。例如举行考试时，必易发生运动请托情事；又遇升调奖惩，亦必感觉种种为难，使办理人事者艰于应付。"

储才的同时，汰冗。张元济在给时任商务总经理高凤池的信中云："惟鄙意公司事业日繁，人才甚为缺乏，且旧人中之不能办事者甚复不少，若不推陈出新，将来败象已露，临渴掘井断来不及。……现在公司范围日广，罅隙日多。吾辈均年逾始衰，即勉竭能力，亦为时几何？且时势变迁，吾辈脑筋陈腐，亦应归于淘汰，瞻望前途，亟宜为永久之根本计划。"张元济从管理计，高凤池从人情计，二人出现严重分歧，并成为张元济辞去商务经理的导火索，最后以高凤池离任商务总经理方得以推行。广为储才，为的是应变时事变化与企业人力资源新老交替，此也在人事管理上应对人才短缺的举措。选用新人必然涉及裁汰冗老，新人所占位置，正是在淘汰不适合公司发展需要的员工时空置出来的，裁汰冗老，目的在于重组人事结构，而老人恰恰多为自己人。

民国时期报馆职工引进虽有招请、托人介绍、投函自荐、职业介绍所推荐、至大学招收毕业生等方式，但一般报馆都喜欢使用亲友间推荐、熟人介绍的熟人，詹文浒《培养报业人才管见》分析原因："以求个安心，不必提心吊胆，深怕受累。"此类现象相当普遍，梁启超、汪康年所办《时务报》，乃最有社会影响力的维新报刊，但在该报的一百四十六个外埠派报处中，至少四十六个是与梁启超、汪康年、黄遵宪等主持人或其他同人存在乡缘、学缘、同事、同好等亲友关系的人所经营或把持，其销量虽占报纸销量的百分之六十左右，但这些"亲友派报处"往往长期拖欠报费，实质上近乎资金流出。其直接导致报馆在经济上难以为继，长期处于困难经营的状态，直至停刊。1929年4月，邹韬奋刊登于《生活》周刊上的《办私室》一文为此道："怎么叫做'办私'？开宗明义第一章即是安插私人。只要你做一个什么'长'，局长也好，校长也好，或只要做了什么'理'，总理也好，协理也好，总之只要你做了一个独当一面有权用人的领袖，大领也好，小领也好，便得了无上机会去实行'举不避亲'的政策！……常语有两句话，一句是'为人择事'，一句是'为事择人'，其实能人为事择人，是要办某事而选用合于此事的人才，固然是很好的事情，就是因有了人才，寻得相当的事叫他去做，也不是什么不好的事情。所最可痛的是不管事情弄得怎样糟，只要是自己的亲戚弄得饭碗算数！"邹韬奋办《生活》周刊时，便未曾用过一个亲戚，其《正在积极筹备中的〈生活日报〉》云："安插亲戚实弊多于利，尤其因为痛心狐亲狗戚之充斥于官僚社会，甚至蔓延于其他事业，我们不得不'矫枉过正'。""对于用人，最主要的基本态度是大公无私，是非明辨。"

吴佩孚也忌用自己人。他曾下令：吴姓的"天、孚、道、远、隆"五世永不叙用。同学王兆中前来依附，吴只给了个上校副官，王并不满足："文武兼资尤富于政治常识，大帅如不信，可令河南省长以优缺委任，必有重大贡献。"吴阅后批四字，"豫民何辜"。谁知其并不理解大帅的幽默，碰壁后仍不死心，又想带兵："愿提一旅之师讨平两广，将来报捷洛阳，释甲归田，以种树自娱。"吴这次更幽默，批复云"先种树再说"。

民初，胡汉民任广东都督。其兄胡清瑞的女婿孙甄陶前往拜访，请求在都督府中谋一职务。胡汉民以"人士不宜"为由婉拒。孙不死心，又请求出任一事务所所长。胡汉民又答："所长必有所长，你有何所长为所长？"蔡元培总以为"学生是人才，亲戚都是庸才"。他一生为无数人写过推荐信，却不肯为自己的亲戚介绍一份工作。1930年代，其出任国府委员，按规定可以配一名秘书。其亲戚、北大俄文系毕业生马某失业在家，便向蔡自荐，蔡断然拒绝。夫人对其曰："总计绍兴、苏州及江西的亲戚们经常来此谋事，而又无法拒绝的充其量不过十几个人，在这十几个人中，也不乏可以造就的。何勿择其中最优秀的替他谋一独当一面的事，其余的由他负责去安顿就好了。免得他们不时来麻烦你，而你也可以免了拿老面子向人家面前碰撞。"蔡木然倾听，不置一词。

使用自己人，人情的成本不可限量，这一成本最终会瘫痪制定，废弃规矩，"千丈之堤以蝼蚁之穴溃，百尺之室以突隙之烟焚"，而拨乱反正的成本毕竟更大，乃至要大到须改朝换代，江山更迭，但剜肉补疮、缝缝补补式的改造，只能使之病瘘在榻、苟延残喘而已。清人朱翊清《埋忧集》记录：崇祯十七年（1644），李自成逼京师，崇祯帝使内监徐成密谕岳父周奎，倡勋戚助饷，奎坚拒无有。成叹曰："后父如此，国事可知矣！"奎不得已，仅输万金，且乞皇后为助。自成入，奎献太子以降。掠其家，得金五十二万。其后自成自山海关败还，清兵追至，奎复降大清。自成载辎重出奔，京师大乱，奎家人乘势掳其家财物殆尽。已而请曰："公贵戚也，我辈素蒙豢养，一旦无礼至此，亦何颜复见公乎！"斩其头而去。大难来临，亲戚何以至此，平素沉疴恶积也。社稷如此，企业亦然。

据胡思敬《国闻备乘》记述有"李文忠滥用乡人"一事："李鸿章待皖人，乡谊最厚。晚年坐镇北洋，凡乡人有求无不应之。久之，闻风麇集，局所军营，安置殆遍，外省人几无容足之所。自谓率乡井子弟为国家捐躯杀贼保疆上，今幸遇太平，当令积钱财、长子孙，一切小过悉宽纵勿问。刘铭传与鸿章同县，因事至天津，观其所用人，大骇曰：'如某某者，识字无多，是尝负贩于乡，而亦委以道府要差，几何而不败耶？'因私戒所亲，谓北洋当有大乱，汝辈游橐稍充者，宜及早还家，毋令公私俱败。未几，中东事起，大东沟一战，海军尽毁，皖人治军务者，若丁汝昌、卫汝贵、龚照屿等俱误国获重咎。内外弹章蜂起，鸿章亦不自安，力求解任。知其事者，皆服铭传先见。"甲午海战失利的原因多多，"李文忠滥用乡人"其一也。

秦用客士而强，六国用亲戚而弱。秦用六国人，平六国，商务用海内人，誉海内。崇祯、李鸿章用自己人，误国，也误己。

一个被出版事业耽误的诗人

作者与出版社之间，平行而不平等。作者总觉得书贾唯利是图，蔑视其地位，盘剥其劳动，社方也一肚子苦水，大讲市场之变幻，经营之艰难。虽如此，二者作为一对矛盾共生体，相互抵触，又相互依赖。

但也有不受其鸟气者。1927年，邵洵美为诗集《花一般的罪恶》出版一事，与光华书局打起了交道，书局老板担心销量，对此书的出版犹豫再三。此担心可以理解，纯文学书籍的市场，历来不被看好。据郭沫若《创造十年》云：其与成仿吾、田汉等人在日本时，曾托少年中国学会的左舜生为其所设想创办的纯文艺杂志寻找出版单位，左也奔走了几家，"中华书局不肯印，亚东也不肯印；大约商务也怕是不肯印的"。但邵洵美的自尊由此受到伤害，遂决定创办一家属于自己的书店，为自己及文友出版书籍。

出书不易，其实并不难为情，当年鲁迅也曾到处被拒。应鲁迅之约，曹靖华着手翻译绥拉菲摩维奇的中篇小说《铁流》，1931年2月24日在给曹靖华的信中道："兄之《铁流》不知已译好否？此书仍必当设法印出。"译后完，没有一家书局愿意接手出版，鲁迅遂自掏腰包，拿出一千大洋，以"三闲书屋"的名义，找家印刷厂将书印出。之后，再将一千册书全部拿到内山书店销售，并特意写了一则风格独特的广告推介新书："本书屋以一千现洋，三个有闲，虚心绍介诚实译作，重金礼聘校对老手，宁可折本关门，决不偷工减料，所以对于读者，虽无什么奖金，但也决不欺骗的。"所谓"三闲"，指此书由曹靖华翻译、鲁迅编校、瞿秋白作序。书屋地址就设在大陆新村自己的寓所，为夫妻店，不雇用伙计，与之相关的流程皆亲力而为。鲁迅在1932年6月18日《致台静农》信中坦言："至于自印之二书（《铁流》《毁灭》），则用钱千元，而至今收回者只二百。三闲书局（三闲书屋）亦只得从此关门。后来倘有余资，当印美术如《士敏土图》之类，使其无法翻印也。"有此经历，其后著作多交由北新书局等等别人办的出版社出版。

当然，不是谁都能赌得起办书店的气。邵妻盛佩玉，盛宣怀孙女，其本人则是晚清重臣邵友濂之孙，父亲邵恒受为轮船招商局督办，邵盛两家联姻，以其地位的显赫荣华，不逊《红楼梦》中的荣、宁两府。出身名门，又继承有万贯家财，自有不一般的优渥。邵在20世纪二三十年代的上海文坛，因时常赞助潦倒文人，组织文艺聚会，赢得了"孟尝君"的雅号。邵洵美的钱，基本上不是来源于自己的勤奋工作，1934年6月4日，鲁迅在《拿来主义》里有一段话："譬如罢，我们之中的一个穷青年，因为祖上的阴功（姑且让我这么说说罢），得了一所大宅子，且不问他是骗来的，抢来的，或合法继承的，或是做了女婿换来的。那么，怎么办呢？我想，首先是不管三七二十一，'拿来'！"这段话讽刺的就是邵洵美。然邵洵美一向对鲁迅恭敬有加，一次他请鲁迅与萧伯纳吃饭，饭毕，因下雨，他还开车送鲁迅回家。鲁迅说他是个"穷青年"，意指他的宅子是"做了女婿换来的"。君子报仇，十年不晚，1935年，邵洵美在挚友徐志摩死后，开始续写小说《珰女士》下篇，其中特意设置了一个"周老头儿"："他脾气的古怪，你是知道的；你只能听他自然，不如他意他就恨你，一恨你就把你当成了死对头。……人说绍兴人就会唱高调，一点也不错。"借小说主人公之口，邵洵美毫不掩饰地对鲁迅进行了影射。对其不感兴趣者，不乏其人。《围城》里的赵辛楣，与上海话"邵洵美"谐音，邵绍红在《天生的诗人》一书中记述："当时许国璋因作者给这个人物取这个名字很不以为然，责问钱锺书。两人发生争论。"

　　书店位于静安寺路。据汉民1927年10月24日刊载于《上海画报》的宣传文章《金屋书店》描绘："闻书店装潢，悉取法近代欧洲最新式者，店门橱窗，皆漆金色，及绘黑色花纹，所出版之书籍，皆为我国著名新文学家，如郁达夫、滕固、张若谷等之杰作，印刷装订，但求美观，不惜工本，现已绘成封面图案多种，即将交专业装订之俄人某，以各色草料装订之，摔于开幕之日，供来宾参观云，闻此理想之书店，不久即能现实，是实我国出版界之大光荣也。"其间或有夸饰之语，但精致是肯定的。

　　典雅之目的，不全在招揽生意。章克标《不成功的金屋》云："他开书店，原不是以营利为目的，可能只是一种玩好，而且有了这个书店老板的名头，他也可以在会交际上有用场，书店则可以为朋友们出版书册服务了。"来客眼中，金屋如此富贵清洁，分明是一间会宾楼。

此店不光是一家出版机构，兼及文化沙龙角色，正是其一向倡导的"文艺客厅"之现实所在。上海文化界各式人物均可在此寻得足迹，如文学界的施蛰存、徐志摩、郁达夫、滕固、郑振铎、林语堂、章克标，书画界的刘海粟、常玉、张光宇、张振宇、曹涵美、徐悲鸿、江小鹣等等，其间夹杂有政客张道藩、谢寿康、刘纪文之属。鲁迅《各种捐班》便讽刺邵洵美："捐做'文学家'也用不着什么新花样，只要开一只书店，拉几个作家，雇一些帮闲，出一种小报，'今天天气好'是也须会说的，就写了出来，印了上去，交给报贩，不消一年半载，包管成功。"认为其身边的文学圈子为"甜葡萄棚"，皆溜须拍马之徒。上海文艺圈里另一中心人物是丁悚，黄苗子曾写过在 1932 年第一次走进丁家时的情形："那天大约是个星期六晚上，一大堆当时的电影话剧明星分布在楼下客厅和二楼丁家伯伯的屋子里，三三五五，各得其乐，她们有的叫丁悚和丁师母做'寄爹''寄娘'。由于出乎意外地一下子见到那么多的名流，我当时有点面红心跳，匆匆地见过丁家伯伯，就赶快躲到三楼丁聪的小屋里去了。"

书店出版的书籍，大多与唯美主义相关，邵本人便是位有着"希腊式完美的鼻子"的唯美诗人。除此之外，重视外观，讲究用纸，因不计利害，不计成本，定价自是昂贵，市场状况可想而知。在经营策略、生意经络方面，既无选题规划，又无促销手段。其时，书报廉价券、读者俱乐部等促销方法已普遍采用。亚东图书馆为 1913 年创办于上海的一家出版机构，出版书籍以文学类为主，涉及散行文体、新诗、创作小说与翻译小说、标点校勘旧小说等。为促销，其不断发布广告。1922 年该馆举办"十周年纪念廉价"活动，编制了二十个图书分类广告；1928 年，十五周年纪念时，举行"全部特价"活动，列入特价的书目八十种，特意列出"重版书五十二种"；1933年，举办"二十周年纪念全部大廉价"活动，除在日报上刊登广告，列出书名外，还印发单张广告。1923年5月，在《创造》季刊发行一周年时，泰东书局便借创造社名义再次发行优惠券："Mayday是本志的诞生日，他今年算满了一岁了。我们深感读者诸君扶助他的厚爱，我们此次纪念他，发行这种优待券以志薄谢。a. 执此券直接向上海泰东图书局总发行所购买本社出版书籍者一律照实价八折；b. 此券效力无论购书多寡均以一次为限；c. 此券效力以三个月为限。"就其本人而言，娱人悦己，不以谋利为旨，为人坦诚仗义，常在亏损累赔情况下，倾注全部心血与财力经营之。市井新闻、香艳小说等畅销品种，自是嗤之以鼻，不屑粘手。虽雅不能离俗，商业行为上的蚀本，相对于所持艺术理想，乃输者为赢，只是笑笑，不听劝阻。

1927年6月，徐志摩创办新月书店，邵洵美与徐志摩主编的《诗刊》即由新月书店发行。此间，书店遭遇多重困难，徐志摩随即出面请邵洵美接手。1929年，书店亏损严重，徐志摩向邵洵美招股，邵为了与徐的情谊，结束了金屋书店的使命，将资金投入新月。金屋书店两年间，出版图书三十几种。1931年1月20日，邵洵美和徐志摩主编的《诗刊》由新月发行。2月24日，胡适在日记里写道："志摩到北京，我们畅谈别后的事，一是中国公学的事，一是《新月》的事……志摩很有见地，托洵美与光旦照料《新月》，稍可放心。"4月，邵洵美正式出任新月书店经理。11月19日，徐飞机失事后，邵即陷入孤立无援状态，遂由胡适出面与商务印书馆商洽，将其接管，代其还债，新月书店由此结束业务。九一八事变后，人心震动，北平教育界人士也受到刺激。某日，丁文江、胡适、傅斯年、陶孟和、蒋廷黻等人在任鸿隽家中吃饭，蒋廷黻提议办一份杂志，胡适当即反对，说你没有办杂志的经验，不晓得办杂志的困难，指出就在九一八事变前四十多天，徐志摩、梁实秋等办的《新月》就出了麻烦，不但杂志被查抄，连新月书店的店员都给捉去了，所以说"真没有创办一个新刊物的热心"。

1932年夏，邵洵美还创办有时代印刷厂，由此赔完巨万家产。其受胡适"中国缺乏传记文学"之说影响，策划作家"自传丛书"，前后出版了沈从文、张资平、庐隐、巴金、许钦文五种。1934年7月15日，《从文自传》由上海第一出版社出版，即由该厂印刷。邵洵美还特为这部自传写了宣传广告："天才而又多产的作家沈从文先生，已名满大江南北，无远无届，而且多才又多艺，其生平想必为人所乐闻。……受着大自然的陶冶，故为文诡奇多姿，令人神往。本书是他的自述生平刻苦上进的历程，不但趣味横生，而且获益良多，实为有益青年的无上的读物。书用九十磅米色道林纸精印，尤为美观。内容较庐隐自传增加一半，定价每册仍售六角。"印刷厂车间有台自德国进口、当时最为先进的印刷机，全国只此一部。1949年，北京组建新华印刷厂，因出版《人民画报》缺少设备，夏衍亲自登门拜访，割其所爱。

做出版的最佳平衡，一不亏心，二不亏本，却很难。盛佩玉晚年回忆："洵美办出版无资本，要在银行透支，透支要付息的。我的一些钱也支了出去。抗战八年，洵美毫无收入，我的首饰陆续出笼，投入当店，总希望有朝一日赎回原物。"千金散尽，关门歇业，临了也潇洒。章克标《海上才子·邵洵美传》称其有三重人格：一是诗人，二是大少爷，三是出版家。大少爷是无可选择的出身，却不是想象中的"拉良家妇女下水，劝风尘女子从良"那种，概括其一生，终是一个被出版事业耽误的诗人。

稿酬支撑创作

以财乞文,作文受谢。文人者上无片瓦,下无寸地,且手无缚鸡之力,身无寸箭之功,唯手中一支笔可作摇晃。衣食温饱,仰仗稿酬支撑,否则不得一钱,何以润笔。

谈钱不伤感情,此商人坦然,文人较之,难以做到。其向来心态高而姿态低,以为卖文为耻,有损气节,付润乃主家自觉自愿行为,通过馈赠钱物,以示谢意。据王楙《野客丛书》载:"陈皇后失宠于汉武帝,别在长门宫,闻司马相如天下工为文,奉黄金百斤为文君取酒,相如因为文,以悟主上,皇后复得幸。"此即千斤买赋掌故由来。类似情形,尚有蔡邕作碑受谢、陈寿作传得米等等。

王勃代笔作文,金帛盈积。韩愈撰《王用碑》,获"鞍马并白玉带"谢礼,刘禹锡《祭韩吏部文》云韩愈生前为人谀墓所得甚丰,"公鼎侯碑,志隧表阡,一字之价,辇金如山"。钱泳《履园丛话》载"白乐天为元微之作墓铭,酬以舆马、绫帛、银鞍、玉带之类,不可枚举"。皇甫湜为丞相裴度写三千字《福先寺碑》，车马之外，得绢九千匹。据《李邕传》载："邕尤长碑颂，中朝衣冠及天下寺观，多赍持金帛，往求其文。前后所制，凡数百首，受纳馈遗，亦至巨万。时议以为自古鬻文获财，未有如邕者。"赵翼《陔余丛考》云："杜牧撰《韦丹江西遗爱碑》，得采绢三百匹。"司马光奉旨主编《资治通鉴》，神宗赏"银绢对衣腰带鞍马"。纵使佣书，也获稿酬，据《拾遗录》载：东汉安帝时，琅琊人王溥"家贫无赀，不得仕。乃挟竹简，摇笔洛阳市佣书"，其"为人美形貌，又多文词，俶其书者，丈夫赐其衣冠，妇人遗其金玉。一日之中，衣宝盈车而归。积粟十廪，九族宗亲，莫不仰其衣食，洛阳称为善而富也"。

近代以来，科举路绝，仕途幻灭，不得已由官场而市场，鬻文为生，沽诗买墨，以书申酬，由此文人与职官的关联随之解除。近代报刊出现后，出价购稿，渐成定制。利之所在，人争趋之，为此高头讲章频现，学术典籍迭出，客观上也为近现代文学聚集了人才，同时对报刊产生依赖，依靠写作稿酬生存。近代稿酬版税的制度化，始于1901年东亚益智书局悬赏以求译稿。至辛亥革命前后，几乎所有报刊都会向作者支付稿费，如《东方杂志》创刊伊始以"商务印书馆书券"抵稿酬，一俟办刊稳定之后，立刻向作者支付现金稿酬。张元济日记1918年2月2日载："编译胡适之寄来《东方》投稿一篇，约不及万字。前寄行严（即章士钊）信，允千字六元。此连空行在内。"胡适《致高一涵》信中也认为"拿不苟且而有价值的文字换得相当的报酬，那是一种正当的生活"。

民初，中华书局《中华小说界》创刊，稿酬为千字一至五元，分四个标准。至于商务印书馆的稿酬，据张元济日记载，胡适为千字六元，梁启超写《东方觉醒》为千字二十元。文人耻于言钱的写作观念，有所扭转。据包笑天回忆，当时上海的小说稿酬，普通是每千字两元为标准。但有些落拓文人为生活所迫，低价向报社出售作品，如向凯然从日本回国时写了一本《留东外史》，描写当时一般中国留学生在日本留学的生活状况。其为生活所迫，以每千字五角的低廉价格卖给书商。该书出版后，广受欢迎，一印再印，销售数量非常理想。当时林纾的稿酬就很高，"他的是每千字五元"，后又涨到六元。出版方也知其弱点，鹭鸶腿上劈精肉，蚊子腹里扣脂油，遂有就稿酬烦恼发声者，对社方的盘剥行为予以声讨。林语堂创办《论语》杂志时，每期要求时代公司携稿费与编辑费同来，一手交钱一手交稿。后因版税问题，他还与合作多年的赛珍珠分道扬镳。

鲁迅辞去公职后，移居上海，收入来源，均在稿酬。自1933年起，鲁迅主要依靠稿酬的收入月均为五百元左右，在大米一百多斤才三元，鸡蛋一元可买一百二十个，大学生月生活费十块钱左右的时代里，鲁迅已可轻松在京繁华地段买座宽敞四合院。张恨水则靠一支笔，养活三房妻妾全家十六口人。1929年8月，鲁迅就北新书局拖欠稿酬一事，聘律师，打官司。老板李小峰图谋在先，自觉理亏，官司不可能胜诉，遂托郁达夫从中调解，协商结果是书局将积欠的一万八千余元，分十个月付清。1930年代，上海有家苛刻书局，发稿严格按实际字数计算稿酬，标点符号忽略不计。既如此，鲁迅便开了个玩笑，为其撰文时，既不加标点，也不划分段落。稿子寄出不久，书局回信："请先生分一分章节和段落，加一加新式标点符号，从这次起，标点和空格都算字数，和文字一并付酬。"是出版社养活了作家，还是作家养活了出版社，二者之间，利益博弈，相互依存。

1934年秋，张子静与中学同学合办杂志《飙》。理想丰满，真相骨感，几个青年人兴致勃勃准备大干一场，可万事开头难，为打响杂志的第一炮，同学建议张子静向他的姐姐、当时上海滩最红的女作家张爱玲约稿。听完弟弟的来意，张爱玲一口拒绝："你们办的这种不出名的刊物，我不能给你们写稿，败坏自己的名誉。"说完，张爱玲感到有些不近人情，遂拿出自己画的一张素描，"这张你们可以做插图"，算是打发。回忆与姐姐的平生关系，张子静劈头就是一句："姐姐待我，亦如常人，总是疏于音问。"当然亲情薄凉是一回事，稿酬也是一回事，不靠谱的杂志，生存难以维系，哪来支付稿酬的余力，况且是道德绑架，亲情勒索，弟弟不会给，姐姐也不能收，还是离远点好。

书贾对于著作家的一贯掠夺，近处或有究其责者，远处则难。陈西滢1925年发表的《版权论》曾有如下记载："我在伦敦去访问萧伯纳的时候，偶然说及他的著作已经有几种译成中文了，他回答道'不要说了罢。那于我有什么好处呢？反正我一个钱也拿不着'。无论我怎样的解说，我说中国翻译的人自己也得不到什么好处，他就问为什么要翻译，我说他为的是介绍他的思想，他就说他们还是为了要借他的名字去介绍他们自己的思想罢了。与他丝毫不相干，他说这话，好像真有气似的。……又有一天我遇见基尔特社会主义的健将柯尔，我们谈起日本来。他说不欢喜日本人，因为他们太卑鄙：他们译了他的书不让他知道，不给他正当的版税。我心中不免想着中国人也正在翻译他的书，也不见得给他版税吧，只好暗暗地说一声'惭愧'。"两位皆非财迷，其在依法保护自己正当的权益，而国人对此又往往不能理解，遂又感慨："这两件小事很可以表示欧洲著作家与中国的同业的观念是很不相同的，他们对于应享的权利，一分也不愿让，中国人却非但不觉得文字的酬报是权利，并且还觉得可羞。所以中国的剧曲家编了一出戏，非但表演的时候他抽不到税，自己要去看还得买门票。所以没有分文报酬的刊物如本报有人常常做文章，财力丰富的杂志反而找不到好稿件。"

编辑这行有两难，缺少名家撑门面，刊物行之不远，给名家赔笑脸，便不能顾及自尊。对于名家，稿酬除却刊后支付，还可能预支之。据陶亢德《陶庵回想录》载，1935 年 9 月《宇宙风》杂志创刊，为求新异，自然少不了广邀名家供稿："郭先生回信来了。他说写《浪花十日》这类游记文章，需要旅行。如能寄他一二百元钱。他有了旅费就有材料写了。这是合乎情理的要求。不过我们一共只有五百元资本。提出五分之一二作预支稿费。却也令人踌躇。我考虑又考虑。结果汇给他一百或一百五十元。去信说明我们是小本经营。如写游记困难。写自传怎样。结果他寄来《初出夔门》。这很使我兴奋。自以为是一大收获。于刊物销路必有好处。谁知一稿之后。不见续稿。这不但使我们失信于读者。而且使我们吃了冤枉账。因为不久之后。上海一家日报的副刊上登出一篇小文章来。说郭沫若先生上了《宇宙风》的当。一时不察。给写自传。现在作者已知受欺。所以文章如神龙之见首不见尾了。"

较之风吟雨呻，饥肠叫呼，饭不满腹，见嘲妻孥，张爱玲很是坦诚："我喜欢钱，因为我没吃过钱的苦——小苦虽然经验到一些，和人家真吃过苦的比起来实在不算什么——不知道钱的坏处，只知道钱的好处。"求生存，谋稻粱，作家收入来源，主要靠稿酬。除此之外，手头金钱使之获得社会尊重，也是其保持自由状态、独立身份之必备，由此可以不为权力写作。稿酬是作品商品化和社会化的体现，也激发着作家的创作欲，张恨水便坦言："我的生活负担很重，老实说，写稿子完全为的是图利……所以没什么利可图的话，就鼓不起我写作的兴趣。"即便不以稿酬为生者，其也可润身资家，锦上添花，还可佐证一个人的学术成果。《夏鼐日记》1933年1月8日记录收到《清华周刊》稿费五元，称之为"第一次卖文所得的钱"，故极为开心，此次的文章是翻译林语堂《言语和中国文字二者起源的比较》。2月4日收到"第二次的稿费"十二元。12月19日，其盘算了一下，是年稿费收入有二百多元，"从前的一番辛苦，总算不白费了"。

为国难而牺牲，为文化而奋斗，但首要考虑是为生存。君子爱财，取之有道，视之有度，用之有节。稿酬驱使，市场运作，竭尽所能揣摩大众审美趣味，披阅十载、增删五次式的创作方式随之不再流行，粗制滥造、虚应故事者时现。吴趼人因《二十年目睹之怪现状》一炮走红，1903年至1910年去世前的八年间，出版长篇小说十一部，兼有大量中短篇小说、小品随笔，字数在二百五十万字以上。林琴南则在二十五年的翻译生涯中，竟合译外文小说一百八十一部。平江不肖生写《江湖奇侠传》之后，日子突然滋润起来，遂抽起大烟，雇了书童，自己口述，书童记录，小说就此成就。鉴于此，1917年的《新青年》杂志上刊登一则启事："本志自第四卷第一号起，投稿简章业已取消，所有撰译，悉由编辑部同人共同担任，不另购稿。其前此寄稿尚未寻载者，可否惠赠本志？尚希投稿诸君赐函声明，恕不一一奉询，此后有以大作见赐者，概不酬赀。"此与陈独秀此前"来稿无论或撰或译，一经选登，奉酬现金"的承诺，大相径庭，也令人惊诧万分，因违背规律，终成一时倒行逆施。

文学饭

文学可以当饭吃，但食之者少之又少。

无须文凭保证为资质，且为不设本钱生意，文学是边缘青年的低门槛职业选择。再则，没有向上流动的机遇，又对自身遭际与现实感到不满，转向文学，自然而然。然文学青年若以文学为生，极其艰难。投稿渠道本就不多，被拒乃常态，即便刊载，稿费菲薄，甚至没有。靠稿酬维持生计的鲁迅，深知其理，临终遗嘱便有一条，"孩子长大，倘无才能，可寻点小事情过活，万不可去做空头文学家或美术家"。周海婴倒也听话，未承父业，所学无线电。之前，鲁迅给许广平的信中曾自白："我的生命，割碎在给人改稿子，看稿子，编书，校字，陪坐这些事情上。将血一滴一滴地滴过去，以饲别人，虽自觉渐渐瘦弱，也以为快活。"写这段话时的鲁迅，谈理想嫌晚，谈余生尚早，充满怨言，不乏理性，"应当有清醒的头脑，他比作家知道更多的东西，掌握更全面的情形，也许不及作家想得深。编辑不能随心所欲地吹捧一个作家，就像他无权利用地位压制一个作家一样，这是个起码的条件"。

　　燃烛侧光，常至戌时，熬夜之损也；执墨触寒，手为皴裂，笔耕之累也。千赋百诗，下笔成章，篇章辞赋，操笔立成，看似轻松，所下功夫难以想象，论道说义、披寻坟史不论，体力以外，尚在精神。一条天路上，走着你自己，举目四望，格格不入。天津桥上无人识的孤独，独倚栏干看落晖的寂寥，此处风景佳，自己与自己周旋。研习经义，学业日进，半夜潇潇窗外响，多在梅边竹上，眉间多少事，去去不足观。伏于案，呕心于文字，汲汲于生而不能自给，此般状态，虽不理想，皆自我选择。忧虑使困难加倍，尚未累到绝望，欲望比恐惧更具力量，所有坚持，不过在人生紧要处，咬紧了牙关。定乎内在之分，一夕霜风，似青丝白染，依然故我；辩乎荣辱之境，气节之士，如骨感之树，不泯本性。

　　1930年代，上海集中了全国十之八九的文学刊物，也吸引了负剑壮游的各地文学青年前来，亭子间里放飞的似乎皆为文学之梦。新旧嬗替中的种种面容，构成一部宏大的叙事，虽处文学的黄金季节，无奈已错过了新文化运动的时势，此间的草木华滋，不干作为分母的无名者什么事。看似群星璀璨，成就此业者，数来数去，惯见者就那么几位德业尽通、才艺具兼的文坛巨擘，被淹没者则不计其数。

　　既然进入不了圈子，不如抱团取暖，互相给予，互相分担，成立自己的社团，虽说社员间对文学的认同度并不等一。既然投稿受阻，不如另辟蹊径，自己给自己创造社会需要，浪漫的自救方式是自办刊物。起初雄心勃勃，挨到第二期，便因无销路、无周转资金铩羽。1907年，二十七岁的鲁迅拟创办文艺杂志，名曰《新生》，以费绌未印。勉强维持者，苦于生计，屡迁社址，一人独撑一刊，勉力为之。

《无名文艺月刊》第一期的印刷费由陈企霞在家乡筹款而得，出刊后已无余钱，遂抱怨受到印刷所、销售店的盘剥，殊不知那是商业利润的合理范畴。其征稿章程提及："来稿一经发表后，酌赠本刊或现金；但社友之稿恕不致酬，版权仍归作者所有。"对照创刊号的"本社长期征求社友，欢迎一切爱好文艺者加入，并不征收社费。章程函索附邮票二分即寄"等等文字，可以看出其心机所在，欢迎成为社友，一旦入社，虽无社费，也可免除稿酬。而杂志常以提携无名作者的声明为招幌，旨在增加杂志销路。虽曰套路，仍不乏聚拢同志，据刘以鬯回忆："既然对文学的兴趣这样浓，多参加一个文学会，多结交一些爱好文学的朋友，没有什么不好。"只要心存各自目的，便会有新人不断加入。

有鉴于此，后悔者不乏其人，艾芜便说："我渐渐地有点后悔了，我觉得我不应该走这条烦难、吃力而不讨好的路的。"那时的文学青年给人的大致印象是，自信满满，口袋空空，饥寒切身，朝夕奔命，怀才不遇感越发委屈，言行则越发趋于激进，文学不再是谋生手段，随时可能成为革命武器。

任何经久不息的热爱，生存当前，微不足道。文学的多余处境，决定了其堪为副业，难为主营，为此夏丏尊《致文学青年》道："至于近代，似乎有靠文学吃饭的人了。可是按之实际，这样职业者极少极少，且最初都别有职业，生活资料都靠职业维持，文学生活只是副业之一而已。"闻所闻而来，见所见而去，一次一次去撞南墙，纯粹的文学之路行不通，转型报馆当记者，改行书店作编辑，便算有了相对固定的职业，有了避让但不逃离的归宿。

任何一位学者，一旦到了北京，摩崖碑版、钟鼓鼎彝、砖瓦陶壁、甲骨权量之外，都会染上搜集旧书的癖好。作字甚敬，读书便佳，逛书摊淘旧书，已然学人的一种生活方式，陈康祺《郎潜纪闻》一书便录有王士禛一事："相传王文简晚年，名益高，海内访先生者，率不相值，惟于慈仁寺书摊访之，则无不见。"对此，王士禛《古夫于亭杂录》中也有重述："昔在京师，士人有数谒予而不获一见者，以告昆山徐尚书健庵（乾学），徐笑谓之曰：'此易耳，但每月三、五，于慈仁寺市书摊候之，必相见矣。'如其言，果然。庙市赁僧廊地鬻故书小肆，皆曰摊也。又书贾欲昂其直，必曰此书经新城王先生鉴赏者……士大夫言之，辄为绝倒。"

光绪二十三年（1897）二月，孙宝瑄"晡，马车驰味莼园。余携书中观之，验目力之速数，抵园，甫阅五叶，而去寓所七八里遥，可谓钝于目矣"，除此之外，尚有西式书籍，"观斯密氏之《原富》"，

"晴，观《物竞论》"。西式科技书籍的大量涌现，标志着中国知识阶层从此开始主动接触西书，使得以西方科学为代表的西学开始重塑士人的知识结构。口岸及中枢城市之外的状况，则仍未改观，据刘大鹏《退想斋日记》载，光绪十九年（1893）8月，其赶晋祠庙会时，"见一杂货摊上售一部《三国志》，爱不释手，遂用三百钱买之，如获至宝一般"。

鲁迅一生到底买过多少书，庞杂难记，但《鲁迅日记》提供的实录，大体可查。其自1912年5月5日起开始记日记，至1936年10月18日逝世前一日止，每一年日记的最后，都附有年度书账，所购书籍的书名、册数、书资、日期等，均一一加以记载，别人所赠之书也不例外。此间书账相加，共购买图书3009种，9600册；购买各种墓志、碑文、刻石、画像等拓片6906张；购书共耗资1433元2角9分。此非全部，1936年上半年的书账后面，记录道："月初以后，病不能作字，遂失记，此乃追补，当有遗漏矣。"鲁迅在京的十四年间，逛琉璃厂的次数竟达480次之多，采买图书、碑帖3800多册。其经常光顾的书店、帖店有宏道堂、保古斋、宝华堂、敦古谊、式古斋、宜古斋、仿古斋、德古斋、师古斋、富华阁、震古斋、庆云堂、神州国光社、文明书局、直隶书局、有正书局、商务印书馆、中华书局等，位于北京东单牌楼北路西的东亚公司，是一家日本人开办的店，附带销售日文书籍，也是其时常购书之所。成就《中国小说史略》《后汉书》《嵇康集》等著作，与之在琉璃厂书肆搜集的书籍有着密切关系。据1914年1月31日的日记载："午后同朱吉轩游厂甸，遇钱中季（钱玄同）、沈君默。"2月8日记又载："观旧书，价贵不可买，遇相识者甚多。"若遇周末，一条不长的街上，王国维、陈衡恪、吴虞、周作人、沈君默、钱玄同、刘半农、郑振铎等等的大牌文人，会时空重叠，集中出现。

聚百工之货而列于市者，谓之商，商者，实利人而又利己之业也。凡是看上的书，其一律加码加价，商人有商人的生财之道，虽不学无术，但善观风色，好在置身于云端的大牌教授，丰俭由人，多寡随意，不差这几个小钱。《蒋廷黻回忆录》载："起初，我常去琉璃厂旧书店找我所需要的资料。渐渐的，书店老板把我当作好顾客，开始到清华来找我。在这段时期，我按计划购买书籍。每届周三，从上午九时到十二时，我接待琉璃厂的书商。他们到图书馆中我的书房来，每人先给我一张作者及书名的目录，我可以从目录中找出我有兴趣的书籍。如果某一本书可能对我有价值，我把它送到图书馆当局审查、估价。书商在走廊上排成一排每人都带着他们要卖的书，这样成了一个惯例。有时他们知道我所需要的书而他们自己又没有，他们就写信通知全国有往来的同行，代我去搜求。"书商的目标读者清晰，其也辛苦，从城内跑到城外，耗时耗车费，多赚几钱，其也不枉。平生无他好，一专于书，作为学人，阅读习惯保持终生，买书习惯自也保持终生，对书的占有欲近乎贪婪。俗商与雅士，二者既非朋友，也非冤家，却能互为依存，互为成就，多数时候各让一步，保持着相当距离。

钱穆也有如此待遇，也有集中大量购书的经历。据《师友杂忆》载："余自一九三〇年秋去北平，至三七年冬离平南下，先后住北平凡八年。先三年生活稍定，后五年乃一意购藏旧籍，琉璃厂隆福寺为余常至地，各书肆老板几无不相识。遇所欲书，两处各择一旧书肆，通一电话，彼肆中无有，即向同街其他书肆代询，何家有此书，即派车送来。北大清华燕京三校图书馆，余转少去。每星期日各书肆派人送书来者，逾十数家，所送皆每部开首一两册。余书斋中特放一大长桌，书估放书桌上即去。下星期日来，余所欲，即下次携全书来，其他每星期相易。凡宋元版高价书，余绝不要。然亦得许多珍本孤籍。书估初不知，余率以廉价得之。如顾祖禹《读史方舆纪要》之嘉庆刻本，即其一例。……余前后五年购书逾五万册，当在二十万卷左右。历年薪水所得，节衣缩食，尽耗在此。尝告友人，一旦学校解聘，余亦摆一书摊，可不愁生活。"掌故有趣味，从中也可窥得当年那个阶层人士的生活状态，堪称一个时代的注脚。

但有好书，书商还会采取竞拍式销售。晚清以降，山西钱庄票号衰败。此时，琉璃厂书商遂成群结队而来，专事搜求流于晋中各县的小说、戏曲秘本，其中最著名的一部当数张修德于介休发现的明万历本《新刻金瓶梅词话》。胡颂平《胡适之先生晚年谈话录》一书记录了胡适于1961年6月12日对该书的追述。说书是大字本，计二十册。当初只以五六块银圆收购，一转手就卖三百块，再转手到了琉璃厂索古堂书店，就要一千元了，真就奇货可居，贪天之欲。且厚颜放话时任北京图书馆馆长的徐森玉，说日本人有意高价买去，情急之下，不知是托儿，遂决定收购之。"索古堂老板看见我去了，削价五十元，就以九百五十元买来了"，忍无可忍，还是忍了，老板以爱国旗号做成了这笔划算的生意。但图书馆因以高价买一部"淫书"而无法报销，于是包括胡适在内的二十人出资将其影印了一百四十四部，并照编号分送预约之人，以售书之款替图书馆购得此书。另有说法是那家收购店名"文友堂"，老板素与日本文化人交往密切，每遇善本便高价售予日人。京城学人得知文友堂隐匿该书，并欲奇货可居出售时，激起公愤，有人将炸弹置于店门前，又贴"爱国锄奸"标语以示警告。同时，郑振铎、孙楷第、赵万里等人也接踵而至，与之洽商。此事遂成为全国文化界的轰动新闻。如此，文友堂才被迫以高价数千元将该书售予北京图书馆。但北图无力付款，遂有了影印出版之事，影印数字为一百二十部。后一种说法有诸多可疑，演绎成分明显，料是非当事人的描述。

出价虽高，且不犹豫，却也有购书不得的遗憾。《蒋廷黻回忆录》载："我获悉他（郭嵩焘）有很多未公开的日记。因为郭是湖南人，所以我在写家信时，就常提到这件事，希望弄到他的日记。有一天，家兄写信告诉我他遇到一个湘潭杂货商，他是郭的孙子。我立即写信要他去查问，看看他家是否还存有他祖父的日记。我哥哥回信说日记就在那个杂货商的手里，而且他愿以一千元代价出售。这简直是天大好消息。我立即打电报给家兄，要他尽快把它买下。不幸，好多郭家的人都要分沾利益，有些反对出卖这份遗产，结果，买卖不成，日记仍存郭家，后来结果如何，我就不得而知了。"又有一回，"直至一九三八年，南京政府撤退后，我在汉口有一天获悉有三百封曾氏亲笔函在坊间出售，索价每封三元。我立即表示如果对方愿将三百封全都出售给我，我愿每封出价五元，但是，此一消息迅即在汉口湖南名人圈中传布出去，他们都想保存一些伟大同乡的墨宝，以致我功败垂成。"

淘书如淘宝，于满坑满谷霉味堆放中，不经意间，觅得搜寻已久的书，这份欣喜，不足为外人道也。淘书识理趣，诚如钱穆所言："北平如一书海，游其中，诚亦人生一乐事。"

店员的脸色

昔时闭架售书。第一本递来，快速翻阅几页，第二本递来，又快速翻阅几页，第三本便不好意思指点书名，店员也会不耐烦地问你到底买不买。

正如每个单身都想交个厨师朋友，每个读书人都想交个书店朋友。据那廉君回忆，傅斯年每到一地，不多日便与当地书店老板成为朋友，每次买到好书，总要对众人炫耀一番。到台湾后，一家书店开张，请他题字，他便写道："读书最乐，鬻书亦乐；既读且鬻，乐其所乐。"

鲁迅与内山完造的关系，大致也如此。内山完造《鲁迅先生》一文回忆二人初次见面的情形：某次，有一先生与几个朋友来店购书，其穿件蓝长衫，胡须浓黑，眼睛澄清，个子虽小，却洋溢着一股浩然之气。挑了几种后在沙发坐下，一边喝着老板娘递送的茶，一边燃上一支烟，指着挑好的书，用流利的日语说："老板，请你把这些书送到景云里23号。"内山立刻问："贵姓?"回答"周树人"。内山惶恐道：

"呵，你就是鲁迅先生么？久仰大名，失礼了。"有沙发可坐，有茶水可喝，宾至如归，不光是一句口号。从此之后，内山开始了与鲁迅近十年的交往。据鲁迅日记统计，期间鲁迅去内山书店500余次，购书千余种。1928年至1935年间，其每年购书多则2400余元，少则600元，所购多为日文书，且多自内山书店购得。同时，鲁迅著作也委托其代理，仅1936年7月至11月间，便售出所托书籍18种，1600余册。鲁迅生前唯一为人作序的书，是内山完造的处女作《活中国的姿态》。内山完造《花甲录》即记录有许多有趣的故事。一次，鲁迅对他说："老板，我结婚了。""和谁呀？"鲁迅爽快地回道："就是和那个许广平呀。"有一阵子，鲁迅会带些年轻人来店，有时是一个人，有时是几人，柔石也是其一。鲁迅尝言："学生们年纪轻，没经验，常被骗子们利用，当作垫脚石。没有比骗子更令人痛恨的了。他们为了构筑和稳固自己的位置，或者为了自我标榜，动辄把思虑欠周、血气方刚的青年当作踏板。"说这话时，鲁迅的表情显得很激动。

内山书店是日人内山完造在上海开设的一家书店，因与鲁迅关系密切广受关注，迁客骚人，时会于此，关于这家店的文字自然不少。《申报》文艺部主笔朱应鹏《到内山书店》一文介绍，"店内的陈设犹如图书馆，书架没有一扇玻璃门，可自由取书阅读。且在中央放几把椅子，供随时坐下阅读"。《怀内山书店》作者史蟫回忆喜欢此店的理由，"不仅是为了那里面有我所需要的书籍，同时也为了里面的店员特别和气"，且"这种和气的态度，在中国一般新书店里也是很难见到的，因为店里卖的虽是新书，用的却仍是旧式店员"。在国人所设书店，总有一个小伙计在一旁监视，如果你翻了半天书最后却没买，则会摆出另一副嘴脸。"这种情形在内山书店却是完全没有的，店员们任你去翻阅架上的书籍，不拘多少时候，都没有人来干涉你"，此即对顾客的信任，敏感的读书人很在意这一条。

读过这段文字，哑然失笑，不就我遇过的情形，其与开架闭架无关。泡半天书店，终需买一两本喜欢的本子离开，否则心里过意不去，店员的脸色也不好看。久而久之，自己也有了相当的藏书。

读书人敏感异常，冷落不得，也热情不得，对于店员的过分殷勤，戴望舒《记马德里的书市》一文对此颇不以为然："第一，他分散了你的注意力，使你不得不想出话去应付他；其次，他会使你警悟到一种歉意，觉得这样非买一部书不可。这样，你的全部的闲情逸致就给他们一扫而尽了。你感到受人注意着，监视着，感到担着一重义务，负着一笔必须偿付的债了。"

时下，读书人未必读书，退而求其次，然"书店再小还是书店，是网络时代一座风雨长亭，凝望疲敝的人文古道，难舍劫后的万卷斜阳"，董桥《今朝风日好》里的这句话温馨却落寞。读屏或也能读到等量齐观的内容，齐邦媛便"希望中国的读书人，无论你读什么，能早日养成自己的兴趣，一生内心有些倚靠，日久产生沉稳的判断力"。但愿如此，通过绝去功利之念的读屏，也能培养起一个宽容、悲悯的胸怀。

一部小说简直就是一部百科全书。非主流的小说从另一个角度记述着历史，"小说家者流，盖出于稗官，街谈巷语，道听途说者之所造也"（《汉书·艺文志》）。既是街谈巷语，道听途说，其中便包含了牢骚怪话、琐闻揣测、谣言讽刺、政治笑话、小道消息、批评建议等等，可谓驳杂庞芜，不无可取。这让人想到了上古时的采风，采风之目的在于让执政者听到来自民间的声音。不过小说不是采得的，其的的确确就发乎民间。

几百年前的一则菜谱、一剂药方，较之经注书训、诗诠史诂，其文献价值绝不在之下，而唯有小说中才会不厌其烦地记录这样的谱方，除此之外，还有如风筝、酒醪的制作法，以及琴谱、游戏的名称等等。明人陆容的《菽园杂记》中便介绍了查勘五金矿苗、提炼银铜法、衢州造纸法、烧造青瓷及龙泉的原料配制等等，而这些皆不见之于主流的正史官修。

研究民俗的学者无不把南朝梁人宗懔的《荆楚岁时记》奉为经典，而其就是部笔记小说。春节燃爆竹贴对子、正月十五观花灯等等，皆为记述。而一些业已消亡的节日，这里竟成了唯一记录。类似情形还有元人周密的《齐东野语》，其记述有南宋时期的史事，诗话、风俗、药方、人物逸事等。

　　其还包含有神话、志怪、宗教的成分，这在"子不语怪力乱神"的正统世界，必然是异端之言。另外，小说中尚寓有野史因素。如荆轲刺秦王的故事，《史记》之《刺客列传》中有简要记载，汉代小说《燕丹子》对这一悲壮故事则有详尽描述。而后者中的多个情节是前者所未见。稗史居正史之余，正史不可全信，稗史也不可不信。

　　记得近代一位高级将领说过，其最初的军事常识均来自于小说《三国演义》。《三国》传播了古代战争的经验和朴素的军事辩证法，从某种意义上说，揭示了战争的客观规律。最后这位将领进列"十大元帅"之中。还是《三国》，其中的人物已超脱小说虚构，已然成为道德的化身。比如忠义的典型关羽，曹操对其曾施以大礼，三日一小宴，五日一大宴，赠金银，送美女，但他仍每隔三日到糜甘二嫂住所，立于门外，贴身施礼。并将曹操所馈异锦战袍穿于衣底，而外面罩着刘备赠予的战袍，在得到所馈赤兔马后，喜而再拜，为的是"吾知此马日行千里，今幸得之，若知兄长下落，可一日而见面矣"。明清以来，关公庙遍布天下，与这部小说的影响无不干系。

　　解读一部小说，居然也能成为一门学问。20世纪的甲骨学、敦煌学、红学被国内学者并称为三大显学，红学即研究《红楼梦》的学问。许多学人青灯黄卷，皓首穷经，倾一生精力而为之，可见其内容之广泛，寓意之深刻。类似例子还有《金瓶梅》，号称金学。

绣像小说，带动了人物画的发展。元明以来，文人画渐成气象，人物画式微，而绣像插图在小说中的广泛采用，使这一传统在民间得以延续。小说的繁荣还带来了印刷业的发展。这一为官府所不屑的文艺形式，皆在私家坊间刊刻，结果直接促进了印刷术的普及，而每遇改朝换代、战乱灾难，最先得以恢复者，便是民间坊刻。

小说中隐藏着太多的资讯、密码。如果一部小说就是一部百科全书，那么有关小说史的著作，便是解读、诠释这部大书的路径与方法。

晚清以降，大量的谴责小说、时事小说、政治小说纷纷出炉，矛头直指当局，为时局的变化起到了推波助澜、激化鼓吹作用。1902年梁启超在《新小说》第一号上发表《论小说与群治之关系》，其中道："欲新一国之民，不可不先新一国之小说。故欲新道德，必新小说；欲新宗教，必新小说；欲新政治，必新小说，欲新风俗，必新小说；欲新学艺，必新小说；乃至欲新人心，欲新人格，必新小说。何以故，小说有不可思议之力支配人道故。今日欲改良群治，必自小说界革命始；欲新民，必自新小说始。"此为"小说界革命"的纲领性文件，小说的地位与作用第一次被提到了"文学之最上乘"高度。

登高一呼，群山响应，观念变化，地位提高，遂激发了国人对小说的兴致。深谙市场机制的报馆顺势而为，连载之。此举既是顺乎开启民智的时代潮流之举，当然与社会对小说的需求密切相关。仅1903年至1911年间，国人所办报刊中，除去小说报刊和文艺小报，至少还有二百四十多种报刊刊登有小说。从长篇到短章，从自著到翻译，从文言到白话，报纸所载小说面貌各异，风情别样。以类型分，更是多彩，仅《申报》《新闻报》《时报》《神州日报》所刊小说，即超百种标记，其中有滑稽小说、寓言小说、讽刺小说、荒诞小说、时事小说、探险小说、理想小说、虚无党小说、军事小说、豪侠小说、社会小说、家庭小说、风俗小说、历史小说、教育小说、学界小说、博物小说之谓。1906年，吴趼人在《月月小说序》中对此繁荣局面大感吃惊："吾感夫饮冰子《小说与群治之关系》之流出，提倡改良小说，不数年而吾国之新著新译之小说，几于汗万牛充万栋，犹复日出不已而未有穷期也。"

胡适则看到了小说的另一重意义："中国人终是一个夸大狂的民族，反省的心理不久就被夸大狂心理赶跑了。到了今日，人人专会责人而不肯责己，把一切罪状都堆在洋鬼子肩上，一面自己夸张中国的精神文明，礼义名教，一面骂人家都是资本主义、帝国主义、物质文明。在这一'讳疾而忌医'的时代，我们回头看那班敢于指斥中国社会罪恶的谴责小说家，不能不脱帽向他们表示敬意。"

中国自有小说以来，各时期均未如晚清报刊小说这般与政治密切联系。"小说界革命"之前，各种切合市民口味的谈风月、说勾栏、评花榜、供人娱乐消遣的小报，是其主要文化消费类型。之后则发生覆地翻天变化，被赋予鲜明的政治功用性。

早期白话的面貌、各地方言的演化，小说中均有迹可循。作为一门通俗文学，小说一开始便与白话连接到了一处，它才是白话文运动的真正先驱。学术界所谓的"近代汉语"，其则指早期白话小说的语言。文学期刊从政治启蒙转向读者市场需要后，包天笑在追求适合大众口味的编辑中，发出了"白话文学"的主张。1917年1月其创办《小说画报》时，即提出"小说以白话为正宗，本杂志全用白话体"。五四时期力行白话文运动的《新青年》直至1918年5月鲁迅发表《狂人日记》后，方采纳白话体作品。包天笑与新文化学者在提倡白话文和"国语的文学"的思路，极为相像。

广告小说

十八岁女子，琼瑶迷恋，痛哭流涕，过时则浅；二十岁少年，金庸翻阅，英雄气长，境迁即悔。野史较之史信，有趣合理，小说较之正说，抒发性灵，故每每有好事者以此做文章。

清末，西风东渐，风气一新，朝廷颁布官契《钦定宪法大纲》，旨在富国强兵、殖产兴业、办学育人、开化文明，第一次规定"臣民于法律范围以内，所有言论、著作、出版及集会、结社等事，均准其自由"。有赖提倡，小说大盛，加之报刊出现，为其提供了便捷传播渠道。"门前生意，好似夏日蚊虫，队进队出；柜里铜钱，要像冬天虱子，越捉越多。"赵君豪尝断言："欲觇一商店或一公司之盛衰，只需注意其广告之如何表现，即可知之。"故对广告自是重视。商家精明，无所不用其极，见小说受捧，为之利动，便雇用写手，融小说与广告于一体者遂炮制。世上无难事，只怕有钱人。

光绪三十一年（1905）三月初四，上海中法老药房于《时报》连载小说，内容无外所售艾罗补脑汁之神奇功效者："一想到三件案，觉得头昏目眩，就要倒下。那时，周贵忽然想起表老爷所送的药水，叫他的三小子到西厢房里找寻木箱，上面有中法大药房五个字的，赶紧拿来到他主人面前，说是从前跟表老爷的时候，看见表老爷算账到夜深的时候，觉得头昏目眩，就叫家人将这种药水冲服，顿时神清气爽，算到天明不觉辛苦……这药水叫艾罗补脑汁，在外国很有名的。王青天听了他的说话，取来一饮而尽，果然顿时清爽，从此照了瓶上的仿单，一天服用他两次，三天之后觉得精神满足。"光绪三十五年（1909）正月廿八，《申报》刊载小说《造化小儿》，以第一人称讲述"我"的儿子受后母虐待，变得呆傻，赶走后母，并以艾罗补脑汁给儿子进行调理，药品作用下，儿子终于又变得活泼聪明。借以患者家属表达谢意方式，宣传者也艾罗补脑汁。

光绪三十四（1908）年十一月初五，《申报》刊载"寓言小说"《病夫妻》，作者"寓沪支那人骏彦伯氏"谈创作缘起："回忆此药愈疾之奇，因戏作寓言小说一篇，录呈万国大药房主人一哂，倘或登之报端，藉供众览，未始非医林佳话也。"小说将身娘、肤娘、胃娘、脾娘、肠娘、肝娘、肾娘、神娘喻为八妻，以夫妻间的不和，喻病体各器官间的不调。经过"万国来的那位人体滋养料先生"的劝导，众妻妾终与丈夫和睦相处。人体滋养料，即万国大药房所售药品。

药业领先，其他行当闻风而动。光绪三十四年（1908）五月十八，《神州日报》刊载短篇小说《江西瓷业公司大开幕》。某年月日，江西瓷业公司开幕，"余"告知学生，景德镇所产瓷器向来有名，自洋瓷进入中国，入瓷业者渐渐失败。而江苏的瑞藩台同几位绅士，组就一公司，推举康先生为董理。改良旧法，挽回利源，康先生乃瓷业界之哥伦布。

有人以为此也影射小说，瑞藩台或指光绪帝，康董理或指康有为。

《申报》1929年9月11日19版有两则广告，一则为《一阵风来》："夏日旁晚，洗罢了浴，穿了一件三角牌浴衣（三友实业社出品），很轻快的与二三友人在湖滨纳凉。我家门对西湖，当然更便。命家人搬一只小桌、几只小凳来，大家坐着谈天。桌下点了一盘红星牌蚊虫香（新亚化学制药厂出品），蚊虫就退避三舍了；再命人搬些酒菜出来，且饮且谈，何等的有趣啊！并且所用的筷，是人造象牙筷（盛德厂造南京路永安公司绮华公司代售），尤觉令人可爱；但是穿了浴衣，里面必须穿一条蓝鹅牌汗裤（五和织造厂出品），方为安当；否则一阵风来，就不雅观了！"一则为《男女俩旗鼓相当》："王鹿希与他夫人，分头去游西湖博览会。傍晚，二人回到旅馆，手中都拿着所买的东西。'你买的什么？''达丰染织厂的财神进宝牌麻纱，你呢？''五洲药房的固本肥皂！''好啊！你怎么晓得我买麻纱，你会买肥皂呢？''是啊！你怎么晓得我买肥皂，你会买麻纱呢？'旁边王鹿希的母亲听了，说道：'你二人都好！麻纱也只有达丰的可买，肥皂也只有固本可买。''而且，用固本肥皂洗达丰麻纱，更是旗鼓相当！'男女俩听了，都很喜欢。"广告作为一种日常生活，将科学性与人文性的结合，自然而然。

尚有虽非小说，却似小说者。1913年10月19日在《申报》刊有一则东方百代利用第三人称消费者口吻所写的广告文案："哈哈！自从我那一天买了百代唱片两打、唱机一只，回到家中开唱，个个听了欢天喜地。大家都说如今不出门就可能听好戏了，妙在我要哪一位名角唱，他即时就唱，岂不快活？……他的唱片，都是真正名角唱入，毫不欺饰。"地方是传播实践中的重要影响因子，而每个地方都由特定的传播所构成。1928年11月30日《良友》画报上一则沙利文西餐厅广告，以上海话对白推出，且有标题《电话中请客》："（女）喂！侬拉哈场化？（男）我拉浪沙利文请侬，快点一掏来吃西菜吧！格浪西菜非常清爽精致，吃仔还有比众不同格香茶……快快来吧！（女）晓得来！侬等一歇歇，我就到。" 1930 年 7 月 24 日《北洋画报》上一则元兴茶庄的广告，以天津话句式语气进行呈现，将方言情境化，看上去便如小说对白："您……不要踌躇，您……不要猜疑。简直说吧，您要是喝茶，就喝花篮商标的。"其目的在于以消费者口吻打动消费者。

除却小说化，尚有散文化、诗歌体广告。如《申报》1935 年 11 月 7 日 16 版的一条"月在柳梢头，人约黄昏后。'固本香肥皂'，风行全宇宙"，不过一则肥皂广告。

蚁之附膻，蝇之逐臭，以小说招徕顾客，恐为"小说界革命"提倡者始料未及。王国维说"文学者，游戏的事业也"，既如此，广告小说有何不可。各自努力，执着用心，广告小说内容，浮词多而真意少，却也丰富了写作形式。虽拙劣，也使一部分擅长词语盘绕、游戏笔墨的落魄文人，姑且找到了一碗饭吃。小说零售，广告付费，羊毛出在狗身上，最终由猪买单。

耳目所历，笔而书之，义理为质而后文有所附。广告建构的是理想，而非现实，是观念，而非生活本身，是造梦，而非梦的实现，小说也如此。小说虽虚，不脱烟火现实，只是以别样视角，关注社会。独立创作，虽源于本人，也源于市场寻求。"晴为黛影，袭为钗副"，小说终为市场之影副。报刊乃文章垃圾站，广告小说终因情节捏合，夸张宣传，为读者所厌烦。来时偶然，去则必然，欲知命短，何须问前生，有受众、无用户的结局，定是烟云消散，荡然无存。

永远的张恨水

1929年春，严独鹤参加上海报界观光团赴北平等地考察交流，此行最大收获是结识了在北方已大有文名的张恨水。二人由文字神交而一见如故，张恨水答应为《快活林》撰写独家长篇连载。这一答应非同小可，催生了其代表作《啼笑因缘》的诞生。1931年12月，《啼笑因缘》在《快活林》载毕，出版单行本之际，严撰写《关于〈啼笑因缘〉的报告》与《〈啼笑因缘〉序》为之推荐。《序》是评论《啼笑因缘》的一篇力作；《报告》中说，张的作品此前"大都刊在北方报纸上，南方阅读者诸君，似乎还和他不很认识"。《金粉世家》《春明外史》先在北方报纸发表，取得轰动后再把版权转让上海世界书局出版单行本；《啼笑因缘》也如法炮制，先在报端连载，后由三友书社出单行本，此后数次被拍成电影，改编为评弹、大鼓、说书、地方戏曲等形式。随着小说的连载，"竟有'啼笑因缘迷'这样一个新口号"，1931年也成了"张恨水年"，这也意味着张恨水正式登上上海文坛，融入海派文学。

不法书商翻版图书，以求牟利，翻版图书皆市场上的畅销书，民国时期销量有保证的主要是名人著作、辞典、通俗文字。1931年10月间，北平各书局曾联合呈具当地官厅，声请取缔翻版书，到1932年5月，抄获各种翻版书籍二百余种，约计值价二万余元。据北平《全民报》的报道，搜获翻版书籍三大间，共计二百余种，约计数万册之多，其中便有张恨水之《啼笑因缘》千余册。我中学时即读过《啼笑因缘》，由此对北洋时期的众生世相有了大致印象。政府频迭，军阀纳妾，虽说战乱不断，但这片土地上仍有成千上万的男女一年年长大，卖艺女子可怜楚楚，青年学生上街游行。历史在于信而有证，小说虚构，却敢说正史之忌讳，真事隐去，假语存焉，为另一番人间真实。之后，学过几个版本的文学史，对张恨水或一笔带过，或只字未提，总之不足挂齿。曾经妇孺皆知的文豪，渐为所忘。章回小说大家，通俗文学巨擘，何以被边缘化至此？

以我的大众审美意识，对其存有相当的好感。不光本人，先前时代的多数人如此，否则不成其为超级畅销书作家。

鲁迅《呐喊》出版后，有人特意送给作者母亲阅读，且告之其中最佳者为《故乡》。老太太读毕却说："没啥好看，我们乡间，也有这样事情，这怎么也可以算小说呢？"鲁迅在1931年综评上海文艺界时，对鸳鸯蝴蝶派之类的言情小说出言讥诮，语含揶揄。1934年5月16日，在给母亲的信中道："三日前曾买《金粉世家》一部十二本，又《美人恩》一部三本，皆张恨水所作，分二包，由世界书局寄上，想已到，但男自己未曾看过，不知内容如何也。"在老太太看来，章回小说才是小说，张恨水的作品才算小说。章衣萍《枕上随笔》中记有一则周老太太的趣事："鲁迅先生的母亲，周老太太，喜读章回小说，旧小说几乎无书不读，新小说则喜李涵秋的《广陵潮》，杂志则喜欢《红玫瑰》。一天，周老太太同鲁迅先生说：'人家都说你的《呐喊》做的好，你拿来我看看如何？'及看毕，说：'我看也没有什么好！'（孙伏园说。）"对此，夏丏尊早已说透，其《文学的力量从何而来》认为："文学作品要对于读者发生效力，其主要条件是作者和读者之间的'共鸣'……《啼笑因缘》的读者和《阿Q正传》的读者，根本上是不同的人。"商务印书馆主办印行的《小说月报》，1910年创刊于上海。1919年时任《小说月报》编辑的王蕴章邀请沈雁冰主持新设栏目"小说新潮"，以响应新文化运动。之后从1921年第12卷第1期开始全面革新，以此为界，前期由鸳鸯蝴蝶派主导，多刊发面向如周老太太一般市民阶层的侠情、苦情、滑稽小说，革新后则将刊物重心放在了建设新文学的任务上，面貌为此一变，鲁迅翻译的俄国作家阿尔志跋绥夫的小说《工人绥惠略夫》开始连载，并开设《俄国文学研究专号》《法国文学研究专号》，系统介绍某一国家的文学思潮及创作。《小说月报》1931年终刊，与之纯文学化的路子密不可分。其实，当年鲁迅对林译之类的言情小说，也是如醉如痴，佩服之至，其在南京读书时便买过《巴黎茶花女遗事》，到东京留学后，林译小说印出一部，购买一部。在收到友人寄来的《黑奴吁天录》后，"穷日读之竟毕"，且为此打动，在写给友人信中说："曼思古国，来日方长，载悲黑奴前车如是，弥益感喟。"

　　1924年4月12日，《春明外史》开始在北京《世界晚报》副刊连载，见报即轰动，一时洛阳纸贵。随着第二次直奉战争奉军获胜，进驻北京的张学良也为此着迷，发现小说中的"军队总指挥韩幼楼"身上竟有自己的影子，遂萌生造访作者的念头，小说总能以虚构的方式抵达生活的本真。某日午后，张学良即登门拜访了张恨水，二人相见甚欢。几日后，张学良再次造访，此番来意，欲授予其"参事"头衔，只挂名，无须坐班，薪水照发无误，对方则以"君子不党"为由婉拒之。张学良无趣而去，却对其人格赞许有加。1928年8月，为与日本人在东北所办报纸抗衡，张学良决定创办奉天《新民晚报》。为增加阅读量，以赢得更多读者，张学良亲自去信，约请张恨水写一部类似《春明外史》的连载小说。接信后，其二话没说，立即动笔，并为之取名《春明新史》。9月20日，奉天《新民晚报》创刊号上即推出《春明新史》，一时好评如潮。据钱锺书1933年12月28日日记载："重阅《春明外史》，心怦然久之。余于北平，所谓'魂魄犹乐此'者也，每读此书，聊当卧游，而前尘昔影，转多触拨，异日重游，不知尚能保此一腔作恶情绪否？"据吴宓日记载：1945年，陈寅恪在病中，吴宓曾"以借得之张恨水小说《天河配》送与寅恪"，同年夏，陈寅恪有诗《乙酉七七日听人说水浒新传适有客述近事感赋》一首。《水浒新传》是张恨水1940年初于重庆创作的长篇小说。据陈流求《也同欢乐也同愁》回忆："父亲很欣赏张恨水的小说，觉得他的叙述，生活气息浓郁，尤其是旧京风貌，社会百态，都描绘得细致生动。"

傅雷也关注张恨水，他在《万象》杂志1944年10月号上发表文学评论《读剧随感》，其中最后一节提及张恨水，并未追随进步文艺人士一味贬低之："张恨水的小说我看得并不多。有许多也许是非常无聊的。但读了《金粉世家》之后，使我对他一直保持着相当的崇敬，甚至觉得还不是有些新文艺作家所能企及于万一的。在这部刻画大家庭崩溃没落的小说中，他已经跳出了鸳鸯蝴蝶派传统的圈子，进而深入到对人物性格的刻画。"但还是不客气道："然而张恨水的成功只是到此为止。我不想给予他过高的估价。"脱节政治是其广受诟病之一点，小说《太平花》曾连载于《新闻报》副刊《快活林》，主旨为反对内战，连载开始后，九一八事变发生，小说表现的非战思想显然已不合时宜，报社编辑写信询问"何以善其后"，张恨水提出两个办法，一是改写，二是腰斩后另写一部。商量结果，双方同意第一个办法。遂自第八回起，大幅改写：由于外寇侵袭，交战双方认识到同室操戈不对，一致言好御侮。

蒋介石与宋美龄登门拜访，张恨水客气接待，临走时只让用人送二人出门。高官政要更是以结交这"民国第一写手"为荣，张学良曾邀其做文学顾问，月薪一百大洋，不必上班，被其以"君子不党"理由婉拒。1945年秋，毛泽东重庆谈判时，特意通过周恩来约见张恨水。单独见面时，毛兴奋道："你的名气并不比我小呢。我不仅看过你的书，也经常在报纸上看你的连载小说。"多年后，张恨水透露："主席谈的大多是关于怎样写爱情的问题。"

在世小说家能有如此荣耀者，古今张恨水一人耳。不仅如此，尚能立业谋生，且"全家三十多口人，靠一只笔，日子倒过得不错"。其同时为五六家报端写连载，以日可计算劳动所得，为人赞叹。

赵树理坦陈："你们需要什么，我就写什么。你们喜欢什么艺术形式，我就采用什么艺术形式。快板、故事、评书、小说、地方戏曲，我样样都写。"杨柳有意，上言长相思；飞絮无情，下言久离别。有缘无分，失之交臂，才子佳人，三角恋爱，乃世俗社会的永恒主题，张恨水以读者为中心的写作理念早已形成，在适应大众口味的同时，引雅入俗，开创局面。进入民国，适逢婚恋观念转变期，传统礼教在婚姻自由思想冲击下削弱，青年男女为争取幸福，不惜破除社会与家族的樊篱，解除家庭包办婚约，而趋向男女平权，婚配自择。开通家庭为父母者，也不再执持成见，婚姻大事开始先征得子女同意。这无疑给新式言情小说的内容生产，带来足够的空间。

然也因其具有的鲜明特质，新时代排斥类似作品。思想依托形象传达，高大全、红光亮无疑需要别样的突显。因不及新的文艺标准，旧派小说已然批判对象，无报刊约稿，无单位招抚，写作内容、发表渠道俱成障碍。文笔为之枯竭，生命所系不可长保；面相为之倦衰，金玉满堂莫之能守。阴晴变，太匆匆，自是人生长恨水长东。学而废者，不若不学而废者，学而废者恃学而有骄，骄必辱，昔日出版社的座上宾，当下生活也陷入困顿。新作几无发表，旧作不让重版，重负难堪的颈椎，终于折弯，本人遂销声匿迹于公众视线。

类似者尚有沈从文、张爱玲等。郭沫若曾点名批判沈从文为"粉色"作家，张恨水为"黄色"作家。木心说"文学艺术是我的信仰"，但有的信仰未必能使之渡劫，二人由此罢笔，"生命中曾经有过的所有灿烂，终究需要用寂寞来偿还"，待重操旧业，大势去矣。张爱玲则因"我怕的不是轰炸，是到处都是政治，爱国精神，爱国口号，我最恨这些"，而逃至香港，从此独立守候于热闹边缘，做了个安静女子。

如此评判格式，影响深远。几十年后，随便一个不入流的作家、不确定的文学青年，均敢不分场合对金庸、琼瑶等等的通俗作家嗤之以鼻，对其作品不屑一顾。至于还珠楼主、平江不肖生等等，简直不被认可为作家，民间艺人而已。

除却《啼笑因缘》，张恨水一生中写作小说近百部，多为言情属，多在其自己主编的《世界日报》《世界晚报》等报纸副刊连载。成名作《春明外史》竟连载了五十七个月。

奇文共赏

奇文共欣赏，疑义相与析。奇文俱才子文，属铜琶铁板、晓风残月以外，鸡鸣狗盗、牡丹花下之非主流。

虞公《民国趣闻》载"禁止小便妙文"："沪江新闸路新康里老学究张小江，授徒糊口。人皆称之曰'书踱头'。一日，作'禁止小便文'，揭示墙上。见者莫不掩口葫芦，兹照录于下：夫随地小便者，最可恶之事也。此处往来之人既多，臭气触鼻，则人将裹足不前矣。各界诸君，既人格之高尚，决不敢违悖法律也。天赋人以自由，他人不得侵犯。然随地而溺乃野蛮之自由，非文明百姓所当为也。果欲小便，请由此东方，有法定之公厕焉。徐徐而放之，岂不善哉！"措大文人，半瓶子晃荡，无经邦济世、国典朝章之志，唯雕虫小技、酸腐庸下之能。废科举之后，灰心失望，意兴阑珊，只好在无聊中寻些有聊，做些无所谓的文字罢了。博士买驴，书券三纸，非离题万里，卖弄笔墨也。

作为妇女本身解放一环节，天乳运动意在解除对女性身体的戕害，卸下其精神上的桎梏。1921年8月胡适在安庆青年会演讲中对女性束胸发表《女子问题》演讲："因为美观起见，并不问卫生与否……假使个个女子都束胸，以后都不可以做人的母亲了！"1927年7月7日，代理民政厅厅长朱家骅在国民党广东省政府委员会第三十三次会议上针对社会热议的束胸问题，首次以政府名义提出了明确禁止女子束胸议案："限三个月内所有全省女子，一律禁止束胸……倘逾限仍有束胸，一经查确，即处以五十元以上之罚金，如犯者年在二十岁以下，则罚其家长。"提案中将欧美女性"以丰满隆起为美观"的观念与传统女性束胸、缠足陋习相比较，指出束胸之俗"实女界终身之害，况妇女胸受缠束，影响血运呼吸，身体因而衰弱，胎儿先蒙其影响。且乳房既被压迫，及为母时乳汁缺乏，又不足以供哺育，母体愈羸，遗种愈弱，实由束胸陋习，有以致之。"《乳赋》传为陈独秀所作，无考，盖行于政府倡导"天乳"之际。若果出其手，不愧为前朝秀才，五四旗手；若托名伪制，何以不脱他人，单托此人？一则其有寻花问柳、偷香窃玉之先例，1919年3月26日夜，蔡元培、汤尔和、马叙伦、沈尹默等在汤寓集会，讨论因媒体大加渲染的陈独秀嫖娼案而引发的风波。最终，就任北大文科学长不到三年的陈独秀被北大放逐。抗战前，他还与潘兰珍在狱中行周公事，一时成为南京城的谈资。一则其有离经叛道、放浪不羁之性格，却无"划袜步香阶、手提金缕鞋"之温情、"留宿争牵袖、贪眠各占床"之委婉，据王充"夫妇合气，非当时欲得生子。情欲动而合，合而生子矣"之说，说过"父母有好色之心，无得子之意"之类的话。有道是你是什么样的人，什么样的故事便会附会于你。赋云："乳者，奶也。妇人胸前之物，其数为二，左右称之。发与豆蔻，成于二八。白昼伏蛰，夜展光华。曰咪咪，曰波波，曰双峰，曰花房。从来美人必争地，自古英雄温柔乡。其色若何？深冬冰雪。其质若何？初夏新棉。其味若何？三春桃李。其态若何？秋波滟滟。动时如兢兢玉兔，静时如慵慵白鸽。高颠颠，肉颤颤，粉嫩嫩，水灵灵。夺男人魂魄，发女子骚情。俯我憔悴首，探你双玉峰，一如船入港，犹如老还乡。除却一身寒风冷雨，投入万丈温暖海洋。深含，浅荡，沉醉，飞翔。"但见文字，便知今人所为，托名而已。

非真非假，亦真亦假，唯置之陈独秀名下，方不负其精彩，坐中有妓，心中无妓，况其色而不淫文字，也不会辱没私德，诋毁功绩。"食色，性也"，蒋介石早期日记有云："情思缠绵，苦难解脱，乃以观书自遣。嗟乎！情之累人，古今一辙耳，岂独余一人哉。"此乃有名有姓记录，绝无张冠李戴之嫌，但文采差了。董桥《中年是下午茶》云："中年是危险的年龄：不是脑子太忙、精子太闲；就是精子太忙、脑子太闲。"文采虽好，表述也显，却浅尝辄止，欲说还休，非此类文字也。

相比而言，一些子见南子、子路不悦的道学家们，文章便虚伪多了。褚人获《坚瓠首集》集有戒色之诗："司空图诗：'昨日流莺今日蝉，起来又是夕阳天。六龙飞辔长相窘，更忍乘危自着鞭。'吕纯阳诗：'精神卖与粉骷髅，却向人间觅秋石。'寒山诗：'人言是牡丹，佛说是花箭。射人入骨髓，死而不知怨。'陈眉公词：'红颜虽好，精气神三宝，都被野狐偷了。眉峰皱，腰肢袅，浓妆淡扫，弄得君枯槁，暗发一枝花箭。射英雄，应弦倒，病魔缠扰，空去寻医祷，房术误人不少。这烦恼，自家讨，填精补脑，下手应须早，快把凡心打叠。访仙翁，学不老。'杨诚斋戏好色者曰：'阎罗未曾相唤，子乃自求押到。'何也？即此诗词之意，但识得破时，忍不过耳。"

有人仿《乳赋》作《屄赋》，便色而淫、等而下了，托名西门庆倒是合适。色与淫，在心不在目，荤面素底，素面荤底，看似真趣味与假趣味之异，实则真君子与伪君子之别也。千金买赋，买前不买后，司马相如，风流不下流。山西临县，贫瘠之地，民风淳朴中存粗野，言语无"屎"不成句，其乐而不淫，内涵丰富，调侃也"屎"，自嘲也"屎"，亲昵也"屎"，蔑视也"屎"。相传从前有一仇（qiú）姓后生，好逸恶劳，游手好闲，因偷人庄稼被告县衙。县太爷问其姓甚名谁，"姓仇名赖"。县太爷听其姓仇，案由偷瓜引起，算不上大案件，遂曰："仇赖，你若能一段话里说上十个'屎'，我便放了你。"仇赖脱口而出："我的爹妈来死屎了，我来穷得甚屎也没啦，威一天饿屎得没法了，接开瓮家空屎圪丹丹地。到地里寻屎个吃的，谁知摘得三屎两颗瓜，就让逮屎住了。老爷你看这屎不淡地一点事，还用麻屎烦你。你么看能放屎就放屎了，不能放毯也算屎了，我来屎！庄来是个倒屎运了，放回各也没屎意思。"此为民间奇文。类似者尚有顺口溜《黑小子》："提起个黑，记起个黑，黑家洼有个黑小子，黑家庄有个黑女子，黑里来了个说媒的，黑天半夜说成了，鸡叫三餐引来了，引人的骑了个黑叫驴，送人的骑了个黑公牛，黑蹄黑爪黑角楼，黑吹黑打黑里走，黑毡黑轿黑洞房，黑小子进了炭窑沟！"

坊间尚有《屁赋》："屁者，人之正气也。举凡活人，必有正气，举凡正气，必可上通于口，下出于门，上通下达，安乐无忧矣。人之为屁，各有千秋，正人之屁隆隆，邪人之屁轻轻，君子之屁淡淡，小人之屁无声，非屁之过，盖人之不同也。屁生于肠胃，贯于胸腔，行于腹脏，止于尽肠，男女皆宜，老幼皆放，莫云不雅，流露于避人处可也。今为屁赋，幸甚至哉，但可收腹，提臀，长吸气，慢用力，一声长啸如惊雷，四野皆惊我独醉。"此赋也佳，但无托名，好事者若不甘心，不妨附会吴稚辉。吴少时读《何典》开篇一首《如梦令》中"放屁放屁，真正岂有此理"一句，茅塞顿开，从此骂人不绝。鲁迅后来在《"言词争执"歌》里讥之："吴老头子老益壮，放屁放屁来相嚷……放屁放屁放狗屁，真真岂有之此理。"

类似者尚有"屁诗"。李百川《绿野仙踪》中有《臭屁行》："屁也屁也何由名，为其有味而无形。臭人臭己凶无极，触之鼻端难为情。我尝静中溯病源，本于一气寄丹田。清者上升浊者降，积怒而出始呜咽。君不见妇人之屁鬼如鼠，小大由之皆半吐。只缘廉耻重于金，以故其音多叫苦。又不见壮士之屁猛若牛，惊弦脱兔势难留。山崩峡倒粪花流，十人相对九人愁。吁嗟臭屁谁作俑，祸延坐客宜三省。果能改过不号啕，也是文章教尔曹，管叫天子重英豪。若必宣泄无底止，此亦妄人也已矣。不啻若自其口出，予惟掩鼻而避耳。呜呼！不毛之地腥且膻，何事时人爱少年。请君咀嚼其肚馔，须知不值半文钱。"

士人旧想

《论语·颜渊季路侍》曰:"颜渊、季路侍,子曰:'盍各言尔志?'子路曰:'愿车马衣轻裘,与朋友共,敝之而无憾。'颜渊曰:'愿无伐善,无施劳。'子路曰,'愿闻子之志。'子曰,老者安之,朋友信之,少者怀之。"师生之间,各言尔志,生无城府,师也无用意,生无掩饰,师也无大话。子路忠义,颜渊仁爱,从对话也可管窥蠡测,但还是老师高明,人文关怀,乃终极关怀,此世界大同之说。张潮《幽梦影》云:"愿在木而为樗,愿在草而为蓍,愿在鸟而为鸥,愿在兽而为鹰,愿在虫而为蝶,愿在鱼而为鲲。"清幽飘逸,如啜佳茗,世外遗风,如饮陈酿,此文人情调之谓。

梁启超的政治小说《新中国未来记》1902年刊于《新小说》上,其预言"上海大博览会"1962年将在黄浦江边召开:"其时正值万国太平会议新成,各国全权大臣在南京……恰好遇着我国举行祝典,诸友邦皆特派兵舰来庆贺,英国皇帝、皇后,日本皇帝、皇后,俄国大统领及夫人，菲律宾大统领及夫人，匈加利大统领及夫人，皆亲临致祝。……那时我国民决议在上海地方开设大博览会……竟把偌大一个上海，连江北，连吴淞口，连崇明县，都变作博览会场。"同时其还预言清朝将于十年后结束，中国将实现共和制，而非君主立宪，国名曰"大中华民主国"，皇帝自行退位，国会将选出"大统领"，新的共和国定都南京。结果延续了二百余年的清王朝于1911年被孙中山发动的辛亥革命所推翻，垮台时间只与预言相差一年，可谓精准。国号只多一个"大"字和"主"字，"大统领"和"大总统"意思一致。领袖人物叫黄克强，意指炎黄子孙克敌自强，恰好应合了辛亥革命领袖黄兴的字。预言沙俄欺侮中国不可怕，其自身会内乱，从而推翻沙俄统治，又被其匪夷所思言中。政治幻想，不可能料事如神，自己的政见也在变化之中："人之见地，随学而进，因时而移，即如鄙人自审十年来之宗旨议论，已不知变化流转几许次矣。"小说发表时，梁启超不过二十九岁。其同年发表于《新民丛报》上的《论学术之势力左右世界》一文指出："及卢梭出，以为人也者，生而有平等之权，即生而当享有自由之福，此天所以与我无贵贱一也。于是著《民约论》，大倡此义，谓国家之所以成立，乃由人民合群结约，以众力而自保其生命财产者。各从其意之自由，自定约而自守之，自立法而自遵之，故一切平等。"从中也可侧知其视野之广泛，意识之超前。

在陆士谔发表于1910年的梦幻小说《新中国》里，主人公陆云翔在梦中看到一个独立、自由、赢得尊严的中国：上海的租界早已收回，马路中站岗的英捕、印捕皆已不见，裁判所的裁判官、律师皆为中国人，所判均极公平。他也梦见了"万国博览会"在上海浦东举行，为此上海建成了浦东大铁桥，"一座很大的铁桥，跨着黄浦，直筑到对岸浦东"；还造了地铁，"把地中掘空，筑成了隧道，安放了铁轨，日夜点着电灯，电车就在里头飞行不绝。"梁启超发表于1902年的政治小说《新中国未来记》中，也提到了上海举行大博览会之事："那时我国民决议，在上海地方开设大博览会，这博览会却不同寻常，不特陈设商务、工艺诸物品而已，乃至各种学问、宗教皆以此时开联合大会，处处有论说坛、日日开讲论会，竟把偌大一个上海，连江北，连吴淞口，连崇明县，都变作博览会场了。"

1946年，章乃器在《平民》周刊第4期发表《我想写一篇小说——二十年一梦》："杀人的刽子手改行做了国营大屠宰场的屠夫，官僚们一部分变为善于伺候人民的公仆，另一部分成为医院的看护。拿着剪刀检查文字的人们，被分配到大型的国营服装厂做剪裁师；检查信件的官员则成了机关、企业中处理日常来信的助理秘书。"其理想，是让历经十四年抗战千疮百孔、憔悴不堪的国家，成为一个民主宪政国家，让水深火热、哀鸿遍野的人民过上素常的日子，建立一个公平正义的公民社会。

1946年11月4日，王芸生于《大公报》发表社评《做一个现实的梦》："全国人民都过着和平的日子"，"物价稳定，又有各地丰收。"1948年9月1日记者节这日，他又发表了社评《九一之梦》："种种样样的报纸，数不清的种类，有的属于政府党，有的属于在野各党派，有的代表大企业家的利益，也有的代表中产阶级或勤劳大众的利益。这许多报纸，七嘴八舌，各说各的话，只要言之成理，百无禁忌。除了触犯了刑法上的诽谤，要防侵害者控诉而被法庭刑讯外，此外绝不会有封报馆、打报馆、抓记者甚至杀记者的事。就因为这样，记者不必服膺中国圣人的三讳主义。他们不必'为尊者讳'，国家元首也是人民的公仆，他们可以随便批评或指责……他若一旦做了糊涂事，报纸照样群起而攻之。"其理想，是国家在民主、和平的旗帜下实现统一，避免内战。这与他 1944 年 12 月 19 日发表的投界豺狼、疾恶如仇的著名社评《为国家求饶》相比，调子显然温和了许多。"远的不必说，抗战以来，这类官僚有没有呢？我们放眼一看，哪里敢说没有！而且沉痛些说，我们抗战所以那么艰苦，到现在还难关重重，一大部分原因，就因为有这类官僚在那里鬼混的缘故。现在国家已到最艰苦困难的关头，我们不能不向他们诚心诚意的求饶：你们该已'混'够了！无论你们在南美已否买了橡树林，也无论你们在纽约大银行里已否存了美金，过去的旧账都可不算了，中国人有不咎既往的雅量，你们尽可去做富家翁，只求你们不要再混了，让许多真正有血性有热情的人来彻底振作，挽救危局吧！我们这一次抗战，一定要胜，不胜便要亡国；建国一定要成，不成则将来再遇大战还要亡国。为了整个国家民族的存亡兴废，为了子孙万代的生存自由，我们不得不再向你们乞求：请你们饶了国家吧！"此乃新闻史上振聋发聩、催人憬悟的大文。史量才曾言："人有人格，报有报格，国有国格。三格不存，人将非人，报将非报，国将不国！"在这点上，王芸生以己之人格，立起了《大公报》之报格。

　　旧想尘封却存鲜活，历久却能弥新，皆在于先人的旧想，依然是今人的新梦，今人的新梦，先人早已做过。旧想未应，新梦又起，皆因旧想堆岸，功亏篑，新梦秀林，蒂在蔓，均未兑现而已，若灵验了，也就不成其为梦想了。

游记不简单

1934年5月15日，山西省立国民师范学校师范科二年级的六十四名学生，自太原出发，至五台山旅行。这年9月14日出版的《国师月刊》第35号刊出的几篇游记，记录了此次行程。

上午五时半由校门口分乘四辆汽车启程，十时半由忻县定襄再经五台的模范村——河边村而至纪胜桥。

何为"模范村"？20世纪20年代初，山西村制确立了以村民会议为中心的制度体系，开始由行政制度向自治制度转变。10月，山西督军阎锡山开列了全省实行村自治的步骤和方案。其认为，县区自治实以乡村自治为基础，但乡村自治不可遽然实行，须事先做好种种预备。这种预备工作至少要经过三期。第一期，依靠官力消除莠民。第二期，以编村为抚恤团体单位，救济那些鳏寡孤独疲癃残疾，实在无自觅生活能力，而又无亲属（本人之父母、子女、夫妇）可依赖的穷乏之人。第三期，整理村范，使各村无贩售吸食金丹者、无赌博者、无偷盗者、无窝娼者、无斗殴者、无行乞者。三期工作完成后，即可进入第四期——实行村自治。1920 年 3 月，山西即公布了《消除莠民规则》及《抚恤究乏条例》，次年 2 月又公布了《整理村范规则》，规定凡村内莠民消除净尽者，可作为自治模范村。模范村内："禁约与村范相辅而行，以村范开其先，以禁约善其后，乃能持久而不敝。大凡自治之团体，均有自定之规章。兹之村约，义亦犹是。"阎锡山还自拟了一个村的禁约格式，包括不准贩卖金丹鸦片、不准吸食金丹鸦片、不准聚赌窝娼、不准打架斗殴、不准游手好闲、不准忤逆不孝、不准儿童无故失学、不准偷盗田禾、不准毁坏树林、不准挑唆词讼、不准缠足、不准放牧牛羊踏毁田禾、不准侵占别人财产等十三项。1927 年以后，阎锡山进一步改进村制，完善了关于村民会议、村公所、息讼会、监察委员会等的制度规定，使山西村制为南京国民政府所取法。

河边村为阎锡山的家乡。阎锡山在 1911 年辛亥革命时，推翻了山西巡抚陆钟琦的统治，其一登上督军宝座，便号召全省打烂庙宇神像办新式学校，老家河边村率先响应号召，砸了村西阎王殿里的神像，办起了一所小学校。由于不兴男女同校，又在阎王殿隔壁和尚庙办起了一所女子学校。阎锡山知道后，大为赞扬，并慷慨解囊。不久，就在关帝庙遗址上盖起了一座崭新的小学校。这年阎要回家过年，只因是当上都督后的第一次省亲，属下安排了庞大的随从人众、礼品物件及三十多辆大小车马等。但阎锡山只圈定了一辆陈旧的美式吉普和两名未成家的士官和一名司机。车到离河边十华里的芳兰镇，车减半速行驶。到了河边村西头，即让停车。阎下了车，取出了外祖母给他做的衣服，十分认真地穿好。然后，和颜悦色地叫上那两位士官和司机，步行着进村去。阎一边走一边招呼村民，还不时地询问石沟街两边做生意的经纪人。事后，随行士官请教阎，为何要这样。从这次归乡省亲以后，阎锡山凡是有返乡探亲，就用不着再吩咐了，其属下自然就按那一次归乡格式去安排，一辆普通车，一身家乡服，几样简单礼品，几个随从人员，车到芳兰镇减速，车到河边村口停住，下车换服，步行进村。这个习惯，阎锡山从二十四岁始，离开大陆止。

学生们在纪胜桥改坐轿车十里至东冶镇，吃午饭。饭后另雇骡马前行，行三十里，于晚七时至五台县城。是夜，因校方预先有函，五台县县长已派人预备了食宿，饭后又亲往探望。翌日早六时从县城走二十里至阁子岭，再十五里至尊胜寺，在寺内食午饭，夜六时宿柳院。17日早七时，再由柳院二十里至清凉寺，再十里至金阁寺，吃午饭，由此岭而下，又十里至镇海寺，再五里，住显通寺。18日早七时用饭，之后游览台怀镇诸寺院。先罗睺寺，再塔院寺，再菩萨顶，再圆照寺。19日上午观摩千僧大斋，下午至普化寺。20日上午观摩十大禅寺作会，下午至南山寺。21日早饭后，出游般若寺，次游五郎庙，再到碧山寺，再上黛螺顶。22日早饭后，游玉花池。23日休整一日。24日早六时回程，晚息窦村，日行九十里。25日早起程，午至黄土坡，行七十里，晚息东冶镇。26日早出发，中途参观川至中学，逗留文山购砚台，下午四时返校。文山砚台之砚石，取材于河边村东的文山，山中蕴有制砚石料——纹山石，文山砚台为此地特产。

川至中学就设在河边村，是1918年由阎锡山出资兴办的一所私立中学。"川"取阎之字百川之名。1919年建成后，便将河边村两所小学并入，称为附属小学，徐向前元帅曾在此执教。川至中学建成后，阎又出资十万元在太原"德生厚"银号建立基金，以其利息为该校经费，1923年，又筹集资金十万元，增设商业速成科，设立科学奖，另外，除免收学费外，还另发制服皮鞋给学生，是当时设施完备、质量极高的一所免费中学。1924年之后开始收学费，但费用较低。类似命名，还有太原的川至医学专科学校。

河边村在当时俨然成为山西的又一政治中心。为保证行动方便，也为有效地坐镇河边村指挥全省，1920年修建了从太原到河边的公路。1934年10月初，阎锡山"见父衰老，大异于前，决身侍奉在侧，回村办公十月"。11月9日，蒋介石、宋美龄及其随行人员邵力子、邵元冲等人到达河边村。蒋介石身穿长袍马褂，头戴礼帽，身披黑色斗篷。下车后，蒋介石打头一路缓行，向前来欢迎的川至中学学生、河边村村民挥动礼帽，微笑致意，遂往阎府拜见阎老太爷。阎父阎书堂，年迈体弱，又因偶感风寒，卧病在床，其时也不得不强打精神，由家仆扶持坐上椅子，抬到大门口迎接蒋介石夫妇。相见时，阎书堂奋力挣扎而起，双手抱拳，打躬作揖："有劳委员长大驾，小民愧不敢当。"蒋介石赶紧上前，搀阎书堂坐下，以侄辈相称，口呼"伯父"，问安问好，甚是亲热，并与宋美龄并排而立，向阎老太爷行了三鞠躬礼。随后又盛赞阎母懿德可风，足堪女界典范。这都是国民师范这批学生走后发生的事了。一年后，铁路也修到了河边村。

国民师范学生的旅程与今大致同，游览的庙宇也与今大致同，不同的只是用时更长，其前后耗时十一天。除却交通工具之不便，更在于活动项目之丰富。其不单是游逛寺庙，还在于参观佛事活动。进入五台山后，无法以车代步，其食宿皆在寺院，向导也为僧人，故与朝山信徒无异。而今，车辆可停驻山门，导游高音喇叭全程讲解，食宿在星级宾馆，旅程也缩至一两天工夫。便捷至极，劳顿全无，但感受定没有那批学生的深刻，而这几篇稚气的游记吸引人处，正在于此。

二年一班的赵铉同学在游记中记录了其在东冶镇午饭时的情形："镇中市民，见此新从太原来了的大批学生，都是额外惊奇，以为又是罢课了。饭店开了新的纪元，小贩竟有货不敷售之慨，惊动了市上的一切。"其又深感当地风俗人情，"除和尚喇嘛而外，居民多系寺院佃户，他们房无一间，地无一亩，仅凭整年血汗从寺院的压迫里讨生活。在此特殊环境下——和尚的慈悲心，造就了许多依靠寺院过活的青年乞丐，这样不知误了多少人的光明前程，牺牲了多少有为者。在和尚标榜不要配偶的名义下，本地妇女，不知尽作了多少的戏弄者。尤可奇者是以留宿外人为荣，生人之轮门出入，尤属家常便饭。一到晚间，外人'查户口'似的找女人谈笑。这里以二句本地俗语来证明：'石头垒墙，墙不倒；和尚进院，狗不咬；姑娘生娃，娘不恼。'"带队教师张虎峰的游记则没有这样的记录，其概括柳院村民的淳朴："此间人情古朴，待人中诚，虽村人围观不已，而物件绝无遗失之虑，以之与城市比较，判若天渊矣！"学生的天真与老师的世故，无意间做一次对比，便可了然。

　　学校规定，此次旅行可在五台山与阳泉两处任选其一，故有的同学选择了阳泉。阳泉距太原不远，交通有火车，游期也短，可游玩的地方也不多，何以有人舍上去下？盖受个人经济条件的制约吧。

　　5月7日早九时，从校门雇洋车至新南门外的火车站，每辆车钱一角。七时四十五分开车，到阳泉时已十二时。午饭后手执油灯，下煤窑参观。除此之外，还游玩了南山。第二天即返程，原本到榆次还要参观晋华纺纱公司，只因时间不妥，决意不去，下午四时即抵太原。三年级郑继文同学的游记着墨处，多在对周边的观察。如在车上的记录："小便难止，不知何去何说，仔细观察，亦寻不着来龙去脉，暗问有经验的选手某同学，顺指车后有小屋，趋前视之，厕所WC刻于门面，旁有一行小字：'为保持清洁，停车时间，禁止大小便。'原来暗室一间，位于车皮的后左方，一人稍松，两人不足，平面中心，设置一圆空，无论大小便，均遗流车底。"看来该同学是第一次坐火车。关于保晋公司的记录甚是详尽："保晋公司原分六场，五六两场，因损坏停动，现在四场，各在一方，惟第二场，规模稍大，并有升降机，输送煤炭，三十二丈深，一分钟就可上下，工人每日工作十小时，早六点至十二点，下午两点至六点，都是包工制。"

保晋公司乃山西商办全省保晋矿务有限公司之简称，创办于光绪三十三年（1907）。1905年7月，英、意合办的福公司在正太路阳泉段两侧勘矿绘图，插旗占地，禁止当地人开矿。阳泉、平定乡绅商人群情激愤。晋东富商张世林首倡并筹商发起联群情、保利源、收矿权、自采掘的争矿运动，尔后波及全省乃至全国。在绅商学民的共同努力下，以二百七十五万两白银为代价赎回矿权。这场首发于阳泉，历时三年的争矿运动催生了保晋公司。1907年11月，保晋公司成立，"保晋"即保护山西矿产资源之意。阳泉为本号，创办经费二百八十万两白银。山西大票商、清末进士渠本翘担任总经理。总公司最初设在太原海子边，后移至阳泉，统掌山西的煤炭开采和销售业务。

"阳泉分为上下两站，因为车站码头，商业颇称发达，惟街路狭小，污秽不洁，是美中不足耳。"从对见闻的评述可知，郑同学是位"愤青"。其"愤"自出城的洋车上便已喋喋不休地发表了："路经精营、东夹巷、南门、正太街，触目所视的，不外倒灰渣的女仆，拉砖土的牛车，贩卖蔬菜的小商，再就是拉我们的苦力洋车夫，以及风尘仆仆的旅人，那些为人民仆役的官吏，摊兵自私的武人，是百无一见的，大概还在神堂似的宫室，高枕而卧哩！"文末还有一段附记："旅行！旅行！究竟旅行干什么？旅行的真意思是什么？骤然问我们，恐怕是知其然不知其所以然罢。……乡村人民们的痛苦到什么程度，都市老爷们的豪奢又到如何的境地，两两相对，正是发表写作的好材料，或者使他们（统治者）看见，改过自新，也就是我们智慧阶级所应负的使命。"

如此文风，往往予人一种莫名的不安。倒是《铭贤学报》1936年第1期上的几篇学生游记，让人如沐春风，乐而忘返。学报由设在太谷的铭贤学校主办，这是一家具有教会背景的私立学校。其中高一年级学生郭丕桢的《卦山游记》，字句流丽，文采炳蔚，篇幅不长，抄录如是：

> 去交城之西五六里，有万卦山，一邑之名胜也。山脉交错，状如羲画。行至山麓，朱楼雕梁，微现于烟雾之间，渐进，峻岭怪石，山花翠柏，遍山遍谷，综杂其间，而庙舍则不复见矣。屈折数百步，微闻山风呼呼，高柏长鸣。仰视林梢，梵宇僧楼，复呈目前，垩壁粉墙，较前益真。

> 上石磴百数十级，天宁寺之门在焉。斯寺创修于唐贞元中，寺额为"第一山"三字，笔势雄秀，系临自米颠书。再进，则老树郁翳，浓影覆地，门旁联云："读易何须开卷，登山即是披图"。复经数院，壁间游记小碣，光可鉴人，其间有朱竹垞所题之包子歌云："击余马于城隅兮，揽子去于山幽……"读之再三，似早为余与辉（同学名）写照者也。

> 由此趋登毗卢阁，四下眺望，觉全寺在指顾之间，悬崖

断壁，树木参差，微风吹来，林壑犹啸。即目远望，见山脉

汹涌，矫如游龙，爻象杂沓，波伏不定。开合万象，若巨涛

直泄，始信卦山之名，有由然也。

　　游毕，相偕归憩于梵舍，老衲则殷勤招待，并携来书画

多种，以解余等之倦苦，略为谈论，片诗辞归。路皆为繁花

垂柳，鸣鸟溪流。抵辉家时，已傍午矣，时五月十一日也。

一九三五之夏记于飘泊中

　　文中提到的"辉"，大概是郭在交城的同学。此文古风习习，雅意
悠悠，这便是教会学校与公立学校之间的不同了。陈寅恪做学问用功
极苦，以致眼睛受阻，不得不住院治疗，清华师生昼夜轮流守护。陈
寅恪后来对梅贻琦校长说："想不到师道尊严，今日尚存教会学校之
中。"几十年后，梅贻琦认为："办了几十年教育，陈先生这句话，对
我是最高的奖赏。"

　　1919年6月开办的山西省立国民师范学校，目的是为山西培养合
格的小学师资。1917年起，阎锡山从三个方面入手，意图通过教育启
迪民智，一是普及国民教育，二是创办职业教育，三是推行以改良社
会风俗、开通知识为宗旨的社会教育，即普及国民教育。第二年颁布
的《山西教育计划进行案》《山西省实施义务教育程序》等，对各地完
成义务教育的时间、要求以及师训、经费筹措等都有明确规定。到
1925年小学儿童入学率达到了百分之七十点六，以后由于战事有所下
降，1934年的入学率是百分之六十六。凡进入国民师范的学生一律免
收学费，学生的制服、伙食、住宿、讲义等费用，也由学校提供。课
本费学校补助一半，学习用具等学校补助三分之一。故国民师范的多

数学生出身贫寒。后来有人评价阎锡山办国民师范，"目的是通过控制小学教师来左右山西教育，进而长期统治山西"，免除学生的学杂费并发给生活费等，只是一种"企图笼络那些家境贫寒的穷苦子弟"的手段。

公立的国民师范与教会的铭贤学校，皆为三晋名校。国民师范的毕业生多从事革命，铭贤学校的毕业生则多致力于文教，其绝非偶然，从当年两校学生的几篇游记，似乎也能看出其走向，以及背后的教育取向。

从当年教育学专家留下的记录，也可比较出两校的差异。

抗战前夕，顾一樵来山西考察，写过一篇《太原之行》，其中便提到了国民师范："太原有一个国民师范学校，听说民国初年阎先生创办的时候便想施行国民教育。后来新文化运动和五四运动发动，'娘子关外的新精神'闯了进去，许多年没有能照原来计划实现，现在因为外患的逼迫，全国都在提倡'新武化运动'，太原以国防重镇，于是便有青年军训的实施。这些青年都是志愿投效的，各省都有。据负责主持的人说，这些青年有的本来思想极右，有的本来思想极左，但是在'守土抗战'的共同认识之下，他们在一起接受训练。他们有所谓'抗战先锋队'，有所谓'牺牲救国同盟会'。除了军训之外，他们还受政治训练；政治训练便是根据阎先生的各种主张。我们亲自参观了这一两千青年的军训以后，觉得他们精神十分饱满。有血气有义愤的青年，与其任情奔放，不如严格锻炼。所谓'养其志毋暴其气'，乃是爱护青年培养元气的办法。这里在太原，我们看见了一个新的实验。我们希望这个实验经过郑重的尝试可以得到美满的结果。"

蒋梦麟1934年7月3日也有山西之行，其《太谷之行》中的很大篇幅提到了"三晋学府，私校典范"的铭贤学校，并从专业的角度对其进行了分析：

我们所见到的，为农工两科试验的成绩。

农科工作分四部进行：（一）调查、（二）试验、（三）推广、（四）教学。调查工作因得相当结果，业已结束。试验方面计有作物改良、畜牧改良、土壤试验、果树试验四种。推广工作，去年始开办，与农民合作改良农事者，计有三十一家。用药剂喷杀果树害虫，计喷六百余株，农民仅担任一半费用。舶来鸡种卵售与农民者，计六百数十个。教学工作始于二十一年秋实行。成绩如何，尚待将来。但该校先从事试验，有相当成绩后，方开始收受学生，这是值得我们注意的。

作物改良计有小麦、高粱、玉米三种。小麦选种，第一次自一千五百余穗淘汰至十二品系，其中八品系产量，较本地农家产量高百分之十二至二十五。第二次自一万三千五百余穗淘汰至二千余品系，再经数年之试验可望有较优成绩。高粱自四千穗淘汰至一千品系。玉米经三年之试验，其产量较本地种高百分之二十以上。

羊种改良，已有相当成绩。法国软布来羊与本地羊配合，一代鸡种羊羔所产之毛，较山西羊羔所产者为细而绒，产量亦增至二倍至三倍。

犁之试验，颇有成绩。据四年之记录，犁七寸深之地，与四寸深之地相比较（其地一切条件相等），小麦则多产百分之十八，谷子则多产百分之二十。

工科工作以农民及地方需要为前提，棉织与毛线各式样材料都好，价格则甚便宜。翻砂工作，以农具为中心，其最惹人注意者其一为肥皂制造器，其蒸汽锅炉系机油铁筒所改作，所费约三十元。制成胰子，每斤成本只一毛五分。其一为铁炉，成本只七八元，而每小时可化生铁一百五十磅。

蒋先生的叙述，让人想到了铭贤学校的办学宗旨："学以事人"。此训出自《圣经》，孔祥熙选用宗教语言作为办学宗旨，意在表明"创办学校，作育人才，以期达到救国救民之目的，符合淑世爱人之本旨"的心计。国民师范学生自行组织有多个社团，该校还是山西省内出政治家最为密集的地方，"中共山西省工作委员会"（公开）和"山西牺牲救国同盟会"都曾在此办公。国民师范设在政治中心的太原，铭贤学校设在商业中心的太谷，这只是两校学生不同走向的地缘之说而已。

1919年底，山西省政府颁布《山西省全省修路计划大纲》。修建的第一条公路，以太原为中心，南至平遥，北抵忻州，全长二百一十三公里，1921年4月1日开工，当年年底即建成。接着修建汾黄公路，东起平遥，经汾阳、离石，止于柳林军渡，全长二百零一公里，由美国红十字会捐助赈灾款二十七万一千元，美国咨询委员会捐助二十五万元，山西旱灾救济委员会捐助十五万元，共计六十七万一千元，由汾阳基督教公理会承办，采取以工代赈办法修筑，红十字会国际救援委员会专从美国陆军借调史迪威少校，担任公路建筑总工程师。经过五个多月的施工，1921年11月2日建成通车，并在汾阳县城举行汾军公路落成开车纪念会，阎锡山特派代表南佩兰、崔文徵，偕同山西路工总局局长赵友琴，山西大学堂校长王猷臣及工程师数名，并邀请中外来宾参加。之后，乘车行走全程，沿途验查。

在临县碛口教书的成毓琛，专程前往柳林，目睹了此一盛况，并写下了《欢迎南崔二处长记》。崔文徵，即崔廷献，寿阳人，时任"六政"考核处处长；南佩兰，即南桂馨，宁武人，时任警务处处长。

"是日居民辍业拥彗，商家悬灯结彩""绅商学界，欢迎于道，乃听候竟日，未获其来。至夕闻已至离，定于明日早来"，翌日"旭日初升，则见各代表礼服，各学生制服，齐集汽车道旁，以俟二处长至，仍如二日之号声歌声，上震于天，国旗校旗，下幡于地"，虽无车马羽仪，却也相当隆重。"待至上午十点钟，遥望汽车，如风而至，中外来宾，多未下车，惟二处长望见人民欢迎，即下车步行。迨各界行敬礼毕，因去军渡无瑕，将兼座训词，托中阳王县长为人民演讲，即乘汽车而去，约三四小时，复又返柳林，各界欢迎，如来时，又摄影以送往云"。何以如此诚挚，因为通路后，"将来柳林交通便利，各业发达，商贾土著，均受其益"。

此路贯通，柳林商贾便利不假，碛口吴城一线从此衰落。旧有"驮不尽的碛口，填不满的吴城"之说，河套及陕甘物产河运至碛口上岸，再经吴城转运晋中各县。1926年12月，由山西省教育厅出版的《商业课本》第一册第二十八课《碛口》云："碛口所来去的货物，约计如下：南路，来货无，去货小米、麦、豆。北路，来货油盐、鄂套碱、杂粮，去货无。"

此文见于1922年介休普通书局印行的《初学作文范本》。作者无考，临县本邑临泉人，"自民国元年应碛口高小校之延，担任国文、修身等科"教师，据民国六年（1917）《临县志》载，光绪三十三年（1907），碛口高小由义学改设而立。从文风推测，料是位老先生。文之起首即云："非有所乐而不欢，非有所敬而不迎。然则欢也迎也，必其人可法可遵也。"陈词滥调，与内文无大关联。又云两位处长："人关有年，佐兼座阎公，治理山西，俾吾省晋政政通人和，百废俱兴，为民国之模范省，南崔与有劳焉。"因地及史，叙行述志，伸展议论，多显媚意，文字不够克制。另一文《游灵泉寺略记》便自在得多，"碛之南有灵泉寺，离石官寺之冠也。予夙欲一游，以课忙不果，十年三月十日，乘星期之暇，偕诸同事，及诸生游焉"。文中诸如"至秋鸟归山，端阳花信，以时未至，而不得真相；翠柏云屏，柏抱莲盆，略具形迹，也有可赏。惟孟门烟雨在晨，时已过也，黄河晚渡在夕，时未至也"句段，既闲新声，复晓古体，文质半取，风骚两挟，视觉化建构之上，俱有笔致，难以想象出自一名乡村教师之手。国立根本，在乎教育，教育根本，实在教科书，的确如此。

已逝年月，火中灰烬，汾军公路开通一事，不过百年，文献凌替，各种资料已难以对证。史迪威将军的女儿曾于1988年将父亲的修路日记及相关图片，寄回山西，又一次印证了史在他邦、文归海外的说法。此文不过一篇去塞求通的示范文本，如今示范意义已失，资料价值尚存。

故人传记　一言难尽

　　传记古已有之，但"传记文学"之说乃胡适于1914年9月在留学日记中首次提及。胡适终其一生提倡传记文学，认为"传记起源于纪念伟大的英雄豪杰"，又"可以帮助人格的教育"，还可给史家做材料。但凡接触国史者，必对此论有认同。《史记》百三十篇，皆由本纪、世家、列传组成，以人物记述为中心，乃纪传体文式。《汉书》《三国志》承之，到了《后汉书》，又增加了"文苑列传""方术列传""列女传""逸民列传"等七大类。唐初修《晋书》，太宗亲为自己所崇拜的王羲之立传，足见国人对传记之重视程度。

　　在他传备受重视的情形下，自传体也开始兴起。司马迁的《报任安书》滴泪滴血，唏嘘欲绝，乃自残处秽者对灵魂的拷问，乃怨尤愤懑者檄文式的控诉："仆以口语遇遭此祸，重为乡党戮笑，以污辱先人，亦何面目复上父母之丘墓乎？虽累百世，垢弥甚耳！是以肠一日而九回，居则忽忽若有所亡，出则不知其所往。每念斯耻，汗未尝不发背沾衣也!"曹操的《让县自明本志令》借退还皇帝加封三县之名,表述自己平定天下、恢复统一之抱负。陶渊明的《五柳先生传》更是脍炙人口,千古成诵,其中的"好读书,不求甚解,每有会意,便欣然忘食""常著文章自娱,颇示己志,忘怀得失,以此自终"等句,能脱口而出竟不觉自何而出。法显的《佛国记》记述了其六十五岁取经天竺,十三年间游历三十余国,七十八岁归来阶段的经历,读来不觉心动汗流。"可以帮助人格的教育"也,还是胡适说得好。

自传属一手史料,其价值高低,常决定于写作或口述的时间。若事件发生距写作时间不远,或当事人的印象深刻,记忆或可信;若相去太久,或是年老回忆,极易谬误。故自传未必可靠,钱锺书便不信任自传,《石语》里借"魔鬼"之口批"自传就是别传"。其中难免对自己略施薄粉,热衷于夸大其词地记载种种功绩,文过饰非避谈走麦城,难怪鲁迅要说"一部历史都是成功者的历史"。人必有私,只要不伤害他者,不误导世人,不颠倒黑白,不撒弥天大谎,尚可接受。时间具有冲淡、模糊、溶解功能,年深日久,发生一些张冠李戴、时空颠倒、情节失真的记忆之误,实属正常。有的自传,一开始就与事实有出入,久而久之,信以为真。何满子便说:"有些长久在脑子里设想的幻景,存想既久,多次重复,当事人也就以为恍若为真事了。"

辜鸿铭的《英将戈登事略》将英人戈登描述得俨然汉儒,其生于道光十二年(1832)春,"咸丰十年,中外构衅,英人犯我顺天。戈登从英军陷京师,焚圆明园。事平,适中国粤匪乱。同治二年(1863),江浙两省上游在沪设洋枪队,将校皆用欧美人,乃向英官商使戈登领之。戈登遂与贼转战于江浙两省,二年间凡三十三战,克复城邑无算。江浙为中土最富繁之地,数年经贼蹂躏,至是两省强寇始悉歼平。是役经时一十八月，仅费军需一百万金。人皆以为奇功，称戈登为当时名将。戈登谦逊曰：'平此乌合之贼，岂足称耶？但缓以时日，中国官兵亦可以平贼也。然中国上官急奏肤功，遂在上海招募外洋无业亡命之徒，欲借以平贼。不知此辈既以利应，反复无常，几将贻害中国，较土匪之祸尤烈耳。鄙人得统此辈，严加约束，事后设法遣散，不使为患。此则鄙人所以有微功于中国也。'当时苏州克复，江苏巡抚今相国李公杀降贼，戈登不义之。"朝廷欲赐戈登万金，戈登辞之曰："鄙人效力中国，实因悯中国百姓之荼炭，鄙人非卖剑客也。"

为洋人作传者，早已有之。19世纪40年代，美国政府建造华盛顿纪念碑时，向全世界广征纪念物，清廷所赠为一块上好石料。1853年，此料漂洋过海抵达美国华盛顿纪念馆，料上铭文由福建巡抚徐继畲撰写："华盛顿，异人也。起事勇于胜广，割据雄于曹刘，既已提三尺剑，开疆万里，乃不僭位号，不传子孙，而创为推举之法，几于天下为公，骎骎乎三代之遗意。其治国崇让善俗，不尚武功，亦迥与诸国异。余尝见其画像，气貌雄毅绝伦，呜呼，可不谓人杰矣哉！米利坚合众国以为国，幅员万里，不设王侯之号，不循世袭之规，公器付之公论，创古今未有之局，一何奇也！泰西古今人物，能不以华盛顿为称首哉！"此铭虽短，却完整，乃一小传，且与陈胜吴广、曹操刘备等中土英雄作对比，亦类汉儒。

梁启超的《谭嗣同传》也是一篇奇文，"各国变法，无不从流血而成。今中国未闻有因变法而流血者，此国之所以不昌也。有之，请自嗣同始"；"望门投宿思张俭，忍死须臾待杜根。我自横刀向天笑，去留肝胆两昆仑"等谭之言语，皆由此记录。不愿意承认同辈的成就，人之常情，在涉及主观评价领域，赞一个已故前贤易，赞一个同侪之辈难，自古而然。超然独骛的谭嗣同，即便梁启超这样的天纵英才，惺惺惜惺惺，赞之出自虚己服善的内心。辜鸿铭认同戈登的民生理念，梁启超与谭嗣同同道，故二传能够妥切宁帖，感人备至。

《谭嗣同传》乃《殉难六烈士传》之一。"六烈士之中，任事之勇猛，性行之笃挚，惟复生（谭嗣同）与幼博（康广仁）为最。"《康广仁传》则是其中的又一精彩篇章。梁启超与李鸿章政治上为公敌，私交也泛泛不深，他却"敬李之才，惜李之识，悲李之遇"，不惜笔墨，于1901年为之写就了《李鸿章传》，因为他认为李鸿章乃"非常之人"，"中国独一无二之代表人物"，"十九世纪列国皆有英雄，而我国独无一英雄，则吾辈亦安得不指鹿为马，聊自解嘲，翘楚李鸿章以示于世界曰：此我国之英雄也。"就甲午海战兵败的原因，说李鸿章"是以一人之力敌一国"。传记中屡有辩护之辞，处处体现着梁自己的英雄史观、历史史观，传记文学形式也是他本人表达情怀与抱负的手段。故而其写作夹叙夹议，掷地有声，笔补造化，文无剩语，通过人物的行动语言，刻画性格，展现风采，以此再现历史事件，颇有董狐笔精神、太史公意味。"在当时，全国的督抚没有一人为李鸿章出一兵一卒，即使湘军名将刘坤一也是如此，大家都捂着嘴，一边喊着爱国，一边看李一个人打仗。李作战不利时，大臣都去参奏。"读之无言。

中国20世纪传记文学之序曲，虽衰艳也瑰丽，虽衔憾却炳蔚，开端可谓硕也，发轫可谓正也。然而，数量上的蔚然大观、不知凡几，并不说明质量上的秀出班行、出类拔萃，反是标签式多，脸谱化多，教条刻板，行之无文，能够雁过留声者，寥若晨星，屈指而忘名。吴其昌的《梁启超传》将传主置之时代大环境中予以评述，显然秉承了乃师知人论世之主见，可惜是一部半成制品，只写完了前半部。"戊戌维新之可贵，在精神耳。若其形式，则殊多缺点……当时举国人士，能知欧、美政治大原者，既无几人，且掣肘百端，求此失彼。而其主动者，亦未能游西域，读西书，故其措置不能尽得其当，殆势使然，不足为讳也。若其精神，则纯以国民公利公益为主；务在养一国之才，更一国之政，采一国之意，办一国之事。盖立国之大原，于是乎在，精神既立，则形式随之而进。虽有不备，不忧其后之不改良也。"梁启超对戊戌变法失败的原因，能如此公允客观、无偏无党地评述，对于一个喜怒哀乐、五味瓶翻的当事人而言，实属不易，梁先生大家也。梁先生因小病而大限，意外而无备，这位一生为古今中外多位英雄立传的英雄，却未为自己留下只言片语、坯料轮廓的自传文，遗憾之至。

鲁迅 1932 年 8 月 15 日致信台静农，就郑振铎文学史一事，提出"具史识者"的重要性，以为郑君所著文学史固然已有相当成绩，却仅止于"文学史资料长编"，尚非史。在鲁迅看来，史之标准，必以史识为主轴，为灵魂。瞿兑之《一士类稿》云："自来成功者之记载，必流于文饰，而失败者之记载，又每至于淹没无传。凡一种势力之失败，其文献必为胜利者所摧毁压抑。"陈寅恪《顺宗实录与续玄怪录》云："通论吾国史料，大抵私家纂述易流于诬妄，而官修之书，其病又在多所讳饰，考史事之本末者，苟能于官书及私著等量齐观，详辨而慎取之，则庶几得其真相，而无诬讳之失矣。"读毕瞿言，便不难理解鲁言的"苛刻"了。缺乏史识，即撰写人缺乏对史的分析、评述，是当代传记文学虽多，却乏善者的主因，画手看前辈，吴生远擅场，前四史精彩，辜鸿铭梁启超精彩，皆因文章衔华佩实，镂云裁月，有独到见解，成一家之言，之所以然，皆因撰者操履有修，风骨高洁，有独立之人格，行主见之文章。而近几十年来，条框拘管，绳之以律，思想钳制，格于成例，加之传统隔绝，旧学几废，先天营养不良，后天精神无补。这便是造成20世纪中国传记文学量大质低、兴味索然的真正原因。

倒是那些身居海外写家的作品，别有旨要，耐人寻味。如曹聚仁的《鲁迅评传》、赵浩生的《八十年来家园》、胡颂平的《胡适之先生晚年谈话录》、林太乙的《林语堂传》等等，其质良药苦口，恫诚恳切，读之声如贯珠，余音绕梁。而其中的卓尔冠群者，当属唐德刚。

唐德刚乃执教于美国哥伦比亚大学的史学家，其《顾维钧回忆录》《李宗仁回忆录》《张学良口述历史》《胡适口述传记》《胡适杂忆》《袁氏当国》《梅兰芳传稿》等传记，虽是一家之言，却为真知灼见。唐先生古文根底深厚，却能写一手清如净水的白话，故而文字运用与学识经验相融合，且受到西方史学观的长期浸沐，其性格率直狷介，口无遮拦，其治学严谨审慎，关注社会生活，诸多因素造就的作品毕竟值得一读。其中尤以《胡适口述传记》《胡适杂记》最为人所称道。唐德刚在胡适先生处于人生低迷落槽期，成为其入室弟子，曾被胡适夫人称作"胡先生最好的学生"。

《胡适口述传记》在记录正题的同时，以注释方式对胡做了不留情面的评判，指出了社会环境对其思想形成的塑造作用。注释甚至超过了正文。该书以英文写就，二十多年后的1979年，唐先生将之翻译为中文出版，欲为之写一篇"短序"，不想这一短竟"短"出了十八万字，于是短序只好自立门户，独立成书，名曰《胡适杂忆》。唐先生凭自己的回忆和日记记录，对胡适一生牵扯到的诸多问题与纠葛，无所不谈，谈无不快。由于非有心作传，乃随意的回忆与平实的感受，散文立意，杂文笔调，随性涉足，逐层递进，由叙事而隐喻，从考证到分析，加之恰当评价，诙谐议论，造就了一部不同既往、别样异数的作品。关于胡适的文学夥颐，同样的素材，同样的掌故，在唐先生笔下何以变得如此曲尽其妙，神乎其技？在于他的见解独到，对历史因素可妥帖把脉，对历史变革可透彻分析。2002年左右，曾有人赴美采访唐先生。在谈及"西安事变"时，他说：

> "西安事变"太重要了，可以说"西安事变"改变了人类的历史进程，因为如果"西安事变"迟两年发生，将会出现完全不同的后果，日本可能不打中国了，因为日本当初是想先三下两下打下华北转而去攻打西伯利亚的苏联，依日本当时的军力，与纳粹德国东西夹击打下苏联，并非不可能，如果日本打下苏联了，那不得了，世界局势完全改观，因为日本当时看准了蒋介石跟毛泽东在打内战，无心抵抗日本的攻击，日本人当时低估了中国，没想到"西安事变"发生后，国共两党转而枪口一致对外，发动全民抗战，一打就打了八年，这样把日本人给牢牢地拖住了，日本没有办法抽身去配合德国打苏联，结果苏联打败了德国，否则德国将统治中东和苏联的一部分，日本要统治西伯利亚，再回过来收拾中国的华中、华南，并把东南亚吞并，没想到"西安事变"后中国一致抗日，把日本人给拖死了，日本人一看陆军陷在中国大陆，于是改用海军打美国，结果发生"珍珠港事件"，美国一看急眼了，就往日本丢两颗原子弹，终于导致日本投降，所以"西安事变"太重要了！

《胡适杂忆》指出了胡适在中国新诗中的地位，"他是新诗的老祖宗"，同时又分析了"胡先生不是第一流的大诗人"。对经济学，他一团漆黑，从康奈尔大学读本科时起，就对经济学不感兴趣，不曾选修有关经济的科目，一生对各种经济学说也很少涉猎，而"这便是他老人家晚年谈政治问题的致命伤"，"而现代史学近百年来一马当先的正是社会经济史这一派"。"在史学上的弱点是他老人家'因噎废食'，过分着重'方法学'而忽视了用这方法来研究'学'的本身"。指出胡先生成名太早，"少年翰苑，中年大使，晚年院长，'飞来飞去宰相家'"，生活经验极其单纯，对民间疾苦所知甚少，更无切身的体验，所以写不出那种字字血泪的文章。唐德刚没有因胡适的大家地位而拜尘逢迎，攀附投合，也未因师生关系而揄扬称道，避尊者讳，而是举止有度，不卑不亢。恰如该书序言所指："唐德刚教授在这里把胡适写得生龙活虎，但又不是公式般装饰什么英雄超人。他笔下的胡适只是一个有血有肉、有智能、有天才也有错误和缺点的真实人物。"

　　比较而言，唐先生的长处，虽然不能说就是他人的短处，但唐先生的长处，在他处却也鲜有。20世纪产生的中国传记文学浩如烟海，不知凡几，称道者却区区之数，稀之又稀，解读唐先生，有助于人们析解其因，琢磨其理。

日记的价值所在

何其有幸，年岁并进，人过留名，雁过留声，文人留下一堆琐碎的文字。

凡有所得，则为记录，文字是适合文人的容身之所，日记者，庞杂纷繁，并无体系，非名门正派，却十分成色。施蛰存对日记文体极为兴趣，其在《域外文人日记钞》（上海天马书店 1934 年 10 月版）"序言"中写道："日记的体裁约有两种：一是排日记事的，一是随笔似的。但是排日记事的当然是日记的正体。"其《闲寂日记》1965 年 4 月15 日记陆小曼去世只凄凄然一句："卅年前佳人，晚年属冷落也。"10月 7 日又补一句："陆小曼逝世时竟无衣为敛，有人入其室，一榻之外无他物，其贫困如此，亦出意外。"追维往事，凄婉如是，虽说心中意难平，却能以死水微澜笔触，哀而不伤道出，谁能说日记随便。庾信文章老更成，文章不写一句空，其晚年文字，充满哲人之思，禅者之悟，独坐听风忆过往，似未曾落一笔，而如诉如泣。

冠冕堂皇文字里的焚膏继晷，兀兀穷年，闭门独学，躬体力行，在季羡林《清华园日记》1932年9月23日这天却是一句，"早晨只是坐班，坐得腚都痛了"。文章即我心，喜怒哀乐都付笑谈中，简约而不简单，凛然而有不平之气，情绪与心绪俱在，胜过一篇长文，此为日记的另一形态。真实的感情，即本来的面目，如此文字，较之久历世故、语涉违碍的晚年车轱辘作品，不知要好上多少倍。小编辑大改稿，大编辑不改稿，出版社在审稿时发现其中不少内容刺眼，披露后恐有损温良敦厚的大师形象，脸上挂着一丝略带心虚的微笑，建议删减，其却无所忌惮，坚决不从，且有迥异常人的见识。日记是具体生命痕迹的记录，不但可以找到以前的真面目，还可发现成了现在的原因："我考虑了一下，决定不删，一仍其旧。我七十年前不是圣人，今天不是圣人，将来也不会成为圣人。"烟火里谋生，文字里谋心，日记后面隐藏着另一副面孔，另一套思路，另一个你，让人观察到了视觉外的不同，真就应了林徽因的一句，"这世上有两个我，一个躯壳喂日常，一个灵魂补岁月；一个在文字里白马春衫慢慢行，一个在生活里蝇营狗苟兀兀穷年"。顺乎天而应乎人，戳破想象，拥抱真实，此即日记的魅力所在，而事后对日记的任何润色与删改，都是对现场痕迹的破坏，有悖作为日记的真实性。

1925年6月25日的《鲁迅日记》仅记"晴，端午，休假"几字，对照当日的书信，却大有内容。《两地书·三二》仅存鲁迅致许广平的半封信，开头注明"前缺"，信末注明"此间缺许广平二十八日信一封"。其实，鲁迅6月28日致许广平信"前缺"部分题为"训词"，以开玩笑的口吻记述了端午节那日许广平等四位小姐大闹鲁迅府邸的情形。当天上午这四位小姐灌鲁迅酒，迫使他"喝烧酒六杯，蒲桃酒五碗"，酩酊之中，鲁迅按了许广平的头，又对房东俞家姐妹挥拳示警，吓得这四位小姐"抱头鼠窜"，跑到附近的白塔寺逛庙会去了。此般有血有肉的文字便是在编辑时，为尊者讳而删除的。1926年7月，鲁迅应刘半农之约，在《世界日报》副刊连载《马上日记》《马上支日记》《马上支日记之二》。《马上日记》开篇即曰："我本来每天写日记，是写给自己看的；大约天地间写着这样日记的人们很不少。假使写的人成了名人，死了之后便也会印出；看的人也格外有趣味，因为他写的时候不像做《内感篇》外冒篇似的须摆空架子，所以反而可以看出真的面目来。我想，这是日记的正宗嫡派。我的日记却不是那样。写的是信札往来，银钱收付，无所谓面目，更无所谓真假。"其特点是一有感想，马上写出，但因动机只为给别人阅读，故对自己不利之事未必会写，即便写出，未必会发。

从地图上鸟瞰世界，毕竟有忽精微，赵冬梅《人间烟火：掩埋在历史里的日常与人生》序言说"传统历史记载中，如果没有重要人物、重大事件加持，'日常'是看不见的"，而大历史下小人物的生活，便是包罗万象的"日常"，是俯视世相一面镜子，是大时代里的一个侧影。有关"日常"的文字，存细节而不同于正史野史，见人性而不同于笔记诗话。1926年11月29日，郁达夫在日记里评价即将过去的一年："一年将尽，又是残冬的急景了，我南北奔跑，一年之内毫无半点成绩，只赢得许多悲愤，啊，想起来，做人真是没趣。"这便是一则见人性的日记。

因不准备发表，也就直率地记录了对人与事不隐瞒的看法，以及内心真实的感情活动，还有一些纯属个人的生活琐事，《朱自清日记》即基于这样出发点而撰写。1933年3月27日，"晚赴梅先生（梅贻琦）宴……余殊为失态"；1933年7月15日，"晚赴平伯（俞平伯）饯江清宴，木木不能作多语，归后忽怒，与竹（夫人陈竹隐）小冲突，咎实在予"；1938年11月11日，"对人力车夫发怒，甚不好"。

随笔式日记，大抵就是非流水账一路，虽日辑月刊，却不以日期为序，所记或是酝酿多日的一个念头，或为随风而逝的一段思绪。张曰斑《尊西诗话》所言"以诗伴生活，以诗话代日记"，也此属类。诗画本一律，极易通感体验，画家的日记，即丹青日课。气均清逸，满纸性灵，乃好文章与佳绘画的共性所在，张潮《幽梦影》即说"文章是案头之山水，山水是地上之文章"，移喻恰切矣。

时间最是无情，无须做什么，单单存在，便足以藐视一切，战胜所有。不同于宏大叙事，日记因其私密性与原始性，更显真实感与临场感，展现着鲜为人知的历史景象。

以日记的手法复活历史生命，抵御遗忘，并通过记忆的密码，补缺阐微，或许就是日记的价值所在。

李慈铭《越缦堂日记》、叶昌炽《缘督庐日记》、王闿运《湘绮楼日记》、翁同龢《翁同龢日记》，并称晚清四大日记。李慈铭百万言的日记，可谓硕学鸿文，蔚为壮观，旁征博引，细入豪芒，是一部值得解剖的历史标本。其始于咸丰四年（1854），讫于光绪二十年（1894），跨越三朝，积四十年之心力，铢积寸累而写成，记录总天数13417日。对此间的朝野见闻、古物考据、人物评述、史事记录、山川游历、风土民情、社会风貌，均有详载，为研究者绕不开的历史资料。为此，民初在蔡元培、傅增湘、王幼山等二十余位学界名流捐助下，于1920年由商务印书馆影印出版了六十四册日记稿的后五十一册；1936年，在蔡元培主持下，商务印书馆石印出版其余十三册，名《越缦堂日记补》。知我者稀，则我者贵，价值所在，不言自喻。

郑振铎日记的魅力

日记无非两种，一种是经整理后供发表的，另一种是写给自己看的，乃极为个人化的记录。《郑振铎日记全编》（山西古籍出版社2006年1月版）中两者俱备。前者如《欧行日记》《西行书简》《求书目录》《西谛日记钞》等等，后者则是国务公干、新闻时政之摹写，隐私家事、末节琐屑之笔受。两厢比较，后者似乎更具价值。

周作人于1925年3月写了篇《日记与尺牍》，开宗明义道："日记与尺牍是文学中特别有趣味的东西，因为比别的文章更鲜明的表出作者的个性。诗文小说戏曲都是做给第三者看的，所以艺术虽然更加精练，也就多有一点做作的痕迹。信札只是写给第二个人，日记则给自己看的（写了日记预备将来石印出书的算作例外），自然是更真实更天然的了。"鲁迅在《马上日记》中，也公开声明："我本来每天写日记，是写给自己看的；大约天地间写着这样的日记的人们很不少。假使写的人成了名人，死了之后便也会印出；看的人也格外有趣味，因为他写的时候不像做《内感篇》外冒篇似的须摆空架子，所以反而可以看出真的面目来。我想，这是日记的正宗嫡派。"其开门见山，百无禁忌，笔陈心情，直举胸臆，历来为史家所看重。

如郑先生的日记中多次提及"雀战"，仅1944年1月份便进行雀战八回，或"至十一时许归"，或"至天明"，或"负"。5月9日记录有"负百元"，5月23日则有"购雀牌一副，一千元，尚是廉价"的记录。而其日记中屡有戒赌之誓，然又再作冯妇。这些细节，均为史籍传记所不载，所谓避名家违是也。类似的戒赌之誓胡适也发过："我们走遍世界，可曾看到哪一个有长进的民族肯这样荒时废业的？麻将只能是爱闲逛、不珍惜时间的民族的专利品！"他还说过："每天花一点钟看10页有用的书，每年可看3600多页书，30年读11万页书。诸位，11万页书足可以使你成为一个学者了。可是，每天看三种小报也得费你一点钟的工夫；四圈麻将又得费你一点钟的光阴。看小报呢？还是打麻将呢？还是努力做一个学者呢？"他曾把麻将与鸦片、八股、小脚并列为"四大害"："有人说中国有三害：鸦片、八股和小脚。其实中国还有第四害：麻将。按当时全国有一百万张麻将桌，每天打八圈，每圈半小时，就要消耗四百万小时，相当于损失16.7万天光阴。金钱的输赢，精力的消耗都还不算。我们走遍世界，可曾看到哪一个长进的民族，文明的国家肯这样荒时废业！"话虽说得惊心动魄，但他还是乐此不疲，可见麻将的诱惑。唐德刚在胡适背后看他打麻将："胡适抓了一手杂牌，连呼'不成气候，不成气候'，可是'好张子'却不断地来，他东拼西凑，手脚忙乱，结果还是和不了牌。""再看他下家，那位太太慢条斯理，运筹帷幄，指挥若定。他正在摸'清一色'所以不管'好张子，坏张子'只要颜色不同，就打掉再说。"有了这些细节，似乎便为一个人物平添了几分生气。胡适虽好雀战，水平却不高。某年在上海，胡适、潘光旦、罗隆基、饶子离饭后开房打牌，梁实秋照例作壁上观。言明只打八圈，到最后一圈局势十分紧张。结果，胡适输了个精光，身上钱不够，还开了一张三十多元的支票，这在那时可不算小数目。相对于胡适的胜少败多，胡夫人可谓每战皆捷，这让平生不信鬼神的胡适，求证出"麻将里头有鬼"，亦不失为一趣闻。胡适《麻将》一文称："从前的革新家说中国有三害：鸦片，八股和小脚，其实中国还有第四害，这就是麻将。"梁实秋曾写《谈麻将》一文，但其本人不参与，好友酣战，则作壁上观，他解释说："我不打麻将，并不妄以为自己志行高洁。而我脑筋迟钝，跟不上别人反应的速度，影响到麻将的节奏。一赶快就出差池。我缺乏机智，自己的一副牌都常照顾不过来，遑论揣度别人的底细？既不知己又不知彼，如何可以应付大局？打牌本是娱乐，往往反寻烦恼，又受气又受窘，干脆不如不打。"此话便委婉多了。梁启超嗜雀如命，虽旅途不能止。有人劝他勿玩物丧志，梁对曰："骨牌足以启予智窦，手一抚之，思潮汩汩而来；较寻常枯索，难易悬殊，屡验屡效，已成习惯。"闻者粲然。尝曰："只有读书可使我忘记麻将，也只有麻将可使我忘记读书。予利用博戏时间起腹稿耳。骨牌足以启予智窦，手一抚之，思潮汩汩来，较寻常枯索，难易悬殊，屡验屡效，已成习惯。"傅斯年更是在麻将牌中悟出了人生哲学，他曾在《申报·自由谈》上撰文道："我们中国人的生活也是这样，只要运气好，机会巧，一路顺风，就可以由书记而主席，由马弁而督办，倘若奖券能够中了头彩，那末不但名流闻人，可以唾手而得，并且要做什么长或主任之类，也大是易事。所以我们中国人最注意的是天命。" 郁达夫艳羡刘海粟身边有许多美女，称有朝一日我若也能够这样，即刻死，也值得。据刘海粟晚年回忆："有一件事情很有意思，他同徐志摩一道来打麻将，我请了两三个漂亮的女孩子陪他。噢，麻烦了，他心不在焉，一个晚上下来输了二十几块。钱不是很多，但是郁达夫平时用钱非常小心的，他很难过，说从今以后再也不打麻将了。"此为另话。历史上嗜博之人多矣，龚自珍即一位，其尝于帐顶满画一二三四等字，以推究门道生死，自以为极精，然每博必负。龚对此嗜曾解释道："陶靖节种菊看山，岂其本意，特无可奈何，始放情于山水，以抒其忧郁耳。故其所作诗文愈旷达，实为愈不能忘情于世事之征，亦与余今日之拂水弄花，无以异也。"郑先生大概就是这种人。

晚清，叉雀之嬉成为风气，无贤愚贵贱，舍此末由推襟抱，类性情，而其流弊所极，乃不止败身谋，或因而误国计。况周颐《眉庐丛话》云："相传青岛地方，沦弃于德，其原因则一局之误也。当时青岛守臣文武大员各一：文为山东道员蒋某，武则总兵章高元也。岁在丁酉，蒋以阄差调省，高元实专防务。某日日中，炮台上守兵，偶以远镜瞭望海中，忽见外国兵舰一艘鼓浪而来，亟审睨之，则更有数艘衔尾继至，急报高元。高元有雀癖，方与幕僚数人合局，闻报夷然曰：'彼自游弋，偶经此耳，胡张皇为？'俄而船已下碇，辨为德国旗帜，移时即有照会抵高元署，勒令于二十四点钟内，撤兵离境，让出全岛。高元方专一于雀，无暇他顾，得照会，竟姑置几上，其镇静情形，视谢安方围棋得驿书时，殆有甚焉。彼特看毕无喜色，此则并不拆视也。久之，一幕客观局者，取牍欲启封，高元尚尼之，而牍已出矣。幕客则极口狂呼怪事。高元闻变，推案起，仓皇下令开队，则敌兵已布通衢踞药库矣。将士皆挟空枪，无子药。既不能战，诣德将辩论，亦无效，遂被幽署中。于是德人不折一矢而青岛非复中国有矣。事后，高元迭电总署，谓被德人诱登兵舰，威胁万端，始终不屈，皆矫饰文过之辞耳。嗟乎，青岛迄今再易主矣。吾中国亦陵谷变迁，而唯看竹之风，日盛一日。尤足异者，旧人号称操雅，亦复未能免俗。群居终日，无复气类之区别，则此风伊于胡底也。俯仰陈迹，感慨系之矣。"雀战误国，文人偶尔游戏可也，浸淫其间也会误事，故郑先生才会屡有戒赌之誓。

除此之外，其日记中更多记录者便是购书了。1944年5月记有至书肆十五回，6月二十二回，除偶得之外，多为"至各书肆无所得"。著名版本学家、藏书家的铸就，离开这样的腿脚勤快、点滴工夫大概是不行的。

盛世藏古，乱世藏金。第二次淞沪会战后，江南士绅预感到乱世将至，纷纷将手里藏书抛售，套取现金。自1938年开始，上海二手书市场出现了大量精品藏书，海外尤其是日本人掀起了收购狂潮。早在1932年第一次淞沪战役，商务印书馆被日军炸毁，郑振铎存放于内的几十箱藏书毁于一旦，其沉痛地描述当时的心境："目击心伤，截留无力，惟有付之浩叹耳！每中夜起立，彷徨吁叹，哀此民族文化，竟归沦陷，且复流亡海外，无复归来之望。"遂于1940年1月集合张元济、张寿镛、何炳松、徐森玉等人，结成秘密组织"文献保存同志会"，志在保护古籍。"民族文献、国家典籍为子子孙孙元气之所系，为千百世祖先精灵之所寄。若在我辈之时，目睹其沦失，而不为一援手，后人其将如何怨怅乎！"上海沦陷后，其化名陈思训，以文具商身份，蛰居于居尔典路一小楼内，并改换装容，西装换回马褂。汪伪政府想利用其名气，曾派过一个叫樊仲云的特务，去上海搜寻之。樊仲云与郑振铎原本相熟，知其癖书。樊先去一些书店询问，但书店伙计们得到过叮嘱，都说长久未见郑先生。樊不死心，蹲守于四马路附近。未几，樊在棋盘街看到一位身材高大之人正在书店翻书，遂走过去拍拍肩膀，郑振铎一回头发现是他，二话不说，撒腿就跑。四马路很宽阔，他腿又长，转眼便消失于街头，樊仲云追赶不及，只得望洋兴叹。

如郑振铎这样的文化人物，其亲身经历过许多重大历史事件，从其日记中看到的是这些事件的另一侧面。

郑振铎的日记许多写于案头台历纸背，甚至是自裁小纸片上的，由于幅面所限，故文字多短小凝练，简明扼要。中华人民共和国成立后郑先生每出国，均要买礼物分送亲人，1955年访问印度缅甸时，购回的东西有原子笔、铅笔、刀片、手帕、袜子等，多则送一至两件，妻三件。一位经济收入不算少的大学者俭朴节省、宽打窄用生活的另一面，却是购书时的一掷千金，阔绰豁如。1943年3月17日："付《四部丛刊》初、二、三编等第一批款五千元。"3月22日："购乃乾之《放然阁文集》一部，价五十五元。"3月30日："得《推篷寝语》，价千元。"4月14日："付传新书款三百六十元，又付商务书款一百八十八元七角。"4月17日："购《扬州东园图咏》一册，作一百金。"以至"除还章一万元外，所余仅二数；尚须付还账款三千余元，实不足敷四五月之用。如此度日，诚大可惧也"（见5月24日）。购买不起时，他便将书借回，"窗外雨声，淅沥未止，秋灯夜抄，手为之疲"。这让人想到了家贫嗜学的明儒宋濂，其在《送东阳马生序》中言："每假借于藏书家，手自笔录，计日以还。天大寒，砚冰坚，手指不可屈伸，弗之怠。"

1951年4月15日，吴宓在日记中记录了有朋友劝告他焚毁日记、诗稿以免惹祸，他由此写道："宓虽感其意，而不能遵从。此日记既难割爱焚毁，且仍须续写。理由有三：（1）日记所载，皆宓内心之感想，皆宓自言自语、自为问答之词。日记只供宓自读自阅，从未示人，更无意刊布。而宓所以必作此日记者，以宓为内向之人，处境孤独，愁苦烦郁至深且重，非书写出之，以代倾诉，以资宣泄，则我实不能自聊，无以自慰也。（2）宓只有感想而无行动。日记所述皆宓之真实见解及感触，然却无任何行事之计划及作用。日记之性质，无殊历史与小说而已。（3）日记中宓之感想，窃仿顾亭林《日知录》之例，皆论理而不论事，明道而不责人，皆不为今时此地立议陈情，而阐明天下万世文野升降之机，治乱兴衰之故。皆为证明大道，垂示来兹，所谓守先待后，而不图于数十年或百年内得有采用施行之机会，亦不敢望世中一切能稍随吾心而变迁。"郑振铎日记亦"论理而不论事"之作，故在阅读这些趣事时，当留意其后隐匿的"论理"。

日记因其原始性、私密性属性，越来越受到文史研究者的关注。日记付诸活字，所以存鸿爪，有些日记，是可以当成心灵史来读的。周作人《日记与尺牍》云："日记与尺牍是文学中特别有趣味的东西，因为比别的文章更鲜明的表出作者的个性。诗文、小说、戏曲都是做给第三者看的，所以艺术虽然更加精练，也就多少有点做作的痕迹。信札是写给第二个人，日记则给自己看的，（写了日记预备将来石印出书的算作例外）自然是更真实更天然的了。"日记是自己与自己的对话。

历史沉淀于概念，民国是距今最近的历史宿命，虽存百年时隔，因有惺惜心通，竟可视之为同时代人。即便文字所载，事显而义浅，便于浏览，有所得则札记别纸，积久遂多，成册成集。其间有太多细节，终不知是必然还是偶然，但全能在更远的前朝，或时下当今觅得相似的发生。史料宏富，力难穷尽，碎影的拼凑对接，管窥不出全豹，蠡测不出半海，凭着规律还原出的大致，却为治史者腾出了相当的空间，胡适所言"修辞立诚在于无愧，造物指事莫非自然"，合理乎？悖理乎？

打通历史写作的任督二脉，非博而不通。陈寅恪先生的治学三不讲"前人说过的我不讲，今人说过的我不讲，我自己以前说过的不再讲"，让人气馁极了，沮丧极了，不知本书有多少是独见，又有几许为复述。杜鲁门也说过类似的话："天底下唯一的新鲜事，便是不为人知的历史。"只由于每个人感受的差别，心得必异，体会必殊，任何历史皆当代史，亦心灵史，实则鱼乐，却非娱乐。

对民国的强音叙述，一半基于史料文献之丰沛，一半基于今昔对比之感受。闷坐书馆闲操心，看来全是论古今，"读书无疑者，须教有疑，有疑者，却要无疑"，治史如读书，疑与不疑间。窗前已非昨时月，可肯今宵借我读？以介某之业余，置喙梢头，一只孤往独还的云雀，舌喁喁，语切切，难免为嘹唳舒扬之聒、铿锵高亢之噪所没，不要紧，鸣而生默而死之间，我幽咽了一声。不求宛转圆润，但求几曲新声，而已而已。在齐太史简，在晋董狐笔，客串者虽有此心思，却无此使命，奢谈此能力。闻一多在《论郭沫若的学术精神》中曾言："如果他说了十句，只有三句对了，那七句错的可以刺激起大家的研究辩证，那说对了三句，就为同时代和以后的人省了很多冤枉路。"照此理论，说得对与不对，皆可予人有益，此话慰人。

史料文献丰沛，反遇取舍不易的问题，碎片化的史料过于丰富，常让人有不知从何谈起的感觉，甚至陈寅恪也为此困惑，"其言愈有条理统系，其去古人之真相愈远"。灵活地为我所用，无非揉碎切割，断章取用，对此，顾炎武在《亭林文集》中也有过困扰："尝谓今人纂辑之书，正如今人之铸钱。古人采铜于山，今人则买旧钱，名之曰废铜，以充铸而已。所铸之钱既已粗恶，而又将古人传世之宝春锉碎散，不存于后，岂不两失之者乎？"想着不法前人后尘，辟蹊径求知，结果是其立说虽异于前人，却多穿凿失本意。民国就近，史料衰然成帙，然有量未必有质，有可塑性未必有可靠性。章太炎《再与人论国学书》说："今日著书易于往哲，诚以证据已备，不烦检寻尔。然则取录实证，亦非难事；非有心得，则亦陈陈相因。不学者或眩其浩博，识者视之，皆前人之唾余也。"其主张研精沉思，钩发沉伏，字字征实，不蹈空言，语语心得，不因成说。

把历史的内容还给历史，史料的价值永不过时，傅斯年说"史学即史料学"，为充实论据，纠偏扶正。而此稿早已写毕，却一直未敢出示，其间一拖再拖，一涂再涂，辗转反侧，吞吞吐吐，有抽去章节者，有添加字句者。添文如添丁，其乐融融，其兴冲冲，直至添成蛇足之累；删节犹比捐钱纳税，掂量再三小九九，空遗一派小家之气，故曰得也患失也患，进也难退也难。陈衡哲编译《西洋史》，胡适之撰文推荐之，其曰："史学有两方面，一方面是科学的，重在史料的搜集与整理；一方面是艺术的，重在史实的叙述与解释。这样综合的，有断制的叙述，可以见作者的见解与天才。历史要这样做，方才有趣味，方才有精彩。"胡适的观点与傅斯年重叠，但内涵更广，有趣精彩的言外之意，定能作多方面的理解。

1924年12月，鲁迅为自己主编的"乌合丛书"撰写广告："大志向是丝毫没有。所愿的无非是：一、在自己，是希望那印成的从速卖完，可以收回钱来再印第二种；二、对于读者，是希望看了之后，不至于以为太受欺骗了。"他的话，道出了多少著书人的忐忑。文人著述问世，总要写几句闲话说明缘由，既是对读者的交代，也是出书的程序，否则这样的文字真就是为作文而作文的多余。

虽是新书，所收旧文。此前，北岳文艺出版社"格致文库"曾收录过《民国文事》《民国情事》二书，此次经过修订，再添一册《民国人事》，合并推出，于我而已，欣慰之事。这套书得以顺利出版，感谢社长郭文礼先生的大力支持，感谢责编关志英女士的辛勤劳作。

作　者